Samantha Queen

Miracle of the Mafia Boss

Zwischen Wunder und Dunkelheit

SAMANTHA QUEEN

MIRACLE OF THE MAFIA BOSS

ZWISCHEN WUNDER UND DUNKELHEIT

DARK ROMANCE

Impressum
Samanthaqueenautorin@gmail.com
Instagram: @samanthaqueen_autorin
TikTok: @samanthaqueen_autorin

© 2025 Samantha Queen
1. Auflage, 2025

Coverdesign: Jenn Schattmaier (Schattmaier Design)
Lektorat: Larissa Müller (Lektorat Zeilenschmuck)
Korrektorat: Larissa Müller (Lektorat Zeilenschmuck)
Buchsatz: Jenn Schattmaier (Schattmaier Design)

Bibliografische Information der Deutschen Nationalbibliothek: Die Deutsche Nationalbibliothek verzeichnet diese Publikation in der Deutschen Nationalbibliografie; detaillierte bibliografische Daten sind im Internet über dnb.dnb.de abrufbar.

Verlag: BoD · Books on Demand GmbH, In de Tarpen 42, 22848 Norderstedt, bod@bod.de
Druck: Libri Plureos GmbH, Friedensallee 273, 22763 Hamburg

ISBN: 978-3-7693-3985-7

Für Marita,

ohne die es diese Geschichte und dieses Buch
nicht geben würde. Ich danke dir!

Für alle Erzieher/innen,

die tagtäglich ihr Bestes geben – eure Stärke, Liebe und
Hingabe machen die Welt zu einem besseren Ort.
Ihr seid wahre Held/innen!

Triggerwarnung

Diese Geschichte ist keine rosarote Liebesgeschichte. Ganz und gar nicht. An manchen Stellen wird sie dir das Herz brechen, nur um es dann wieder zu flicken – bevor es erneut in Stücke gerissen wird. Es wird hart, und vielleicht bekommt unsere Milena ihr Happy End. Doch bis dahin muss sie zahlreiche harte Prüfungen bestehen. Das Leben an der Seite eines Mafioso ist weit entfernt von dem eines edlen Prinzen. Du wirst es noch sehen.

Wenn du dich traust, tauche in die Geschichte von Leano und Milena ein. Falls du dich dagegen entscheidest, verzeihe ich dir.

Wenn es dir zu viel wird und du es nicht mehr erträgst, zögere nicht, Kapitel zu überspringen. Milena hätte sich das sicher auch gewünscht. Aber ich bin mir sicher: Am Ende werden die beiden ihr Ende finden. Welches das sein wird – das bleibt das größte Rätsel.

Eine genaue Auflistung der Trigger findet ihr am Ende des Buches. Achtung, diese könnte Spoiler beinhalten.

Ausweglos

Blut. Blut war das Einzige, was ich sah. Der Boden war übersät mit toten Körpern. Die vielen Männer und Frauen, die heute hier ihr Leben lassen mussten, lagen überall. Mein Blick suchte hektisch den Raum ab. Keine Spur von Leano …

Ich hatte ihn aus den Augen verloren. Panik durchflutete mich. Ich musste ihn unbedingt finden. In dieser Situation musste ich dringend einen kühlen Kopf bewahren. Doch ich konnte nicht. Ich wusste weder, wo sich Leano befand, noch was sie Emilio gerade antaten.

Der Gedanke an das kleine Mädchen zerriss mich innerlich. Was würden sie wohl mit Adelia tun?

Mein Herz pochte in einem ungesunden Rhythmus. Die Mission war eindeutig: Ich musste sie finden. Nur wie? Ich war nicht mit der Mafia aufgewachsen. Hatte keine Kriege geführt oder Menschen ermordet. Mein gesamter Körper zitterte. Ich wollte mich zusammenkauern wie ein Kind. All das hier vergessen. Doch ich durfte nicht. Die Zeit war, neben ihm, mein größter Feind.

»Mist«, fluchte ich, als ich mir dessen bewusst wurde.

Sie hatten das Haus gestürmt. Adelia entführt. Einzig, weil ich einen Moment unachtsam gewesen war. Ich kannte das Risiko. Die Bedrohung. Das alles war einzig und allein meine Schuld.

Wenn ihnen etwas passieren würde …

Ich verwarf den Gedanken. Wollte nicht daran denken, da es zu sehr schmerzte. Ich könnte mir das niemals verzeihen.

Leano war mein Mann. Emilio mein Freund, und Adelia? Sie war wie meine eigene Tochter. Ich hatte sie alle in mein Herz geschlossen.

Innerlich suchte ich allen Mut zusammen, den ich aufbringen konnte. Bestmöglich versuchte ich, mich zu beruhigen. Meine Beine trugen mich weiter, bis um die Ecke der riesigen Lagerhalle. Alles hier drinnen war dunkel und dreckig, doch vereinzelte Lichtstrahlen drangen durch Ritzen und warfen schwache, flackernde Schatten, die ein wenig Sicht ermöglichten. Diese Halle musste seit Jahren ungenutzt sein. Ich horchte, ob sich irgendjemand in der Nähe befand. Doch es herrschte Stille, was mir seltsam vorkam. Weder hörte ich Schritte noch sah ich einen von Serafinos Männern, obwohl er mich genau hierhergelockt hatte. Bevor ich meine weiteren Schritte überlegen konnte, vernahm ich eine männliche Stimme hinter mir. Ich hatte sie bereits schon einmal gehört.

»Ganz langsam, und dreh dich um«, rief diese.

Mir blieb nichts anderes übrig. Langsam drehte ich mich herum. Ich wusste bereits, wer da stehen würde, doch es mit eigenen Augen zu sehen, ließ mein Herz stolpern. Ich blickte ihm in die dunklen Augen. Seine Lippen zierten ein Lächeln. Dieser Bastard!

Er zielte mit einer Waffe auf mich. Es gab kein Entkommen.

»So schnell sieht man sich wieder, meine Schöne«, trällerte er.

»Ansichtssache«, spuckte ich ihm entgegen.

»Nicht so frech. Du willst doch sicher nicht, dass deinem lieben Ehemann oder dem kleinen Mädchen etwas geschieht?«

Sofort zog ich die Waffe, die Leano mir geschenkt hatte. Aber er war schneller. Ich bemerkte meinen Fehler erst, als es zu spät war.

Ein Schuss ertönte. Ein zerreißender Schmerz durchfuhr mich. Mein Körper prallte auf den Boden. Alles um mich herum verschwamm. Sein Lachen drang nur gedämpft zu mir durch.

Mein Verstand schrie mich an, wach zu bleiben. Doch ich hatte keine Chance. Immer weiter driftete ich in die völlige Dunkelheit und Leere ab.

Kapitel 1

»Das werde ich dir niemals verzeihen«, entgegnete ich Valentina. Meine Lippen verzogen sich zu einem Lächeln.

Valentina, meine beste Freundin, zog mich mit sich, während die Bässe des Clubs in meine Ohren drangen. Wir kamen unserem Ziel näher. Sie hatte mich wie üblich mit hierhergeschleppt. Ich wollte die Wochenenden eher dafür nutzen, um abzuschalten. Der Alltag auf der Arbeit erschöpfte mich. Ich brauchte diese zwei Tage, um mich zu erholen. Auch wenn ich die Kinder liebte und meinen Job mit Herz und Seele erledigte. Nur genoss ich ebenso die Ruhe. Val hingegen hatte andere Pläne.

Sie zog mich mit sich zur Tür. »Komm schon, es wird dir guttun. Vielleicht findest du auch endlich jemanden, mit dem du Spaß haben kannst. Du bist so verklemmt.« Sie zwinkerte mir zu. Das sagte sie jedes Mal. Am Ende dieser Nacht würde sie mit einem wildfremden Typen abhauen und ich stand allein da. So lief es immer ab. Doch aus Liebe zu Valentina gab ich nach und ließ mich überreden, mitzukommen.

An der Tür angekommen, winkte uns der Türsteher durch. Wir hatten nie ein Problem, hineinzukommen. Zwei attraktive Frauen waren in solchen Clubs sowieso willkommen. Valentina zog die Blicke der Männer förmlich auf sich. Ihr rotes Minikleid schmiegte sich an ihre Rundungen, ebenso schmeichelte es ihrer gebräunten Haut. Ihre braunen Locken lagen offen über ihren Schultern. Durch ihren Job als Stylistin kannte sie sich – im Gegensatz zu mir – mit Mode gut aus. Mich interessierte das alles nicht so sehr. Als Erzieherin trug ich meist bequeme Hosen und Pullover, keine eleganten Kleider oder Röcke. Trotzdem hatte Val mich als ihr Versuchskaninchen auserkoren. Immer wieder zwang sie mich in ihre Kreationen. So wie an diesem Tag.

Ich trug ein schwarzes Kleid, das mehr von meiner Haut zeigte, als mir lieb war, und dazu schwarze High Heels, die sie mir geliehen hatte. Es war eine ihrer typischen Aktionen, mir etwas aus ihrem Kleiderschrank herauszusuchen, da ich selbst kaum die passende Garderobe für solche Partys besaß. Valentina hatte darauf bestanden, dass ich das Outfit anzog, und obwohl ich mich darin viel zu freizügig und unwohl fühlte, konnte ich ihr wie so oft nicht widersprechen. Ich zog an dem Stoff, um wenigstens ein bisschen mehr zu bedecken, während sie mich mit einem strahlenden Lächeln davon überzeugte, dass ich fantastisch aussah. Ich hatte Mühe, überhaupt in diesen hohen Schuhen laufen zu können. Neben Valentina sah ich vermutlich wie ein unbeholfenes Trampeltier aus. Sie lief wie ein Model über einen Laufsteg und ich bemühte mich, mir nicht den Fuß zu brechen.

Wir betraten den Club, der von LEDs erhellt wurde. Die Musik schallte in meinen Ohren. Valentina ergriff meine Hand und zog mich mit sich in Richtung der Bar.

»Zwei Tequila-Shots, bitte«, rief sie dem Barkeeper zu.

»Val, ich glaube nicht-«, setzte ich erfolglos meinen Widerspruch an.

Der Barkeeper stellte zwei Gläser sowie Zitrone und Salz vor uns ab. Meine Freundin reichte mir eine Scheibe von der Zitrone und mein Glas.

»Mach dich locker, Milena, und hab etwas Spaß. Du solltest nicht immer so ernst sein.« Sie schaute mich eindringlich an und ich bereute es jetzt schon, dass ich so leicht zu überreden war. Beide rieben wir unser Handgelenk mit der Zitronenscheibe etwas an, streuten das Salz darüber und erhoben den Tequila.

»Auf einen schönen Abend«, prostete ich. Ich leckte mein Handgelenk mit der Zitrone und dem Salz ab. In einem Zug schüttete ich den Tequila hinterher. Ein bitterer Geschmack breitete sich auf meiner Zunge aus. Es schüttelte mich. Hitze machte sich in meinem Magen breit und strömte weiter aus, bis mich wohlige Wärme erfüllte. Zum Abschluss bissen wir beide in die Zitrone und versuchten, keine Miene zu verziehen. Mir gelang es allerdings nicht. Valentina bemerkte meinen gescheiterten Versuch und lachte laut. Wir tranken zwei weitere Shots. Allmählich nahm die Wirkung des Alkohols Besitz von mir. Meine anfänglichen Zweifel ließen nach und ich fühlte mich freier.

Valentina erzählte mir den neuesten Klatsch und Tratsch aus der Promiwelt. Ich hatte Mühe, mir ein Lachen zu verkneifen, doch der Alkohol ließ mich unbeschwerter fühlen, und ich konnte nicht anders, als zu lachen. Gerade als der DJ den Song We found Love spielte, sprang ich von dem Barhocker auf und lief zur Tanzfläche.

»Das ist unser Song«, rief Val mir zu.

Gemeinsam bewegten wir unsere Hüften zur Melodie. Es war befreiend, mit ihr einfach zu tanzen. Die Last der vergangenen Tage fiel von mir ab. Mein Kopf schaltete auf Ruhemodus und die Gedanken an das neue Kind in meiner Gruppe verstummten. Wir tanzten eine gefühlte Ewigkeit und zogen die Blicke aller Leute auf uns.

Eine Traube von Männern hatte sich bereits um uns geschart. Sie schauten uns mit gierigen Blicken an. Wir genossen es. Genossen das Gefühl, begehrt zu werden. Valentina begann ein Gespräch mit einem attraktiven Blonden, während sich bei mir der Tequila von eben bemerkbar machte.

»Ich bin gleich wieder da«, rief ich ihr zu. Ihre Hände waren bereits dabei, den Mann hier und jetzt zu entkleiden. Ich verließ den Tanzbereich und suchte nach der Damentoilette. Wir besuchten den Club heute erstmalig wieder. Er wurde vor einigen Wochen privat verkauft und von dem neuen Eigentümer saniert. Meine Beine trugen mich über das teure Parkett. Ich bog in den Gang ein, in dem sich vorher die Toiletten befunden hatten, und öffnete die Tür. Sie fiel hinter mir automatisch ins Schloss. Stille erfüllte den Raum. Für einen kurzen Moment schloss ich die Augen. Ich atmete tief durch und ließ die Ruhe mit einem erleichterten Gefühl auf mich wirken.

»Kann ich dir weiterhelfen?« Eine männliche Stimme, erfüllt von Kälte, erklang.

Erschrocken öffnete ich wieder die Augen. Ich sah direkt in die kastanienbraunen Iriden des Mannes, welcher vor mir an einem Schreibtisch saß.

»Ich … Ähm … Verzeihung, ich wollte nicht-«

»Was wolltest du denn?« Der Mann stand auf und kam direkt auf mich zu. Er war groß. Seine braunen, kurzen Haare passten perfekt zu seinem kantigen Gesicht.

Panisch blieb ich an der Tür stehen. Brachte keinen Ton mehr heraus.

Vor mir angekommen, blieb er stehen. Er überragte mich um einen Kopf. Um ihn ansehen zu können, legte ich den Kopf in den Nacken. »Was sucht eine so kleine zierliche Blume in meinem Büro?«

Kapitel 2

Ich schluckte. Er stand immer noch vor mir. Kein Wort verließ meine Lippen. Mein Körper reagierte auf seine Nähe, indem mein Herz pulsierte und sich Gänsehaut auf meinen Armen ausbreitete. Urplötzlich wurde mir heiß und ich hatte das Gefühl, zu verbrennen.

Er trat einen weiteren Schritt auf mich zu. Nur noch wenige Millimeter trennten uns voneinander. Seinen Arm stützte er über meinem Kopf an der Tür ab. Seine rechte Hand bewegte sich zu meinen Händen und umfasste sie sanft. Nach wie vor sagte keiner von uns ein Wort.

Sein Gesicht kam meinem immer näher. Ich spürte seinen heißen Atem auf meiner Wange. Er roch nach einer Mischung aus Whiskey und Nikotin. Mein Blick hing starr an seinen rosa Lippen.

»Wie heißt du?« Seine Stimme war nur ein Hauchen. Er ließ meine Hand wieder los. Seine Fingerspitzen tanzten langsam meinen Arm hinauf, was ein Kribbeln auf meiner Haut auslöste.

Ich schwieg. Die rauen Finger des Mannes bahnten sich ihren Weg nach oben bis zu meiner Kehle. Dann hielt er kurz inne. Er betrachtete mich mit einem kühlen Blick und schien für einen Moment zu überlegen. Ruckartig umgriff seine Hand meinen Hals und drückte leicht zu.

»Ich habe dich etwas gefragt. Wage es nicht, mich zu ignorieren!«

Ein Gefühl von Angst überkam mich. »Milena«, erwiderte ich leise. Ein Zittern schwang in meiner Stimme mit, was er offenbar bemerkte. Ein Funkeln leuchtete in seinen Augen auf.

»Ein schöner Name für eine so schöne Frau.« Ich sah ihm weiterhin in die Augen. Seine Hand umschlang noch immer meine Kehle. Doch er drückte nicht zu. Ich hatte keine Probleme, Luft zu holen, spürte trotzdem seine Hand um meinen Hals. »Also noch einmal, Milena: Was suchst du hier?«

Ich musste ihm antworten. »Ich war auf dem Weg zu den Toiletten«, blieb ich bei der Wahrheit. Sein Blick war starr auf mein Gesicht gerichtet. »Früher, ich meine, vor dem Verkauf befanden sie sich hier. Ich muss mich geirrt haben.« Wie ein Wasserfall erzählte ich ihm haarklein, wie ich hier gelandet war. Es musste wohl an dem ganzen Alkohol liegen, der meine Zunge lockerte. Am Ende meiner Erzählung sah ich ihn entschuldigend an. Es verunsicherte mich, dass er weiterhin schwieg. Ich wollte gehen, mich aus seinem Griff winden und abhauen. Zu peinlich war mir diese Situation. Die Hand um meine Kehle umfasste diese härter. Ein Keuchen entkam mir, als er fester zudrückte. Im nächsten Moment spürte ich seine Lippen auf meinen. Er küsste mich.

Seine weichen Lippen nahmen von meinen Besitz. Seine Hand gab meinen Hals frei und fuhr in meinen Nacken. Er zog mich näher an sich. Einen Moment zögerte ich, ehe sich die Hitze in meinem Unterleib ausbreitete und mich die Leidenschaft mit sich riss. Der Kuss wurde immer leidenschaftlicher. Ich war so überwältigt von dem Gefühl, dass sich meine Lippen automatisch öffneten. Seine Zunge nutzte die Chance und eroberte meinen Mund. Meine Hände fuhren über seine Brust und ich ertastete unter seinem Hemd die Muskeln. Feuchtigkeit sammelte sich zwischen meinen Beinen. Ich wollte mich ihm voll und ganz hingeben. Verschwunden waren die Zweifel. Zurück blieb nur ein Gefühl der Ekstase.

Die Hand, die er in meinen Haaren vergraben hatte, wanderte nach unten. Sie streifte über meinen Hintern und kniff sanft hinein. Ich stöhnte auf, doch verstummte sofort wieder, als er mich weiterhin sinnlich küsste. Am Saum meines Kleides angekommen, schob er es langsam nach oben. Er beendete den Kuss und atmete hektisch. Meine Augen, die sich vor Überwältigung geschlossen hatten, öffneten sich wieder. Ich sah in an. Sah seinen hungrigen Blick. Er war genauso erregt wie ich, daran bestand kein Zweifel. Dieser Mann war so unfassbar attraktiv.

Seine Hand griff zwischen meine Beine und schob meinen Slip beiseite. Seine Finger glitten zwischen meine Schamlippen, berührten meine erhitzte nasse Haut.

»Stöhn für mich«, flüsterte er mir ins Ohr, als er mit einem Finger in mich eindrang.

Ich gehorchte ihm. Mein Stöhnen erfüllte den Raum. Sein Finger drang immer schneller in mich. Meine Fingerspitzen krallten sich in seine Schultern und suchten nach Halt. Die Schenkel weiter spreizend, genoss ich seine Beanspruchung. Als er noch einen Finger dazunahm, merkte ich, wie die Flüssigkeit meiner Pussy an meinem Oberschenkel herablief.

»Scheiße, bist du nass«, stöhnte der mysteriöse Mann.

Meine Augen fielen auf seinen Schritt und erkannten die Beule in seiner Hose. Mein Unterleib zog sich pulsierend zusammen. Er nahm seinen Daumen dazu, der meine Klitoris rieb und mich um den Verstand brachte. Eine Welle bahnte sich in mir an. Das Zusammenspiel seiner Finger erhitzte meine Erregung weiter. Meine Beine zitterten. Ich hatte Probleme, auf diesen Halt zu finden. Ein Schrei entkam mir, als ich auf seinen Fingern kam.

»Bitte, fick mich«, flehte ich, als mich die Welle des Höhepunkts übermannte. In voller Erwartung, er würde meiner Bitte nachkommen, schmiegte ich mich enger an ihn. Seine Hand glitt erneut zwischen meine Beine. Er schob meinen

Slip zurecht und anschließend mein Kleid wieder über meinen Hintern. Verwirrt starrte ich ihn an.

»Ich werde dir ein Taxi rufen«, war das Einzige, was er sagte.

Das Gefühl von Wut baute sich in meinem Körper auf. Ich fühlte mich von ihm ausgenutzt, als hätte er mich nach allem, was passiert war, einfach fallen lassen – nach dem Moment, in dem ich mich einem Fremden hingegeben hatte.

»Brauchst du nicht«, erwiderte ich, drehte mich um und öffnete die Tür, um sie anschließend mit einem Knall hinter mir zufallen zulassen. Hatte er mich nur als ein kleines Spiel gesehen?

Verletzt von der Art, wie er mich behandelt hatte, verschwamm meine Sicht. Ich wollte nicht weinen, keine Schwäche zeigen. Sicher würde er mich beobachten. Doch ich konnte die aufkommenden Tränen nicht zurückhalten. Ich schämte mich, vor ihm gekommen zu sein. Schämte mich dafür, dass ich es genossen hatte. Dass es mir gefallen hatte.

Auf schnellstem Wege verließ ich den Club. Als ich draußen war, hielt ich inne und atmete tief durch. Ich zückte mein Handy, um Val eine Nachricht zu schicken, dass ich bereits auf dem Weg nach Hause war. Sie sollte sich keine Sorgen um mich machen und ihren Spaß haben.

Ich wählte die Nummer eines Taxiunternehmens, als plötzlich ein schwarzer Wagen vor mir hielt.

»Bist du Milena?«, fragte er mich.

Ich schaute nach links und rechts, doch außer mir befand sich keine Menschenseele hier draußen. Lediglich die Musik aus dem Club hallte durch die Luft.

»Ich soll dich nach Hause fahren«, setzte er fort, »Befehl vom Boss.«

Mir war egal, wer sein angeblicher Boss sein sollte. Ich hatte keine Lust auf einen perversen Entführer. Der Typ aus dem Club reichte mir für diesen Abend völlig. Ohne etwas zu erwidern, drehte ich mich um und lief los. Das Auto fuhr mit Schrittgeschwindigkeit neben mir her.

»Ich kann auch den ganzen Weg neben dir herfahren. Kein Problem. Hauptsache, du kommst sicher zu Hause an«, versuchte er es weiter.

Von seiner Aufdringlichkeit genervt, verdrehte ich die Augen. »Ich steige nicht zu Fremden ins Auto, egal, was auch immer dein Boss will.«

»Gut. Ich bin Guilio und jetzt kein Fremder mehr. Also steig endlich ein. Ich verspreche auch, dir nichts zu tun.«

Diese Aussage klang nicht sehr überzeugend, doch was hatte ich für eine Wahl? Bis zu mir nach Hause waren es mehr als zehn Kilometer. Ich trug hohe Schuhe, und als Frau nachts allein unterwegs zu sein, war viel zu gefährlich. Valentina hatte uns mit ihrem Auto hierhergefahren. Ich könnte sie nach den Schlüsseln fragen und selbst fahren, allerdings fühlte ich mich dazu nicht in der Lage. Für ein Taxi hatte ich kein Geld, ich hatte es zu Hause vergessen. Zu meinem Pech.

Kurzentschlossen öffnete ich die Tür zu dem Auto. Vielleicht würde das mein Untergang sein. Wir fuhren zwanzig Minuten, als Giulio vor meiner Tür parkte. Es hatte sich herausgestellt, dass er ein netter Kerl war. Er hatte mir von seinem Job in einer Sicherheitsfirma erzählt. Mein Bauch tat von dem vielen Lachen bereits weh.

Ich verabschiedete mich von ihm und bedankte mich. Überglücklich, dass ich nicht als Leiche im Waldrand geendet war, schloss ich die Tür zu unserem Apartmentkomplex auf. Mit dem Fahrstuhl fuhr ich nach oben und öffnete die Wohnungstür. Erleichtert zog ich die High Heels von meinen schmerzenden Füßen. Ich ging in das Badezimmer, um das Gefühl seiner Hände auf meinem Körper abzuwaschen. Eins war mir bewusst geworden: Ich würde diesen Club nie wieder betreten.

Mein Kopf pochte, als ich blinzelnd die Augen öffnete. Ein Blick auf mein Handy verriet mir, dass es bereits Mittag war. Nachdem Guilio mich nachts herausgelassen hatte, dauerte es eine Ewigkeit, bis ich in den Schlaf fand. Zu sehr drehte sich mein Gedankenkarussell um den Mann im Club. Seine Finger an meiner heißen Stelle spürte ich noch immer. Es war nicht falsch gewesen, mich nach ihm zu sehnen. Ich war angetrunken gewesen und er sehr attraktiv. Doch nachdem er mich abgewiesen hatte, blieb nichts als lodernde Wut in mir übrig. Es verletzte mich, dass er mich benutzt hatte, als wäre ich eine Nutte.

Ich erhob mich aus meinem Bett, zog mir bequeme Kleidung über und ging in den Wohn- und Essbereich, wo ich auf Valentina traf.

Wir waren vor drei Jahren zusammen gezogen. Da sowieso immer einer von uns bei der anderen gewesen war, hielten wir es für eine gute Idee und bisher hatte sich nichts daran geändert.

Sie stellte mir ein Glas Wasser und eine Aspirin vor die Nase, was ich dankbar annahm.

»Wie bist du nach Hause gekommen?«, fragte sie und zog eine Augenbraue nach oben.

»So ein Typ hat mich gefahren.«

Ihr Blick ging an mir vorbei, als würde sie noch eine weitere Person erwarten. »Und wie sah er aus?«, hakte sie neugierig nach.

»Er ist ein Arsch. Mehr muss man nicht wissen.«

Ich sah ihr an, dass sie mit meiner Antwort nicht zufrieden war. Sie öffnete bereits den Mund, um weiter nachzuforschen, doch ein Mann, nur mit Boxershorts bekleidet, zog ihre Aufmerksamkeit auf sich. Er stellte sich zu ihr und zog sie in einen Kuss. Genervt verdrehte ich die Augen, nahm mir schnell eine Müslischale und ging zu der Couch. Dort ließ ich mich nieder und schaltete den Fernseher ein. Gerade sehnte ich mich mehr als jemals zuvor nach Trash-TV. Bereits als sich das erste Paar zu streiten begann, erfüllte mich Freude. Warum über sein eigenes Leben nachdenken, wenn ich auch das von Promis verurteilen konnte?

Kaum dass die Diskussion der beiden hitziger wurde, wurde das Programm pausiert. Frustriert stieß ich Luft aus.

Das Programm unterbrach. Ein Studio erschien auf dem Fernseher. Der Bildschirm wurde mit dem Wort Eilmeldung erleuchtet. Zu sehen waren die Neapel-News.

Der Nachrichtensprecher berichtete: »Gerade erhielten wir die Meldung über einen Anschlag auf das Anwesen der Guerras. Berichten zufolge soll die verfeindete Mafiafamilie Salvani dafür verantwortlich sein. Bei der Explosion kamen ein 10-jähriges Mädchen und die Frau des Besitzers ums Leben. Die Behörden ermitteln zum jetzigen Zeitpunkt noch.«

Ungläubig starrte ich auf den Bildschirm. Ich hatte die Namen noch nie gehört, weder Guerra noch Salvani, geschweige denn von einer angeblichen Mafia. Valentina berichtete mir so gut wie alles über die Sternchen unserer Stadt, doch ich war mir sicher, diese hatte sie noch nie erwähnt.

Mein Herz brach, als ich mir die Worte erneut ins Gedächtnis rief. Ein 10-jähriges Mädchen war gestorben. Es traf mich immer sehr, wenn ein Kind so früh von der Welt gehen musste. Sie waren noch so klein und unschuldig.

Weiter berichtete eine Nachrichtensprecherin. »Die zuständigen Behörden gehen von einem Angriff der verfeindeten Mafiafamilie aus. Die Salvanis sollen in der Nacht den Sprengsatz angebracht und durch einen Fernzünder Stunden später gesprengt haben. Es handelt sich somit um einem Mafiakrieg. Passen Sie bitte auf sich auf.«

Auf ihre Worte hin prustete ich los. »Mafia?! So ein Schwachsinn«, regte ich mich auf. Es gab keine Mafia, erst recht nicht in Neapel.

Valentina trat zu mir und sah ebenfalls auf den Bildschirm. »Das arme Mädchen.« Ihre Stimme klang bedrückt. »Meinst du wirklich, die Mafia gibt es nicht?«

»Warum sollte es die Mafia geben, Val? Meiner Meinung nach ist das die Ausrede der Medien und Behörden, wenn sie etwas nicht erklären können. Oder hast du schon einmal jemanden von der Mafia gesehen, wenn sie doch so viele Anhänger haben?« Es war absurd und unmöglich. Absurd, so oft von der Mafia zu hören, ohne je einen von ihnen gesehen zu haben. Bei ihren angeblich so vielen illegalen Aktivitäten müssten es außerdem sehr viel mehr Verhaftungen geben.

»Meinst du nicht, es gibt so einen heißen Mafioso wie im Film?«

»Nein, Val. Das ist alles nur für Bücher und Filme erfunden. Es gibt keine Mafia.«

Kapitel 3

Ein nervtötendes Klingeln weckte mich. Ich versuchte, es zu ignorieren, doch es hörte nicht auf. Die ersten Sonnenstrahlen kitzelten mein Gesicht. Meine Augenlider öffneten sich und ich wagte den Blick auf mein Handy. Montagmorgen. Der schlimmste Tag der Woche. Nach einem partyreichen Wochenende noch viel mehr.

Trotz alledem war es Zeit für mich. Die Arbeit rief. Schwermütig erhob ich mich aus den himmlisch weichen Kissen. Am Morgen fühlte sich das Bett immer wie der reinste Himmel an.

Routiniert trugen mich meine Beine in das angrenzende Badezimmer. Ich liebte die Wohnung. Jeder von uns besaß sein eigenes Bade- und Schlafzimmer. Die Küche war offen gestaltet und das riesige Panoramafenster zeigte die Stadt aus einem anderen Winkel.

Gerade am Abend, bei Sonnenuntergang, liebte ich es, mit einer heißen Tasse Tee davor zu sitzen und das Farbspiel des Himmels zu beobachten. Es faszinierte mich, wie schön sich die Natur zeigte. Gleichzeitig verschaffte es mir einen Ausgleich von dem stressigen Alltag.

Im Bad angekommen, betrachtete ich mich im Spiegel. Meine Haare standen in alle Richtungen ab, als hätte mich ein Blitz getroffen. Augenringe zierten mein Gesicht und zeichneten meine Müdigkeit. Eilig nahm ich mir die Haarbürste, um die

Katastrophe zu retten. Als alle Knoten aus meinen Haaren verschwunden waren, band ich meine Haare zu einem Dutt zusammen. Lange würde dieser sowieso nicht halten, aber zumindest sah ich zu Anfang meiner Schicht gepflegt aus.

Mit geübten Handgriffen legte ich mir ein dezentes Tages-Make-up auf und lief zurück in mein Schlafzimmer. Aus dem Kleiderschrank zog ich eine Leggings und einen Hoodie. Damit würde ich sicherlich keinen Preis bei einer Modeschau gewinnen, allerdings war es bequem und perfekt für die Arbeit mit Kindern.

Nach einem kurzen Blick auf die Uhr machte ich mich auf den Weg. Ich schnappte meine Tasche und die Autoschlüssel und verließ das Gebäude. Mit dem Fahrstuhl fuhr ich in die interne Tiefgarage, in der mein Auto stand. Ich fuhr einen kleinen, weißen Fiat. Aufgrund seines Alters musste er oft in die Werkstatt, aber er stand dennoch treu an meiner Seite.

Musik schallte aus dem Radio, als ich den Motor startete. Neapel war eine so wundervolle Stadt. Ich liebte die altertümliche Innenstadt und die Nähe zum Meer. Meine Gedanken schweiften zu Adelia, einem Kind in meiner Gruppe. Vor zwei Wochen war sie neu zu mir gekommen. Bisher hatte ich nicht viel über sie herausgefunden. Sie verhielt sich zurückhaltend. Meine Versuche, eine Bindung zu ihr aufzubauen, scheiterten bislang. Ein Gespräch mit ihren Eltern wäre ratsam. Nur hatte ich sie noch nie gesehen, was mir Sorgen bereitete. Meine Kolleginnen hatten die Eingewöhnung und Kennlerngespräche durchgeführt. Adelia sollte ursprünglich in eine andere Gruppe, bis sie spontan in meine wechselte. Irgendetwas hatte das kleine Mädchen, das spürte ich. Wenn ich morgens die Kita betrat, saß sie bereits allein da. Machte ich Feierabend, war sie immer noch da.

Stille breitete sich aus, als ich auf dem Parkplatz des Kindergartens ankam und mein Auto unter zwei wunderschönen Bäumen parkte. Es war mein Lieblingsplatz hier.

Die Bäume erinnerten mich an meine Mutter, die bei der Geburt meines Bruders verstorben war. Sie hatte die Blüten der japanischen Kirsche geliebt. Zu meinem Bruder pflegte ich wenig Kontakt. Unsere Berufe spannten uns extrem ein, wodurch wir uns kaum sahen. Er arbeitete in Palermo für eine kleine Firma. Gelegentlich telefonierten wir miteinander, aber ich vermisste unsere gemeinsame Zeit. Früher, als wir noch unzertrennlich gewesen waren.

Ich nahm meine Schlüssel und Arbeitstasche und stieg aus. Schnell schloss ich mein Auto ab.

Motivierter, als nach dem Aufstehen, machte ich mich auf den Weg zum Eingang. Ein paar Eltern nickten mir bereits höflich zu, was ich ihnen erwiderte.

Vor der Tür angekommen, legte sich meine Hand um die Klinke. Kurz hielt ich inne und warf einen letzten Blick auf die Blüten des Baumes. »Na dann, auf gehts«, flüsterte ich zu mir selbst, um mir Mut zu machen. Ich war gut in dem, was ich tat, und eine ausgezeichnete Erzieherin. Doch tief in mir hatte ich trotzdem Angst, zu versagen oder dass einem Kind in meiner Verantwortung etwas passieren könnte.

Mit diesem Gedanken öffnete ich die Tür. Ich würde mein Bestes geben.

Drinnen angelangt, erwartete mich das altbekannte Chaos. Gestresste Mitarbeiter liefen umher. Eltern, die ihre Kinder in die Gruppen brachten. Geschrei und tränenreiche Augen. Den meisten Kindern fiel der Abschied von den Eltern leicht. Doch bei einigen kam es zu Tränen und Traurigkeit. Ich war es gewohnt.

Ich ging in meine Gruppe. Auf den ersten Blick erkannte ich bereits Adelia, die an einem der Tische zum Malen saß. Ein paar meiner kleinen Schätze kamen sofort auf mich zugerannt, um mich freudestrahlend zu umarmen. Meine schlechte Laune verflog. Ein Lächeln breitete sich automatisch auf meinem Gesicht aus. Die Tasche und meine Jacke fanden ihren üblichen

Platz. Straßenschuhe wurden durch Hausschuhe ersetzt.

Ich suchte mir eine kleine Ecke, in der ich den Überblick über den Raum hatte, und setzte mich auf den Boden. Die Kinder spielten und ich beobachtete sie dabei.

Nach einiger Zeit fiel mir Adelia auf. Ihre langen blonden Haare waren zu einer Flechtfrisur zusammengebunden und sie trug ein rosa Kleid. Sie sah wie eine kleine Prinzessin aus.

Unbemerkt rutschte ich etwas näher zu ihr heran. Sie war darin vertieft, ein Buch anzuschauen. Darin ging es um einen kranken Hasen, dessen Mutter ihn gesund pflegte. Ich nutzte es gern, um den Kindern Krankheit und Gesundheit zu vermitteln.

»Der kleine Hase ist krank«, erzählte ich.

Sie schien mir allerdings nicht zuzuhören. Ihre Finger streichelten über das Bild des Hasen.

»Weißt du, was dem Hasen helfen könnte, wieder gesund zu werden?«, fragte ich sie. Erneut erhielt ich keine Reaktion von ihr.

Schweigend saßen wir da. Als ich die Hoffnung aufgeben wollte, drehte sie den Kopf zu mir und musterte mich. Ihre Augen wirkten nicht unschuldig, so wie die der anderen Kinder. In ihnen fand ich Traurigkeit. Nicht enden wollende Traurigkeit.

Es brach mir das Herz, sie so sehen zu müssen. Ich wollte sie gerade in den Arm nehmen und trösten. Als sie bemerkte, dass ich mich ihr näherte, versteifte sie sich sofort. Ruckartig hielt ich in meiner Bewegung inne.

Adelia sprang auf und rannte in eine Spielecke, in der sie sich hinter den Kuscheltieren verstecken konnte. Mein Bauchgefühl sagte mir, ich solle ihr nachgehen. Für sie da sein, aber ihr Verhalten zeigte mir, dass sie ihre Ruhe wollte. Sie hatte noch kein Vertrauen zu mir. Gegen mein Bauchgefühl ließ ich ihr den Freiraum, den sie wollte, und wandte mich den anderen Kindern zu.

Alea, eine Kollegin von mir, kam auf mich zu, um etwas mit mir zu besprechen. Als ihr Blick auf Adelia fiel, hielt sie inne. »Hat sie mittlerweile schon etwas gesagt?«, fragte sie. Ich schüttelte den Kopf.

Adelia war vor zwei Wochen zu mir gekommen. In diesen zwei Wochen hatte sie nicht ein Wort von sich gegeben. Sie war bereits fünf Jahre alt und müsste die Fähigkeit, zu sprechen, besitzen. Ich wusste nicht, ob sie nicht wollte oder vielleicht nicht konnte.

»Haben die Eltern etwas gesagt, als sie gebracht wurde?«

»Leider nein, der Vater sagte nichts zu uns. Er meinte nur, sie bräuchte dringend einen Betreuungsplatz. Der Preis würde keine Rolle spielen«, erklärte sie und sah mich mit einem mitleidigen Blick an. »Vielleicht dringst du zu ihr durch. Meine Versuche sind leider fehlgeschlagen.«.

Uns allen lag Adelia auch nach der kurzen Zeit sehr am Herzen. Doch was wäre ich für eine Erzieherin, wenn ich nicht alles in meiner Macht Stehende tun würde, um diesem kleinen Mädchen wieder etwas Licht zu schenken.

»Ich gebe mein Bestes, das weißt du doch«, erwähnte ich, obwohl Alea das bereits wusste.

Sie nickte mir zustimmend zu, sah ein letztes Mal zu Adelia und ging zurück in ihren Gruppenraum.

Ich schaute mich im Raum um und bemerkte, dass Adelia aus ihrem Versteck gekommen war. Sie war bereits mit einem anderen Spielzeug beschäftigt. In ihren Händen hielt sie eine Puppe, welche sie in ein kleines Puppenbett legte. Behutsam deckte sie sie zu und wachte über sie, während sie schlief.

Vielleicht war es besser, wenn ich ihr zunächst ihren Freiraum ließ. Sie würde sich mir bestimmt öffnen, wenn sie sich dazu bereit fühlte. Ich sollte sie nicht überfordern.

Alle Kinder saßen am Esstisch, nachdem wir ein Bild für ihre Eltern gemalt und aufgeräumt hatten. Adelia aß so gut wie gar nichts. Ich sollte sie definitiv im Auge behalten. Nach dem Essen machten sich alle Kinder bereit für den Mittagsschlaf. Als alle schliefen, machte ich mich auf den Weg zum Pausenraum, in dem Alea schon saß.

»Und wie war die Party am Wochenende?«, unterbrach sie die Stille. Alea war nur ein paar Jahre älter als ich. Wir unterhielten uns öfter über die Clubs dieser Stadt, doch ich konnte mich nicht daran erinnern, ihr etwas erzählt zu haben.

Ich warf ihr einen verwirrten Blick zu. »Es war … naja … eine Erfahrung«

»Eine Erfahrung?« Sie zog eine Augenbraue nach oben und grinste mich an.

Stumm ging ich mit meinem Tee auf sie zu und setzte mich an den Tisch. Bald hatte ich Feierabend, den meine Nerven dringend brauchten.

Alea schmunzelte mich die ganze Zeit über an, was ich versuchte, zu ignorieren. Irgendwann hatte ich nicht mehr die Nerven dafür.

»Alea, was ist los? Warum grinst du mich an?«

»Erzähl schon. Wie alt ist er? Wie groß? Wie heißt er? War es gut?«

»War was gut?« Ich konnte ihr nicht ganz folgen.

»Du weißt schon … war er gut ausgestattet? Wie lange hat er durchgehalten?«

»STOPP. Alea, wir sind auf der Arbeit. Die Kinder …«

»Welche Kinder? Ich sehe keine.«

Guter Punkt. »Na, die im Raum nebenan schlafen und die so etwas auf keinen Fall hören sollten«, erwiderte ich zähneknirschend. »Hör zu, es gab keinen Typen. Selbst wenn es einen gegeben hätte, wäre er mit Abstand der größte Arsch in der ganzen Stadt.«

Alea öffnete bereits den Mund, um etwas zu erwidern. Doch Schreie aus dem Schlafraum weckten unsere beider Aufmerksamkeit. Sofort sprang ich auf und eilte zu den Kindern in den Raum nebenan.

Es war Adelia …

Kapitel 4

Adelia schlug wild um sich und weinte unaufhörlich. Sie hatte einen Albtraum und träumte immer noch.

Schnellen Schrittes ging ich auf sie zu und sank auf die Knie. Ich streichelte über ihren Rücken. Sanft rüttelte ich sie, um sie zu wecken.

»Adelia, Kleine. Alles ist gut. Ich bin bei dir«, flüsterte ich.

Die kreisenden Bewegungen meiner Hand verstärkten sich. Es dauerte nicht lange, bis sie sich schließlich beruhigte. Ihre Arme erschlafften. Einzig leise Schluchzer entkamen ihr.

Nach weiteren endlos anfühlenden Minuten öffnete sie ihre Augen. Unter Tränen blickte sie zu mir auf.

Mein Herz brach in diesem Moment. Das kleine Mädchen tat mir unfassbar leid. Die Traurigkeit in ihrem Blick erweckte mein Mitleid. Ich musste unbedingt etwas finden, um ihr zu helfen. Doch dafür müsste ich zunächst die Ursache für ihr Verhalten kennen. Genau in dieser Sekunde schwor ich mir, alles dafür zugeben, dass es ihr besser ging.

Adelia sprach kein Wort. Ich tat es ihr gleich und schwieg ebenfalls. Es war bereits ein Riesenerfolg, dass sie meine Nähe zuließ.

Die restliche Zeit blieb sie wach. Schweigen umgab uns beide. Ich blieb die ganze Zeit über bei ihr, streichelte weiter beruhigend ihren Rücken und wischte ihr die Tränen aus dem

Gesicht. Irgendwann hörte sie auf zu weinen. Ihr Blick lag ununterbrochen auf mir.

Trotz dass sie geschrien hatte, schliefen die anderen Kinder nach wie vor tief und fest. Alea war die Einzige, die uns kurz Gesellschaft leistete. Sie hatte vorbeigeschaut und sich versichert, dass alles gut war. Danach ließ sie uns wieder allein.

Die Zeit verging wie im Schneckentempo. Adelia und ich saßen nebeneinander, bis ich sie mit den anderen Kindern ins Bad schickte.

Während ich die Matten, auf denen die Kinder geschlafen hatten, wieder in den Schrank verstaute, zogen sich die Kinder selbstständig an. Die ganze Zeit über behielt ich mein Sorgenkind im Auge.

Ein Elterngespräch wäre dringend angeraten und landete auf meiner mentalen To-do-Liste.

Am Nachmittag nach dem Essen schnappten Alea und ich uns die restlichen Kinder. Wir gingen nach draußen auf den Spielplatz. Während die Kinder spielten, nutzte ich die Chance, um mit einigen Eltern zu reden.

Gerade beendete ich ein Gespräch mit einer Mutter, als ich nach Adelia schauen wollte. Seitdem sie diesen Albtraum gehabt hatte, machte ich mir Sorgen um sie. Weswegen ich sie, mehr als die anderen Kinder, im Auge behielt.

Mein Blick fiel auf den Sandkasten, der einige Meter von mir entfernt stand und leer war. Sie konnte doch nicht einfach verschwunden sein. Mein Herz raste. Hektisch blickte ich mich auf dem Außengelände um.

»Hast du Adelia gesehen? Sie war gerade noch hier«, erkundigte ich mich bei einer Kollegin.

»Ihr Vater hat sie abgeholt. Du warst vertieft in das Gespräch mit Signora Russo.«

Augenblicklich beruhigte ich mich. Sie war nicht weg, sondern wurde abgeholt. Nur dadurch verflog die Chance auf Informationen. Ich würde morgen mit dem Vater sprechen.

Das Gute im Kindergarten war, dass die Eltern jeden Tag wiederkamen.

Ich räumte meinen Gruppenraum auf, bevor ich mich in den wohlverdienten Feierabend verabschiedete.

Der erste Tag hatte viele Überraschungen für mich bereitgehalten und ich hatte das Gefühl, es würden noch einige folgen.

Ich setzte mich in mein Auto und fuhr los. Der Berufsverkehr kostete mich die letzten Nerven, aber irgendwann schaffte ich es endlich nach Hause.

Kraftlos nach den Strapazen des Tages ließ ich meine Tasche und meine Jacke auf den Boden fallen und trug mich auf die Couch. Das Handy aus der Hosentasche gezogen, öffnete ich meine Social-Media-App, doch sofort kamen Videos über den Anschlag der Camorra.

Irgendwann musste ich wohl eingeschlafen sein, denn am nächsten Morgen wurde ich unsanft von meinem Handy geweckt.

Auf dem Weg zum Kindergarten entschied ich mich dazu, mir einen Kaffee zu holen. Ich hielt an meinem Lieblingscafé und ging hinein.

Das Café Venezia war wie jeden Morgen gut besucht. Die Schlange reichte bereits bis draußen auf die Straße. Kein Wunder bei den fantastischen Getränken, die sie hier zauberten.

Nach zehn Minuten trat ich vor die Bedienung, um meine Bestellung abzugeben. »Einen Vanilla Chai Latte, bitte.«

Die Frau nickte und warf mir ein freundliches Lächeln zu, ehe sie meinen Kaffee zubereitete.

»Das macht dann bitte 4,95.« Den Kaffee stellte sie vor mir auf dem Tresen ab.

»Einen Moment, bitte.« Ich suchte in meiner Tasche nach meiner Karte, die ich schnell fand und der Kassiererin reichte.

Sie tippte etwas auf den Bildschirm ein und runzelte die Stirn. »Tut mir leid, Ihre Karte ist nicht ausreichend gedeckt.«

Verblüfft blieb ich stehen. Schweiß rann mir den Nacken herunter. »Das muss ein Fehler sein. Es ist genügend Geld auf der Karte.«

»Nein, tut mir leid. Die Kasse zeigt mir an, Ihre Karte sei nicht ausreichend gedeckt.« Sie reichte mir meine Karte zurück und sah mich mitleidig an.

Das war doch ein einziger Albtraum! Leider konnte ich nicht die Augen öffnen und es würde vorbei sein. Noch nie war meine Karte nicht gedeckt gewesen. Voller Scham kramte ich in meiner Tasche, auf der Suche nach etwas Kleingeld. Die Kunden hinter mir wurden immer ungeduldiger und mein Puls stieg vor Nervosität in die Höhe.

»Ich zahle«, sprach eine mir bekannte Stimme. Mein Herz setzte aus, als ich erkannte, wer es war. »Und bitte fügen Sie der Bestellung noch eine heiße Schokolade und einen schwarzen Kaffee hinzu.«

Langsam hob ich den Kopf, um ihn anzusehen. Ich lag mit meiner Vermutung richtig. Es war der Mann aus dem Club …

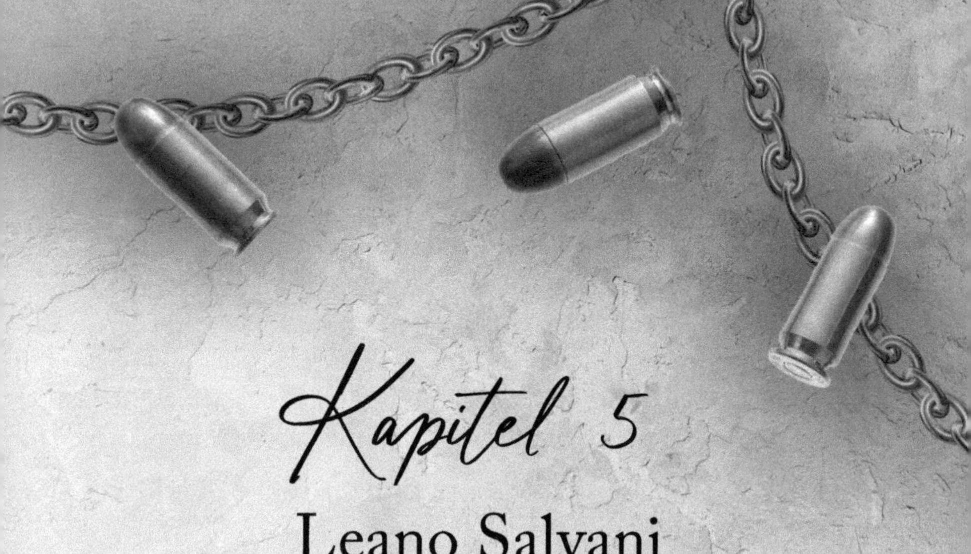

Kapitel 5
Leano Salvani

Vor zwei Wochen

»Die Nächste!«, schnauzte ich.

»Bist du dir sicher? Sie hatte Top-Qualitäten-«, begann Emilio, doch ich ignorierte ihn. Mit einer ausladenden Handgeste bedeutete ich ihr, zu gehen. Emilio geleitete sie nach draußen.

Isalie lag seit zwei Wochen im Koma. Meine Wut brodelte noch immer. Ich wollte Rache, aber meine Aufmerksamkeit galt Adelia. Sie musste lernen, ohne ihre Mutter zurechtzukommen. Neben den Geschäften hatte ich mich jetzt auch noch um eine Fünfjährige zu kümmern. Es zerrte an meinen Nerven. Emilio suchte mir genau aus diesem Grund ein Kindermädchen. Bisher ohne Erfolg.

Nichts und niemand würde Adelia gerecht werden. Wütend stieg ich in mein Auto, um zu einem meiner Bordelle zu fahren. In meiner Abwesenheit kümmerten sich meine Männer darum.

Ich bog gerade in eine Seitenstraße ein, als ein Ball über die Straße rollte. Abrupt bremste ich. Ich drehte mich nach rechts, um aus dem Fenster zuschauen und den Verantwortlichen zur Rechenschaft zu ziehen, als mir auffiel, dass es sich wohl um einen Kindergarten handelte. Eine Frau stand neben einer Schaukel und spielte mit den Kindern.

Ihr braunes Haar wehte im Wind. Sofort war ich gefangen von ihrer Art. Der Umgang mit den Kindern wirkte so liebevoll. Genau das, was ich für Adelia wollte.

Ich nahm mein Handy, um unauffällig ein Foto von ihr Emilio zuschicken. »Finde alles über sie heraus«, fügte ich der Nachricht hinzu und setzte meine Fahrt fort.

Meine Gedanken drehten sich um die hübsche Frau. Sie würde die Richtige für Adelia sein. Vielleicht auch für mich …

»Adelia, kommst du bitte? Wir müssen los«, rief ich meiner Nichte zu.

»Ja!«, erwiderte sie.

Während ich am Treppenende auf sie wartete, kam sie die Treppen nach unten gesprungen.

»Hast du alles, was du brauchst?«

Sie nickte mir zu.

Irgendetwas war anders. Adelia hatte die letzten Wochen nicht gern in den Kindergarten gewollt und mich hatten frühmorgens immer Diskussionen erwartet, doch heute blieben diese aus.

Ich schnappte mir die Schlüssel und gemeinsam gingen wir zu meinem Audi, der in der Tiefgarage parkte. Adelia setzte sich vorn auf ihren Kindersitz, während ich mich auf dem Fahrersitz niederließ. Nachdem ich mich versichert hatte, dass sie sich anschnallte, fuhr ich los. Die Straßen waren an diesem Morgen frei, was normalerweise in Neapel nicht so war.

»Leo, kann ich eine heiße Schokolade bekommen?«, bat sie mich und schaute mich dabei mit ihren zuckersüßen Augen an.

»Tut mir leid, Adelia, heute nicht. Wir sind spät dran.«

»Bitte?« Ihre Augen wurden glasig und sie zog die Lippen zusammen. Sie sah aus wie ein Hund, der um ein Leckerli bettelte.

Sie wusste genau, was sie tun musste, damit sie bekam, was sie verlangte. Ich atmete tief durch, verdrehte die Augen und kam ihrer Bitte nach. Bei der nächsten Kreuzung bog ich in Richtung eines Cafés ab.

»Na gut, ausnahmsweise.«

Sie lachte mich freudig an. Ich liebte es, sie lachen zu hören, gerade in so einer dunklen Zeit für uns.

Vor dem Café angekommen, suchte ich einen Parkplatz und blieb stehen.

»Ich bin gleich wieder da, warte so lange im Auto. Und Adelia, komme nicht auf unsinnige Ideen!«, ermahnte ich sie.

Ihre Hand hob sich an ihren Kopf und sie salutierte.

Kaum dass ich aus meinem Auto gestiegen war, sah ich die lange Schlange. Das konnte dauern. Ich würde alles für Adelia tun. Egal, was. Doch heute drängte die Zeit. Nachdem ich sie in den Kindergarten gebracht hätte, stand bereits ein dringender Termin an.

Geduldig wartete ich in der Reihe, bis nur noch wenige Personen vor mir dran waren.

Mein Kopf hob sich und mein Blick fiel auf eine Frau mit braunen Haaren. Ich sah sie nicht zum ersten Mal.

Diese Frau vernebelte bereits seit einigen Tagen meinen Verstand. Seitdem ich sie im Club berührt hatte, ging sie mir nicht aus dem Kopf. Ihr Duft brannte in meiner Nase. Wenn ich träumte, sah ich sie unter mir, wie sie sich bei jedem Stoß wand, während ich sie besinnungslos um den Verstand brachte. Ihr zuckersüßes Stöhnen in meinen Ohren. Der Geschmack ihrer Feuchtigkeit auf meinen Lippen. Verdammt! Sie vernebelte mir die Sinne. Das war nicht gut. Ich musste einen klaren Kopf behalten. Fuck! Was tat sie mit mir? Dabei kannte ich lediglich ihren Namen. Milena. So wunderschön und unschuldig.

Sie wollte sich gerade etwas bestellen, als die Bedienung ihr mitteilte, dass ihre Karte nicht funktioniere.

Ungeduldig schaute ich auf meine Uhr. Adelia saß bereits seit 15 Minuten allein im Auto, was zu gefährlich war. Ich musste mich beeilen.

Kurzerhand trat ich einen Schritt auf die Theke zu und bestellte meinen Kaffee. Ihren würde ich gleich mitbezahlen.

Milena hörte auf, in ihrer Tasche zu kramen, und war wie versteinert. *Hast du mich erkannt, kleine Blume?*

Als die Barista mir meinen Kaffee reichte, wollte Milena förmlich vor mir weglaufen. Doch ich würde es nicht zulassen. Sie hatte mich bereits so sehr eingenommen, dass ich sie erst gehen ließ, wenn sie Mein war. Dann würde meine Blume jedoch freiwillig bei mir bleiben wollen.

Als sie aus der Tür rennen wollte, hielt ich sie an der Schulter fest. Sie drehte sich um, ihre Augen weit aufgerissen, als sie mich sah. Die Überraschung über meine unerwartete Anwesenheit war ihr förmlich ins Gesicht geschrieben.

Ihre Wangen waren gerötet und ihre Stirn gerunzelt. Mein Blick fiel auf ihre wohlgeformten Lippen. Ihr Geschmack brannte noch immer auf meiner Zunge. Eine Erinnerung, die mich flüchtig zum Lächeln brachte. Ich wollte sie. Sie war eine Droge, von der ich nicht genug bekommen würde.

Als sich meine Augen auf ihre richteten, bemerkte ich, dass auch sie mich genau betrachtete. *Denkst du an dasselbe wie ich? Ich in dir, Fiore?*

»Ehm, danke für den Kaffee, das wäre wirklich nicht nötig gewesen«, bedankte sie sich zaghaft, nachdem ich ihr ihren Becher gereicht hatte.

Ich erwiderte nichts, stattdessen schaute ich sie noch immer an.

Ihr Handy klingelte, als sie es aus der Hosentasche nahm und darauf schaute. »Scheiße! Ich muss in zehn Minuten auf der Arbeit sein, danke für den Kaffee noch mal.« Sie drehte sich um und lief los, ohne mich eines weiteren Blickes zu würdigen.

Verblüfft über das abrupte Ende unserer Unterhaltung, ging ich zurück zum Auto. So schnell würde sie mir nicht entkommen.

Ich reichte Adelia ihre Schokolade, die sie mit funkelnden Augen trank, und fuhr weiter zu unserem Ziel.

Ich parkte einige Straßen entfernt, damit ich mit meinem Audi nicht zu sehr auffiel. Es war eine ärmliche Gegend, in der ein teurer Wagen sofort die Aufmerksamkeit der Menschen auf sich ziehen würde. Die restliche Strecke zum Kindergarten liefen Adelia und ich.

Adelia wirkte entspannter als sonst. Normalerweise lief sie den Weg wie eine Schnecke. Heute war sie schneller. Ich sah es als positives Zeichen, auch wenn ich den Grund dafür nur erahnen konnte. In den letzten zwei Monaten hatte Adelia Leid ertragen müssen, deswegen freute es mich umso mehr, dass sie heute so gelassen wirkte.

Ich öffnete ihr die Tür zum Kindergarten und sie ging hindurch, durchquerte den Flur und ging zu ihrer Garderobe. Dort zog sie Schuhe sowie Jacke aus und verstaute diese in ihrem Fach.

Nachdem sie sich ihre Hausschuhe angezogen hatte, lief sie zu ihrem Gruppenraum. Ich blieb in ihrer Nähe.

Aus der Ferne sah ich bereits die Erzieherin, die meine Nichte und mich jeden Morgen begrüßte. Ihre Versuche, dabei mit mir zu flirten, prallten jedoch an mir ab. Eine andere Frau hatte es bereits geschafft, mich in ihren Klauen gefangen zu halten. Nur wusste sie davon noch nichts. Ich war mir sicher, meine Blume würde es bald erfahren.

Adelia ging in den Spielraum und ich verließ das Gebäude wieder, nachdem wir uns voneinander verabschiedet hatten.

Die Geschäfte erwarteten mich. Doch vorher hatte ich etwas Wichtigeres zu erledigen.

Mein Ziel. Das Krankenhaus von Neapel.

Einmal in der Woche fuhr ich in das private Krankenhaus von Neapel, um meine Schwester Isalie zu besuchen.

Auf dem Weg zum Krankenhaus ordnete ich meine Gedanken. Heute würde ich erfahren, wie die medizinische Behandlung meiner Schwester weitergehen würde. Dieser Termin ging mir seit Wochen nicht mehr aus dem Kopf. Ich musste auch Adelia erklären, wie es ihrer Mutter ging. Sie fragte oft nach ihr, wann sie wieder nach Hause kommen würde, wie es ihr ging.

Auf dem Krankenhausgelände angekommen, suchte ich einen Parkplatz und stellte meinen Wagen ab. Ich stieg aus und machte mich auf den Weg zum Haupteingang. Ein letztes Mal holte ich tief Luft, ehe ich die Tür durchschritt.

Sofort kam mir der typische Krankenhausgeruch nach Desinfektion entgegen. Laute Stimmen belebten den Ort, an dem einige Menschen um ihr Leben kämpften. So auch meine Schwester.

Ich bahnte mir den Weg durch die Haupthalle und lief zu den Aufzügen. Ein Geräusch kündigte diesen an. Ich stieg ein und drückte den Knopf für die fünfte Etage, auf der sich die Intensivstation befand.

Es fühlte sich an wie eine Ewigkeit, während ich mit dem Aufzug nach oben fuhr. Ein mulmiges Gefühl herrschte in meinem Bauch. Wir zwei waren unzertrennlich. Für sie würde ich alles tun. Sie musste das einfach schaffen, allen voran für Adelia. Sie brauchte ihre Mutter. Andernfalls würden wir beide daran zerbrechen.

Die Türen des Aufzuges öffneten sich und ich trat hinaus in den leeren Flur. Das Ziehen um meinen Magen verstärkte sich, als ich den Gang entlanglief. Angst und Hoffnung herrschten gleichermaßen in mir. Ich war fester Überzeugung, sie würde auch diesen Kampf gewinnen, so wie die anderen zuvor.

Ich setzte meinen Weg fort und kam an ihrer Zimmertür an, bevor ich zögern konnte, drückte ich die Klinke nach unten und trat ein.

Da lag sie, angeschlossen an sämtlichen Schläuchen. Ein EKG, das ihren stetigen Puls maß, sowie ein Blutdruckmessgerät an ihrem Oberarm. Beides gab mir die Sicherheit, sie würde noch leben. Sie hing an einigen Beuteln, die der Nahrungs- und Flüssigkeitsaufnahme dienten. Darüber würden ihr auch die notwendigen Medikamente verabreicht werden.

Mein Blick wanderte über ihre Armen, weiter zu ihrem Hals, wo ich den Beatmungsschlauch erkannte. Er sorgte dafür, dass sie noch atmete.

Ich sammelte all meine Kräfte und ließ meinen Blick weiter nach oben zu ihrem Gesicht wandern.

Und da sah ich sie, meine arme, wunderschöne Isalie. Ich musterte ihr blasses Gesicht, in der Hoffnung, Anzeichen einer Besserung finden zu können. Doch leider Fehlanzeige, sie sah genauso schwach und zerbrechlich aus, wie ich sie vor einer Woche zurückgelassen hatte.

Ich würde sie gern öfter als nur einmal die Woche besuchen, allerdings ließen es meine Geschäfte und Adelia nicht zu. Die Geschäfte meiner Familie und der herrschende Mafiakrieg kosteten mich einiges an Zeit und Kraft. Die wenige Zeit, die ich mir nahm, musste ich für Adelia nutzen. Ich hatte es Isalie versprochen. Im Falle, ihr würde etwas zustoßen, würde ich mich um Adelia kümmern. Ich hätte nie gedacht, dass ich dieses Versprechen einlösen müsste, aber nun waren die Umstände leider so.

Einen Moment verweilte ich noch und betrachtete Isalie. Als ich mich versichert hatte, dass es ihr den Umständen entsprechend gut ging und sie noch lebte, zog ich mir einen Stuhl an ihre Bettseite und ließ mich nieder.

Ich nahm ihre kalte Hand in meine und streichelte diese. Hoffentlich spürte sie, dass ich bei ihr war.

»Ich schwöre dir, Serafino wird bluten für das, was er dir angetan hat«, gab ich ihr zu verstehen. »Ich werde diesen

Bastard fertigmachen, ihm alles nehmen. Er soll leiden, dieser Drecksköter!«

Serafino Guerra war ein konkurrierender Mafiaboss in Neapel. Der Feind der Camorra. Unsere Familien hatten sich noch nie gut verstanden, allerdings war vor mehreren Jahren beschlossen worden, dass jede der Mafiafamilien seine eigenen Gebiete hatte. So wurde Neapel unter uns aufgeteilt. Viele Jahre hatten wir uns gegenseitig in Ruhe gelassen und jeder hatte mit seinen Geschäften zu tun gehabt. Doch vor zwei Monaten waren Isalie und ich zu einer Gala eingeladen. Wir gingen natürlich hin, auch wenn der Großteil der Camorra dagegen gewesen war. Hätte ich gewusst, was auf dieser Gala passierte, hätte ich auf sie gehört.

Dort angekommen, trafen wir Serafino, welcher uns für ein Massaker in seinem Gebiet verantwortlich machte, mit dem wir allerdings nichts zu tun hatten. Ich versicherte ihm dies, doch er schwor mir und Isalie Rache. Nicht einmal zwei Tage später ging Isalie gegen meinen Rat zu einer Party. Von Emilio hatte ich von ihrem Zustand erfahren. Sofort war ich ins Krankenhaus gefahren, wo mir mitgeteilt wurde, dass meine kleine Schwester vergiftet worden war. Ich brauchte keinen Beweis, um zu wissen, dass es Serafino gewesen war. In dem Moment, als ich erfahren hatte, dass meine Schwester aufgrund der Vergiftung im Koma lag, schwor ich Serafino und seiner Familie Rache. Sie sollten leiden für das, was sie getan hatten. Er besonders. Ich würde dafür sorgen, dass er durch die Hölle gehen würde.

Ein Klopfen an der Tür holte mich aus meinen Gedanken und ich richtete mich auf. Der behandelnde Arzt von Isalie durchschritt die Tür und begrüßte mich mit einem knappen Nicken.

Am Fußende blieb er stehen und nahm sich die Akte zur Hand, um diese zu überfliegen. Dann hob er den Kopf und blickte mich an. In seinen Augen konnte ich den Hauch von Angst sehen.

Keine Angst gegenüber meiner Schwester. Nein, ich wusste, dass er Angst vor meiner Reaktion hatte. Ich machte kein Geheimnis daraus, dass ich ein Salvani war. Der Anführer der Mafia. Die Angestellten des Krankenhauses wussten, wen sie behandelten, und sollten dies auch mit äußerster Vorsicht tun. Für meine Schwester würde ich keinen Cent scheuen, damit es ihr besser ging. Ebenso wie kein Menschenleben verschont werden würde.

»Signor Salvani«, setzte er an. »Sie wissen ja bereits, dass Ihre Schwester in einem Koma liegt, welches von der vermeintlichen Substanz hervorgeht. Leider wissen wir zu diesem Zeitpunkt immer noch nicht, um welche Substanz es sich handelt. Allerdings sind wir dabei, dies in Erfahrung zu bringen.« Er machte einige tiefe Atemzüge und fuhr dann fort. »Freudigerweise kann ich Ihnen mitteilen, dass sich Ihre Schwester auf dem Weg der Besserung befindet. Ich kann Ihnen nicht sagen, wie lange das dauern wird, aber wir geben unser Bestes.« Nachdem er mir von ihrem Gesundheitszustand berichtet hatte, verließ er den Raum.

Mir fiel ein Stein vom Herzen. Isalie würde es bald besser gehen, zwar nicht in den nächsten Wochen, dafür aber bald. Freudentränen stiegen mir in die Augen, die ich zurückhielt. Mit so einer Nachricht hatte ich nicht gerechnet.

Ich blieb noch einige Stunden bei Isalie, ehe ich auf meine Uhr schaute. Die Zeit war wie im Flug vergangen. Ich musste Adelia abholen. Vorsichtig stand ich auf und musterte meine Schwester ein letztes Mal. Ich beugte mich zu ihr.

»Wir sehen uns bald wieder, sorella cuore«, hauchte ich ihr an die Stirn.

Ich wandte mich von dem Bett und meiner Schwester ab und ging zur Tür. Zum Abschied drehte ich mich um und musterte Isalie. Adelia würde bereits auf mich warten, weswegen ich mich beeilte.

Ich ging zu meinem Auto, stieg ein und machte mich auf den Weg zum Kindergarten. Dort angekommen, nahm ich

Adelias Sachen aus der Garderobe und lief nach draußen auf den Spielplatz. Die Kinder waren meistens bei gutem Wetter draußen, so auch heute.

Ich musste mir noch überlegen, wie ich Adelia die Nachricht über den Gesundheitszustand ihrer Mutter überbringen würde, allerdings entschied ich mich dazu, dies nicht heute zu tun. Immerhin wusste sie nichts von dem Termin und die Zeit eilte nicht.

Auf dem Hof hielt ich Ausschau nach Adelia, jedoch trafen meine Augen auf eine andere Person.

Als diese sich plötzlich umdrehte und ich genau in ihre wunderschönen braunen Augen schaute, blieb ich stehen.

Es war Milena. Als sie mich erkannte, entwichen ihr alle Gesichtszüge. Es war ihr sichtlich unangenehm, mich wieder zu sehen.

Ich glaube nicht an Zufälle, Fiore.

Kapitel 6

Mein Atem stockte, kaum dass ich den Mann erblickte, den ich meiden wollte. Es war nur wenige Stunden her, als ich ihn das letzte Mal gesehen hatte.

Unsere Blicke trafen sich und ich musste mir eingestehen, dass diese kastanienbraunen Augen mit einem Schimmer von Grün die schönsten waren, die ich je gesehen hatte. Bisher hatte ich sie bei nur einer Person gesehen: Adelia. Sie hatte dieselbe Augenfarbe und war mir schon aufgefallen, als ich sie das erste Mal gesehen hatte. Diese Farbe war zu ungewöhnlich, als dass es sich um einen Zufall handelte.

Plötzlich wurde mir eine Sache bewusst. Adelias Eltern hatte ich noch nicht getroffen. Er und sie hatten dieselbe Augenfarbe. Die Puzzleteile setzten sich in meinem Kopf zusammen, als mich die Erkenntnis packte.

Er schmunzelte, als er bemerkte, wie ich ihn förmlich anstarrte. Noch stand der Mann, dessen Namen ich nach wie vor nicht kannte, einige Meter von mir entfernt. Ein Gefühl in mir sagte mir, dass dies sich gleich ändern würde. Immer mehr hoffte ich darauf, dass ich mich irrte. Dass er nicht Adelias Vater war, sondern der eines anderen Kindes.

Einen kurzen Augenblick später setzte er sich in Bewegung und kam auf mich zu. Seine gefährliche Ausstrahlung machte mich nervös. Die schwarze Anzughose, die er trug, ließ ihn attraktiv wirken. Doch irgendetwas in mir warnte mich. Vor ihm und seiner Art.

Mein Blick wanderte nach unten und fiel auf das eng anliegende Hemd, das nicht viel Fantasie übrigließ. Seine Muskeln zeichneten sich darunter ab.

Erinnerungen an unser erstes Treffen spukten in meinem Verstand. Er war attraktiv, das wusste mein Gehirn. Ein Pulsieren breitete sich zwischen meinen Beinen aus. Mein Kopf malte sich Szenen mit ihm und mir aus.

STOPP! Was dachte ich da? Ich war auf der Arbeit, umgeben von Kindern. Vermutlich darunter auch sein Kind. Es war verboten, für den Vater eines Kindes zu schwärmen. Diese Regel hatte ich selbst aufgestellt.

Bevor mein Kopf vor lauter kreisender Gedanken zerbrechen konnte, stand der Namenlose vor mir und begrüßte mich.

»Ich hätte nicht gedacht, dass wir uns so schnell wieder sehen.«

Ich verdrehte die Augen, als er mich an die Peinlichkeit von heute Morgen erinnerte. *Professionell bleiben, Milena!* Mir war das Ganze so unangenehm, dass ich am liebsten im Erdboden versunken wäre.

»Es tut mir leid, dass meine Karte nicht ging. Warten Sie kurz, ich hole mein Geld-« Noch während ich sprach, ging ich an ihm vorbei, um so schnell wie möglich im Gebäude zu verschwinden. Ein Ruck durchfuhr mich, als er mich am Oberarm aufhielt.

»Du musst mir kein Geld geben. Es war nur ein Kaffee«, sagte er, als wäre dieser überteuerte Kaffee nichts Besonderes gewesen.

Ich erwiderte nichts. Seine Hand umfasste noch immer meinen Oberarm. Kaum dass er meinen Blick bemerkte, ließ er mich los. Sein Griff war stark gewesen. Die Stelle schmerzte nicht, trotzdem fuhr ich mit meiner Hand über diese.

»Wie kann ich Ihnen weiterhelfen? Welches Kind suchen Sie?«

»Sehe ich etwa so alt aus? Zumindest war das für dich kein Problem, als du mich um gewisse Sachen gebeten hast.«

Blut schoss mir in die Wangen. Eine Hitzewelle überwältigte mich, als er von den gewissen Dingen sprach. Empört starrte ich ihn an.

»Ich verstehe nicht ganz-«

»Nenn mich Leano. Ich bin noch jung. Du musst mich nicht siezen«, begann er. »Außer du hast einen besseren Namen für mich. Wie wäre es mit Gott?« Er grinste mich an.

Ich verstand seine Andeutung und verdrehte erneut die Augen. Er würde mir die letzten Nerven rauben. Zwischen uns beiden sollte es nicht persönlich werden. Ich musste Abstand zu ihm halten.

»Du bist also auf der Suche nach …?«, fragte ich wieder.

»Adelia«, erwiderte er.

Ich hatte also richtig gelegen. Der Mann, dem ich dringend aus dem Weg gehen sollte, war genau der, den ich seit Ewigkeiten um ein Gespräch bitten wollte. Ihm aus dem Weg zu gehen, war keine Option mehr. Ich brauchte seine Unterstützung, um Adelia zu helfen. *Fick dich, Schicksal!* Genau mit ihm musste ich zusammenarbeiten. Mit dem Mann, der gerade sämtliche Selbstkontrolle von mir forderte, um professionell zu bleiben. Doch ich musste den Vorfall im Club beiseiteschieben, um das Beste für Adelia zu bewirken.

»Ich wollte gern mit dir über Adelias Verhaltensweisen reden«, setzte ich an.

»Ist sie so schlimm?«, fragte er und wirkte schockiert. Vermutlich dachte er, Adelia würde andere Kinder beißen oder schubsen, was keinesfalls so war.

»Nein, sie ist ein ruhiges, nettes Mädchen. Allerdings ist sie sehr zurückhaltend, spielt nicht mit anderen Kindern, sondern immer nur allein. Sie spricht mit uns kein Wort und beim Schlafen hat sie Albträume und schlägt um sich. Ich konnte sie nach ihrem letzten Albtraum zwar beruhigen, aber normal sind solche Verhaltensweisen nicht. Gibt es Gründe für ihr Verhalten? Hat sie vielleicht etwas Schlimmes durchleben müssen?« Ich gab mir große Mühe, es nicht als Vorwurf klingen zu lassen. Viele Eltern würden sich persönlich angegriffen fühlen und die Schuld für das Verhalten bei sich oder sogar bei mir und meiner Arbeit suchen, allerdings wollte ich Adelia helfen. Dafür mussten wir zusammenarbeiten, wofür ich Informationen benötigte.

Leano sah mich mit einem Ausdruck an, der gleichzeitig Schock und Mitleid verriet. Seine Augen weiteten sich, seine Stirn legte sich in tiefe Falten. Die Ecken seines Mundes zuckten kurz, als versuchte er, ein Lächeln zu erzwingen, aber es war ein schwacher Versuch. Sein Blick wanderte zwischen mir und dem Boden hin und her, als suche er nach den richtigen Worten. Doch er wirkte unschlüssig und von einer Mischung aus Überraschung und Bedauern, überwältigt zu sein. Er schien zu überlegen, was er antworten sollte. Vielleicht war ich zu voreilig gewesen und hätte nicht gleich alles ansprechen sollen. Doch es dauerte nur einen kurzen Augenblick und Leano schien sich gefangen zu haben.

»Nein, nicht, dass ich wüsste. Adelia war schon immer ein Bezugskind und brauchte Stabilität in ihrem Leben. Sie hatte bisher keinen Kontakt zu Kindern in ihrem Alter. Wir haben sie zu Hause betreut. Vermutlich braucht sie etwas Zeit, um sich an diese Umstellung zu gewöhnen.«

Das klang plausibel. Er wusste genau, was er zu sagen hatte. Mit seiner Vermutung könnte er richtig liegen, weswegen ich ihm lächelnd zunickte.

Als ich ihm eine weitere Frage stellen wollte, wurde unser Gespräch unterbrochen. Adelia kam auf uns zugerannt und sprang sofort in die Arme von Leano. Ihre Augen strahlten vor Freude, als sie ihn erblickte und er sie kurz hochhob.

Der Anblick der beiden war so zuckersüß und ich sah Leano an, dass er dieses Mädchen über alles liebte.

Das Gespräch war vorerst beendet, worüber ich mehr als erleichtert war. Ich konnte es kaum erwarten, wieder Abstand zwischen uns zu bringen.

Vielleicht hatte Leano wirklich recht und ich sollte Adelia noch ein paar Wochen Zeit geben, bis sie sich eingewöhnt hatte.

Wir verabschiedeten uns voneinander. Ich sah den beiden noch hinterher, als Leano gemeinsam mit Adelia an der Hand zum Ausgang lief.

Gerade als ich mich abwenden wollte, drehte sich Adelia um und winkte mir zum Abschied zu. Normalerweise bedeutete diese Geste nicht viel, doch bei ihr tat es das. Es war das erste Zeichen, das ich von ihr erhielt. Ein Lächeln zierte meine Lippen, als mich diese Erkenntnis packte.

Kapitel 7

Die letzten sechs Wochen waren wie im Flug vergangen. Ich konzentrierte mich auf meine Arbeit, die so ziemlich dieselbe blieb. In den vergangenen Wochen konnte ich eine stärkere Bindung zu Adelia aufbauen. Wie durch ein Wunder suchte sie vermehrt meine Nähe, nachdem ich Leano getroffen und sie mir zugewunken hatte. Zwar sprach sie noch immer kein Wort, doch ich beobachtete kleine Fortschritte bei ihr. Ich bemerkte, dass sie öfter den Raum nach mir absuchte. Es war kein panisches Suchen. Nicht, als würde sie ihren Feind ausmachen wollen. Es ähnelte dem Verhalten von Säuglingen. Sie suchte nach ihrer Bezugsperson, ihrem sicheren Hafen. Aus einem mir noch unerklärlichen Grund hatte sie mich dafür ausgewählt.

Mein Wecker klingelte zum wiederholten Mal. Ich schaltete das nervtötende Klingeln aus. Nur widerwillig verließ ich das Bett, um mich zurechtzumachen. Nachdem ich im Bad fertig war, zog ich mir bequeme Sachen an und schnappte mir meine Tasche. In diese ließ ich in der Eile noch einen Apfel hereinfallen und schloss anschließend die Tür hinter mir.

Erleichtert atmete ich durch, als ich mit einem Blick auf meine Uhr feststellte, dass es bereits Nachmittag war. Ich würde bald Feierabend haben. Dieser war heute mehr als überfällig.

Mein Blick schweifte über den Spielplatz. Es waren nur noch wenige Kinder da, die darauf warteten, von ihren Eltern abgeholt zu werden. In der Ferne erkannte ich bereits Leano. Er trug eine schwarze Stoffhose und ein weißes Hemd, durch das ich den Ansatz seiner Muskeln erkennen konnte.

Möglicherweise sollte ich meinen Blick abwenden. Ich würde lügen, wenn ich sagen würde, dass sein Anblick keinerlei Gefühle in mir regte. Warum nur löste er ein Kribbeln in meinem Bauch aus? Sein Aussehen ließ mich jedes Mal aufs Neue dahinschmelzen. *Sabberte ich schon? Hoffentlich nicht!*

Nur schmerzhaft musste ich mir ins Gedächtnis rufen, dass er der Vater eines meiner Kinder war. Somit also tabu! Es fiel mir schwer, das zu begreifen, doch schlussendlich widmete ich mich wieder dem Spielplatz und den spielenden Kindern.

»Adelia, räum schon einmal auf. Du wirst gleich abgeholt«, sagte ich zu ihr. Sie spielte gerade im Sandkasten. Ohne zu protestieren, kam sie meiner Aufforderung nach.

»Wie war dein Tag?«, fragte eine mir mittlerweile mehr als vertraute Stimme.

Mein Herz überschlug sich, als Leano neben mir auftauchte. In den vergangenen Wochen hatte ich nicht nur zu Adelia Vertrauen aufgebaut, sondern auch zu Leano. Wir sprachen immer wieder, wenn er Adelia abholte. Zwar waren es kurze Gespräche, doch irgendetwas in mir regte sich, wenn er sprach. Es war, als würde mein Herz lediglich für ihn einen Takt schneller schlagen.

»Er wird noch schöner, wenn er endlich vorbei ist«, gab ich ehrlicherweise zurück.

»So schlimm? Vielleicht hilft es dir, wenn ich dich auf andere Gedanken bringe?«

Womöglich irrte ich mich, aber mir schien, als hätte ich in seiner Stimme einen Hauch von Erregung wahrgenommen.

Ich hatte das Gefühl, er machte sich über mich lustig. Ein typischer Kandidat von »Erzieherinnen sitzen nur da und trinken Kaffee«.

»Nein, danke«, erwiderte ich knapp und versuchte, sein anzügliches Grinsen zu ignorieren.

»Begleite mich«, platzte es plötzlich aus ihm heraus.

Schockiert über den unerwarteten Stimmungswechsel starrte ich ihn an. Mein Gehirn hatte Schwierigkeiten, seine Worte zu verarbeiten. Begleite mich, aber wohin?

»Auf die Halloweenparty im Seracio«, führte er seine Aussage aus.

Noch immer perplex und überrascht stand ich vor ihm. Ich hatte bereits von dieser Party gehört. Überall in der Stadt hingen verschiedene Werbebanner. Es sollte die Party des Jahrhunderts werden. Zufällig fand sie genau in dem Club statt, in dem wir uns das erste Mal getroffen hatten. Hektisch schüttelte ich den Kopf, um die aufkommenden Bilder zu verdrängen.

»Ich habe davon gehört.« Val hatte mich bereits gefragt, ob wir gemeinsam auf die Party gehen wollten. Doch ich hatte abgelehnt. Halloween wirbelte jedes Jahr aufs Neue meine Ängste auf. Menschen mit Masken gruselten mich und da es an Halloween genügend davon gab, hatte ich feierlich beschlossen, mich in meiner Wohnung einzuquartieren.

»Aber ich werde nicht hingehen«, setzte ich fort. »Mein Abend ist schon verplant.«

»Was ist besser als das größte Event in Neapel?« Er musterte mich mit hochgezogenen Augenbrauen.

»Alles.« Stolz hob ich mein Kinn, um meiner Aussage mehr Kraft zu verleihen.

»Geh mit mir hin«, bat er mich erneut. Der Mann würde einfach nicht locker lassen. Wie ein trotziges Kind im Supermarkt starrte er mich an.

»Danke für das Angebot, aber ich kann nicht. Wenn uns jemand sehen würde ... Zusammen ...« Ich stotterte, als sich sein Gesicht zu einem schmerzverzerrten Ausdruck verzog. Ich wollte gern mit ihm dahin. Unheimlich gern sogar. Aber wenn uns jemand sehen würde. Eltern oder sogar Kollegen ...

»Wir könnten uns verkleiden«, warf Leano plötzlich ein. Er hatte recht. Niemand würde uns so erkennen.

»Leano, wirklich, danke. Aber ich-«

»Okay, gut.« Er gab schließlich auf und akzeptierte meine Entscheidung. Zumindest dachte ich das. »Ich hole dich um 20 Uhr ab«, ergänzte er seine vorherige Aussage mit einem schelmischen Grinsen.

Ich wollte gerade zu einer Antwort ansetzen, als Adelia angerannt kam und sich an ihren Vater kuschelte. Die beiden verabschiedeten sich von mir und verließen dann das Gelände.

Ich würde mit einem Vater eines meiner Arbeitskinder auf eine Party gehen. In einen Club, der bereits letztes Mal nichts Gutes für mich bereitgehalten hatte. Die Katastrophe war vorprogrammiert.

Was zog man nur an, wenn man mit einem Mann auf eine Party ging, der für einen tabu sein sollte? Zugleich raubte er mir aber jeden meiner Sinne. Diese Frage zerbrach mir die ganze Woche den Kopf. Heute war es so weit. Leano würde mich um 20 Uhr abholen und ich hatte überhaupt keinen Plan, wie ich ihm gegenübertreten sollte. Ich öffnete die Türen meines Kleiderschrankes, um etwas Passendes zu finden.

Jeans und Wollpullover vielleicht? Nein, auf gar keinen Fall, das wäre zu langweilig. Ich durchsuchte weiter meine

Klamotten und stellte ermüdend fest, dass ich außer ein paar Jeans, Leggings und Pullovern nichts Geeignetes fand.

Verzweifelt überschlug ich die Hände über dem Gesicht. Ein Seufzen entwich meinem Mund.

Ein Klopfen an der Tür riss meine Aufmerksamkeit auf sich. Ich nahm meine Hände von meinem Gesicht, um zu sehen, wer mich störte. Valentina steckte ihren Kopf durch die Tür. »Kann ich dir helfen?«

»Nein.«

Sie trat durch die Tür und setzte sich neben mir auf das Bett. »Warum bist du noch nicht angezogen? Leano kommt in zwei Stunden.«

Natürlich hatte ich meinen Mund nicht halten können und Valentina sofort davon erzählt. Sie war vor Freude wie wild durch die Gegend gehüpft. Meine Frustration stieg ins Unermessliche: Leano würde in zwei Stunden vor unserer Tür stehen und ich sah aus wie … ein zerfressenes Wiesel.

Valentina stand auf und verließ mein Zimmer. Sehr gut, ich hatte sie vertrieben. Nach einigen nervenaufreibenden Minuten kam sie wieder. Dieses Mal hatte sie ein schwarzes Kleid und High Heels in der Hand. Sie warf beides auf das Bett und zog mich an meiner Hand nach oben. »Ab in die Dusche mit dir.« Sanft schubste sie mich in Richtung Bad.

Die Dusche tat unheimlich gut. Ich ließ das warme Wasser über meinen Körper prasseln und dachte darüber nach, wie der Abend wohl verlaufen würde. Ich hoffte, dass er nicht so endete wie das letzte Mal. Ein Hauch von Angst schwang noch immer mit. Ich wollte dringend vermeiden, dass uns jemand zusammen sah.

Ich nutzte mein Lieblingsshampoo, wusch meine Haare und rasierte mich in Eiltempo. Nach einer Stunde war ich fertig. Ich nahm meinen Bademantel, zog ihn mir über und band meine Haare in einen Turban. Als ich ins Schlafzimmer ging, wartete Val bereits auf dem Bett.

»Ich habe das perfekte Outfit gefunden!« Sie blickte mich stolz an und deutete auf die Fetzen, die sie mir vorhin zugeschmissen hatte.

»Und das wäre?«, fragte ich und runzelte die Stirn.

»Etwas Geduld, Madame! Setz dich hin, ich mache deine Haare und das Make-up. Wir wollen doch, dass du gut für deinen Daddy aussiehst.«

Ohne zu zögern, kam ich ihrer Aufforderung nach. »Nenn ihn nicht so!«

Sie nahm den Lockenstab und begann damit, eine Strähne nach der anderen einzudrehen. Während sie meine Haare stylte und mich anschließend schminkte, sprachen wir über alles, was uns in den Sinn kam. Von Männern bis hin zu den neuesten Trends und natürlich gehörte auch die Arbeit dazu. Sie versuchte, mehr über Leano herauszubekommen, allerdings kannte ich ihn selbst noch nicht gut und konnte ihr somit nicht viele Informationen liefern.

Als sie fertig war, blickte ich in den Spiegel und musterte mein Spiegelbild. Meine Haare fielen in Locken über meine Schultern, während mein Gesicht blass geschminkt war. Die Augen hatte Val mit schwarzem Lidschatten untermalt, sodass es aussah, als hätte ich Unterteller als Augenringe. An einer Seite meiner Lippe lief ein Blutstropfen herunter und in diesem Moment erkannte ich, dass ich einen Vampir darstellen sollte. Allerdings hatte ich immer noch nichts zum Anziehen und einen Vampir in Jeans hatte ich noch nie gesehen.

»Val, du hast dich wieder einmal selbst übertroffen.« Dankbar sah ich sie an.

Dann hielt sie mir die Stofffetzen entgegen. »Jetzt das Outfit«, sagte sie voller Vorfreude und verließ kurz das Zimmer, damit ich mich umziehen konnte. Einen Augenblick später kam sie mit zwei Sektgläsern und einer Flasche zurück. Sie goss uns beiden jeweils einen Schluck ein und reichte mir ein Glas.

»Auf dich und den sexy Daddy.« Sie prostete mir zu und trank das Glas leer.

»Du sollst ihn nicht Daddy nennen!«, ermahnte ich sie.

»Aber das ist er doch nun mal und dazu noch ein unheimlich gut aussehender Daddy.«

»Nur zu. Du kannst ihn haben, wenn du ihn willst«, gab ich genervt zurück.

»Er will aber nicht mich, sondern dich! Jetzt zieh die Schuhe an! Er könnte jeden Moment da sein.«

Bevor ich in die hohen Schuhe schlüpfte, betrachtete ich das Kleid an mir. Es verdeckte knapp meinen Hintern und schmeichelte meinen Kurven durch den engen Schnitt. Bestimmt würde ich heute Abend einigen Männern den Kopf verdrehen. Doch nur bei einem war es mir wichtig.

»Du siehst so gut aus, Milena. Ihr zwei werdet ein süßes Paar abgeben. Wie Damon und Elena!« Sie stand hinter mir und lächelte mir über den Spiegel entgegen.

»Moment mal! Das ist kein Date. Er hat mich gezwungen, mitzukommen!« Mahnend blickte ich ihr entgegen.

»Hast du Nein gesagt?«

Ich erwiderte nichts. Meine Ausreden waren am ihm abgeprallt wie an einer steinernen Mauer.

»Siehst du, es ist ein Date«, fuhr Valentina fort.

Ich gab es auf, mit ihr zu diskutieren. Ich würde sie nicht umstimmen können. Bevor sie noch etwas in dieses Treffen hineininterpretieren konnte, warf ich einen prüfenden Blick auf meine Uhr. Es war bereits 20 Uhr. Leano würde jeden Moment da sein. Schnell zog ich mir die hohen Schuhe an, ehe es im nächsten Moment an der Tür klingelte.

Meine Adresse hatte ich Leano per SMS geschrieben. Unsere Nummern hatten wir vor einer Woche ausgetauscht. Falls etwas mit Adelia sein sollte, würde ich ihn schneller erreichen.

Während ich darüber nachdachte, wurde mir bewusst, wie unprofessionell das eigentlich war. Normalerweise hätte ich niemals die Nummer eines Elternteils oder Vormunds gespeichert – das war eine Regel, die ich mir selbst immer strikt auferlegt hatte. Berufliches und Privates sollten getrennt bleiben.

Doch mit Leano war es anders. Als ich ihm gestern meine Adresse schrieb, hatte ich nicht lange gezögert. Es war eine intuitive Entscheidung gewesen, und ich hatte einfach auf meine Gefühle gehört.

Ich hatte diese Regel gebrochen – viel früher, als ich es jemals für möglich gehalten hätte. Und seltsamerweise störte es mich nicht im Geringsten.

Ich lief zur Tür und öffnete sie. Leano stand mit einem Strauß roter Rosen vor mir. Er trug einen schwarzen Anzug, passend zu meinem Kleid. Langsam wanderte mein Blick von unten nach oben bis zu seinem Gesicht. Er war ebenfalls blass geschminkt und als Vampir verkleidet. Wie ich. Hatte er das mit Valentina abgesprochen oder war es nur Zufall?

»Wow, du siehst umwerfend aus«, hauchte Leano und ich schaute ihm in seine braunen Augen.

»Okay, Damon und Elena, ab mit euch. Die Party wartet. Milena, wir sehen uns. Viel Spaß euch«, trällerte Valentina und schob uns aus der Wohnung. Mit einem lauten Knall schloss sie die Tür hinter uns.

Einladend hielt mir Leano seinen Arm entgegen. Ich hakte mich ein und wir liefen los.

Kapitel 8

Wir gingen das Treppenhaus hinab. Als wir draußen angelangt waren, schaute ich mich suchend nach Leanos Auto um. Doch ich konnte keines entdecken. Einzig ein pompöser Bugatti schmückte die Straße. Das sanfte Licht der Laternen hüllte die Umgebung in einen warmen Schein.

Mein Blick glitt erneut zu dem Bugatti. Die schwarz-matte Farbe spiegelte sich in dem Schein des Mondes.

Leano löste sich von mir und lief zielstrebig auf das Auto zu. Davor angekommen, blieb er stehen und öffnete mir die Beifahrertür.

Mit großen Augen starrte ich ihn an, als er mir seine Hand einladend entgegenhielt. Ich nahm sie und stieg in das Auto. Begierig schaute ich mich in dem Luxusmodell um. Mein Interesse hatte noch nie Autos gegolten. Doch bei diesem Bugatti würde vermutlich jeder schwach werden.

Das Polster war unheimlich weich und verschluckte meinen Körper. Die Armaturen waren ebenso wie der Lack schwarz. Nicht ein einziges Staubkorn konnte ich darauf erkennen. Meine Finger wollten darüber tanzen, bis ich sie ängstlich zurückzog. Es sah so teuer aus, dass ich es lieber nicht berühren sollte. In der Mitte prangte ein riesiger Bildschirm, auf dem diverse Apps sichtbar waren. Leano umrundete den Bugatti, um anschließend auf dem Fahrersitz Platz zu finden.

»Ein gut aussehendes Auto, nicht wahr? Anschnallen, fiore«, befahl er mit einem zynischen Grinsen.

Ich kam seiner Aufforderung stumm nach und legte den Gurt um meinen Körper. Als das klickende Geräusch ertönte und Leano sich davon überzeugte, dass ich angeschnallt war, startete er den Motor.

Wir passierten die dunklen Straßen Neapels. Das Seracio lag einige Kilometer am Rande von Neapel. Während wir durch die engen Gassen fuhren, kamen uns die ersten bekleideten Menschen entgegen. Die Stille im Auto wurde mir zunehmend unangenehm. Also startete ich ein Gespräch.

»Wo ist Adelia?«, fragte ich, während Leano das Auto durch die Straßen lenkte.

»Sie ist bei Emmis Eltern. Ich habe gefragt, ob sie heute auf sie aufpassen können. Sonst wüsste ich niemanden und vielleicht findet Adelia dadurch ein paar Freunde.«

»Emmi? Meinst du Emmi Moretti? Die Tochter der Morettis? Also Senator Moretti?« Mein Atem stockte.

Emmi war ein liebevolles, nettes Kind. Ich sah sie sehr selten, denn sie kam nur in unsere Einrichtung, wenn ihr Vater viel zu tun hatte und seine Assistentin keine Zeit für Emmi hatte. Die Kleine tat mir extrem leid. Sie wurde von Hand zu Hand gereicht, je nachdem, wer gerade Kapazität hatte. Allerdings wusste ich nicht, dass Adelia mit ihr Kontakt hatte. Ich hatte sie bereits lange nicht mehr gesehen.

»Ja, genau. Eine sehr nette Familie. Sie haben, ohne zu zögern, zugestimmt, den Abend auf Adelia aufzupassen«, bestätigte Leano meine Vermutung.

Woher zur Hölle hatte er Kontakt zu dem Senator? Dafür musste er doch selbst ein hohes Tier in der Politik sein. Mein Magen zog sich zusammen. Mich beschlich das Gefühl, dass er mir etwas verheimlichte. Ich öffnete den Mund, um ihm weitere Fragen zu stellen. Eine Menschenmasse vor uns verhinderte dies allerdings.

Langsam lenkte Leano seinen Bugatti an ihnen vorbei. Mein Puls stieg, als ich die vielen verschleierten Gestalten sah. Es war ziemlich unheimlich. Eine sah schlimmer aus als die andere.

Er stellte den Wagen neben dem Club auf einem exklusiven Parkplatz ab. Wir stiegen aus und liefen zum vorderen Eingang. Der Türsteher ließ uns mit einem freundlichen Nicken eintreten. Musik drang aus den Boxen. Lichter erhellten die einzelnen Räume.

Leano legte eine Hand auf meinen Rücken und führte mich an den vielen tanzenden Menschen vorbei. Einige von ihnen waren als Monster und Horrorfiguren verkleidet. Andere hatten sich ein elegantes Kostüm angezogen. Neben ihnen fielen mir Frauen in knappen Kleidern und High Heels sowie oberkörperfreie Männer auf. Schweiß glitzerte auf ihren muskulösen Oberkörpern. Ihre Gesichter erkannte ich nicht, da sie Masken trugen. Die eng bekleideten Frauen schmiegten sich eng an sie. Als sie meinen neugierigen Blick bemerkten, starrten sie mich feindselig an.

Weiter liefen wir in den hinteren Teil, der für die VIPs reserviert war. Dort ließ ich mich auf die weichen Polster einer Bank fallen. Eine Kellnerin trat an den Tisch und servierte mir einen Cocktail. Vor Leano stellte sie eine bernsteinfarbene Flüssigkeit ab.

Ohne zu zögern, nahm ich den Cocktail und kippte ihn in einem Zug herunter. Meine Kehle brannte und ein süßlicher Geschmack verteilte sich auf meiner Zunge.

Ich wusste nicht mehr, wie viele Cocktails ich bereits intus hatte. Es mussten einige gewesen sein. Meine anfänglichen Ängste verschwanden und Hitze breitete sich in meinem Körper aus. Ein Pochen sammelte sich zwischen meinen Beinen, als ich erneut zu der Menge blickte und die vielen Männer beobachtete. Die Masken bekamen etwas Mystisches … Heißes …

Voller Energie sprang ich auf. Sternchen tanzten vor meinen Augen, doch ich ignorierte sie. Leano sah mich lächelnd an. »Lass uns tanzen«, trällerte ich und hielt ihm meine Hand hin. Er nahm meine Hand in seine und wir liefen Richtung Tanzfläche. Die Bässe der Musik drangen in meine Ohren. Ich schlang meine Arme um seinen Hals und schmiegte mich an ihn. Leano legte seine Arme auf meine Taille und zog mich nah an sich. Gemeinsam bewegten wir uns zu der Musik.

Meine Zweifel rückten in den Hintergrund. Es war mir egal, dass er der Vater von Adelia war. Mich störte nicht, dass uns womöglich jemand erkennen konnte. Einzig dieser Moment zählte. Es fühlte sich an, als würde dieser Augenblick ewig andauern.

Mit voller Wucht erwischte mich eine Welle der Übelkeit. Ich stellte mich auf die Zehenspitzen und beugte mich zu Leano, um mich zu entschuldigen. Er nickte und ich wand mich durch die Masse in Richtung der Toiletten. Die Übelkeit stieg. Galle kroch mir die Kehle hoch. Eilig öffnete ich in der Panik eine naheliegende Tür, die nach draußen führte.

Kühle Nachtluft peitschte mir ins Gesicht. Mit einer Hand stützte ich mich an der Fassade ab, um den frischen Sauerstoff einzuatmen. Immer weiter lief ich die enge Gasse entlang, bis ich auf eine Mauer vor mir stieß.

Allein in der Dunkelheit stand ich hier draußen. Mein Blick war die ganze Zeit auf den Boden gerichtet. Ich erinnerte mich nicht mehr daran, wo genau ich abgebogen war. Mein Sichtfeld verschwamm. Schwindel erfüllte neben der Übelkeit meinen Körper.

Hier war ich definitiv falsch. Ich suchte in meiner Tasche nach meinem Handy, um Leano um Hilfe zu bitten. Mein Herz raste. Hoffentlich würde ich nicht umkippen.

Was zur Hölle hatte ich alles mitgenommen? Ich kramte eine Ewigkeit, bis ich mein Handy ertastete. Erleichtert atmete ich aus und schaltete den Bildschirm an. Ich wählte Leanos Nummer, der bereits nach dem zweiten Klingeln abnahm.

»Milena, wo bist du?«, fragte er besorgt.

Ich musste wohl schon einige Zeit verschwunden sein. Als ich ihm antworten wollte, ging plötzlich der Bildschirm aus. Mehrmals versuchte ich, das Handy neu zu starten, doch es funktionierte nicht. Gerade als ich bereits aufgeben wollte, erhellte sich der Bildschirm wieder. Meine Erleichterung wurde jedoch im nächsten Moment zerstört. Ausgerechnet jetzt war mein Akku leer. Ich konnte Leano also nicht erreichen und musste selbst zu ihm zurückfinden. Mein Blick schweifte durch die dunkle Gasse und in einigen Metern Entfernung sah ich ein Licht. In meiner Not lief ich diesem entgegen. Vielleicht würde ich jemanden finden, der mir helfen konnte.

Betrunken in einer dunklen Gasse umherzulaufen, war nicht die beste Entscheidung, allerdings war es meine einzige Möglichkeit. Ich lief – oder besser gesagt torkelte – zu dem Licht. Dort angekommen, blickte ich mich erneut um und nahm in einiger Entfernung einen Mann mit Maske wahr. Er würde meine Rettung sein.

Ich ging selbstbewusst auf ihn zu, denn der Alkohol hatte sämtliche Ängste und Schüchternheit in mir verschwinden lassen.

»Entschuldigen Sie, könnten Sie mir sagen, wie ich zurück zum Seracio komme? Ich habe mich wohl auf der Suche nach der Toilette verlaufen.« Ich tippte ihm mit dem Finger leicht auf die Schulter, da er mit dem Rücken zu mir stand.

Er drehte sich um und starrte mir tief in die Augen. Ich wich seinem Blick aus. Sein Starren war mir unangenehm.

Nun kam er einige Schritte auf mich zu. Ich mied seinen Blick weiterhin und machte einige Schritte rückwärts.

»Entschuldigung, ich wollte nur wissen, wie ich zurückkomme«, bat ich erneut.

Doch er ignorierte mich. Immer weiter drängte er mich nach hinten, um mir näherzukommen.

Panik breitete sich in mir aus. Verdrängte die Sorglosigkeit des Alkohols. Wenn er mir Angst machen wollte, spielte er seine Rolle perfekt. Mein Atem beschleunigte sich und ich bekam kaum noch Luft. Ich wich weiter zurück, bis ich etwas Hartes in meinem Rücken spürte. Eine Wand presste sich kalt gegen meinen Rücken. Scheiße! Ich war dem Typ vollkommen ausgeliefert. Doch es war keine Wand, stellte ich im nächsten Augenblick fest, als ich einen warmen Atem in meinem Nacken spürte. Panisch drehte ich mich herum und blickte in zwei schwarze Augen. Der Typ war genau wie sein Kollege maskiert.

Meine Panik nahm zu, schnürte mir die Luft ab. Ich hob meine Tasche und schlug einen von beiden damit. In der Hoffnung, sie würden mich gehen lassen. Als würde sie das überhaupt abschrecken.

Als ich ein weiteres Mal meine Hand hob, um erneut zuzuschlagen, schnappte sich der andere Maskierte mein Handgelenk und drückte es auf meinen Rücken. Schmerzverzerrt schrie ich auf. Er fixierte sie mit einer Hand und mit der anderen nahm er von hinten mein Kinn in Besitz. Mit Kraft presste er meinen Kiefer zusammen.

Der schmierige Typ vor mir griff nach seinem Handy und machte ein Foto. Nachdem er es anscheinend jemandem gesandt hatte, hielt er es anschließend an sein Ohr.

»Boss, wir haben sie«, sagte er mit tiefer Stimme.

»Was wollt ihr von mir?«, fragte ich schwer atmend.

Der Typ schien irgendwas zu besprechen. Er war zu weit entfernt, sodass ich nicht mehr verstand. Nachdem er das Handy zurück in seine Hosentasche geschoben hatte, nickte er dem Mann hinter mir zu.

Ich wusste nicht, was hier passierte, und wollte gerade einen neuen Angriff starten, als der Typ hinter mir plötzlich ein Tuch auf meinen Mund und meine Nase drückte.

Ich nahm einen beißenden Geruch wahr, der mir den Atem raubte. Es stank bestialisch und musste sich um ein Gift handeln. Aus meiner Panik heraus versuchte ich, die Luft anzuhalten. Nichts davon einzuatmen. Doch es war zu spät. Mein Blickfeld verdunkelte sich und in meinem Kopf drehte es sich wie auf einem Karussell.

Ein letztes Mal setzte ich einen Tritt mit meinem Fuß an, allerdings erfolglos. Meine Kräfte verließen mich.

Der Mann drückte noch einmal fester zu und ich sackte zusammen. Mein Blickfeld war nun vollkommen schwarz und ich driftete in völlige Leere ab. Das Letzte, was ich spürte, war der kalte, nasse Boden unter mir. Dann herrschte nur noch Stille.

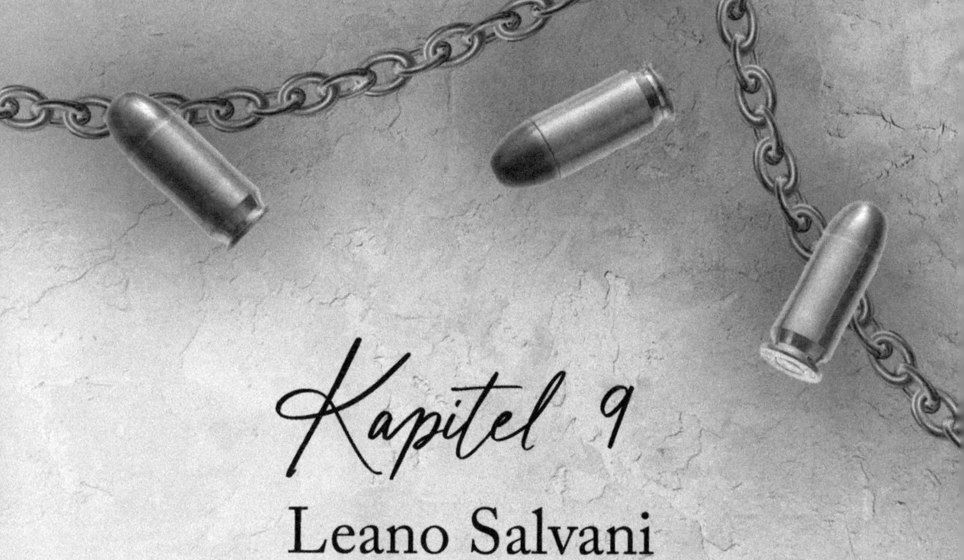

Kapitel 9

Leano Salvani

Ich steckte mein Handy zurück in die Hosentasche. Vorher wagte ich noch einen Blick auf die Uhr. Milena war bereits seit dreißig Minuten verschwunden. Ein unheilvolles Gefühl machte sich in mir breit. Ihr musste etwas passiert sein. Ich entfernte mich von der Bar, an der ich auf sie gewartet hatte, um sie zu suchen. Mein Weg führte mich über die Tanzfläche, durch den Gang hin zu dem langen schwarzen Gang. Vor den Toiletten angekommen bemerkte ich, dass die Seitentür offen stand. Ich trat raus an die kühle Luft.

Die Gasse entlang gehend suchte ich jeden Winkel ab. Von Milena war keine Spur zu finden. Aus meiner Tasche kramte ich mein Handy und wählte ihre Nummer. Sofort wurde der Anruf weitergeleitet und eine Computerstimme ertönte. Ihr Handy war aus. Sorge breitete sich in mir aus, als die Angst aufkam, dass meine Feinde uns vielleicht zusammen gesehen hatten. Der Gedanke, dass sie sie verletzen würden, nur um mir zu schaden, ließ mich nicht mehr los. Ich ballte meine Hände zu Fäusten. Wenn ihr etwas zugestoßen war – derjenige würde dafür leiden.

In der Dunkelheit suchte ich weiter nach einem Zeichen von ihr. Irgendetwas sagte mir, dass sie sich in der Nähe befand und ich nach ihr suchen sollte. Etwas stimmte ganz und gar nicht. Eigentlich hatte sie nur schnell die Toilette aufsuchen wollen. Wie war sie hierhergekommen?

Aus dem Augenwinkel bemerkte ich zwei Männer, die mich aufmerksam beobachteten. Allerdings ging Milena vor. Wenn ich mich versichert hätte, dass es ihr gut ging, würde ich mir die beiden vorknöpfen.

Ich lief weiter, doch ich fand sie immer noch nicht. Mein Herz klopfte mir bis zum Hals. Die Sorge um sie brachte mich um. Gerade als ich mich umdrehen wollte, um in der anderen Richtung nach ihr zu sehen, stach mir Milenas Tasche ins Auge. Sie lag neben einer Mülltonne im Verborgenen. Leicht zu übersehen, jedoch nicht für mich.

Ich öffnete sie und sah unter einer Menge Make-up ihr Handy. Ich wollte es gerade anschalten, als die leere Batterie aufblinkte. Fuck! Ihr Akku war leer. Das erklärte, warum unser Telefonat vorhin plötzlich beendet worden war.

Milena würde ihre Tasche nicht einfach zurücklassen. Ich kannte sie zwar erst seit ein paar Wochen, aber keiner würde das tun. Erst recht nicht, wenn sich das Handy darin befand.

Wut stieg in mir hoch, die ich nicht länger bändigen konnte. Wenn ich Milena in nächster Zeit nicht wohlauf und unverletzt vorfinden würde, musste jemand mit seinem Leben dran glauben. Ob schuldig oder nicht, wäre mir in diesem Moment vollkommen egal.

Sie musste hier gewesen sein und in mir kam das Gefühl auf, dass die beiden Männer etwas damit zu tun hatten. Ich musste mit ihnen sprechen. Meine Wut steigerte sich auf das Äußerste. Wut auf denjenigen, der es gewagt hatte, sie anzufassen. Ich schwor mir, denjenigen, der Milena etwas angetan hatte, die doppelten Qualen zuzufügen, sollte ihr etwas passiert sein.

Ich blickte mich nochmals suchend in der Gasse um und am anderen Ende nahm ich plötzlich schwarze High Heels wahr. Sie waren versteckt hinter einem Gebäudeabschnitt, weshalb ich sie nur durch genaues Hinschauen hatte erkennen können. Milena hatte heute genau dieselben Schuhe getragen.

Meine Füße setzten sich in Bewegung, bevor ich realisieren konnte, was passierte. Milena lag auf dem kalten nassen Boden. Bei ihrem Anblick gefror mein Herz.

Kraftlos und schwach lag sie da. Ihr Gesicht war blass und sie zitterte. Ihr Kleid war bis auf die Knochen durchnässt.

Ich kniete mich neben sie auf den Boden und hob ihren Oberkörper in meine Arme, nachdem ich ihr mein Jackett übergezogen hatte. Bilder von Isalie schossen in meinen Verstand. Ich hatte sie fast genauso vorgefunden und jetzt lag sie im Koma. Ich schob die Bilder und Erinnerungen beiseite. Milena brauchte meine vollkommene Aufmerksamkeit.

Sie lag bewusstlos in meinen Armen und zitterte wie Espenlaub. Meine Hand legte sich an ihre Halsschlagader. Ich überprüfte ihren Puls und ihre Atmung. Zum Glück lebte sie, auch wenn ihre Atmung flach war. Sie war unterkühlt. Fest drückte ich sie an meinen Körper, um ihr Wärme zu spenden.

Ich musterte ihr Gesicht und erkannte getrocknete Tränen. Was war ihr hier widerfahren? Keiner außer mir würde sie zum Weinen bringen.

Ich erinnerte mich an die zwei Männer. Sie waren genau aus dieser Richtung gekommen. Egal, ob sie etwas mit der Sache zu tun hatten oder nicht, sie würden bluten. Innerlich kochte ich vor Wut.

Als ich sie weiter die Gasse entlang trug und bei meinem Bugatti ankam, legte ich sie auf den Beifahrersitz ab und bemerkte etwas Weißes in ihrer Hand. Ich griff danach und zog einen zerknüllten Zettel heraus. Ich klappte ihn auf und las die geschriebenen Zeilen.

Ich kannte den Verfasser der Nachricht. Serafino. Ich schwor, diesen Bastard und seine Gehilfen umzubringen. Wäre er selbst hierhergekommen, hätten mich meine Männer längst informiert. Noch nie hatte ich so viel Wut auf einmal gespürt.

Milenas leises Stöhnen riss mich aus meinen Gedanken. Ich umrundete mein Auto und ließ mich auf den Fahrersitz fallen. Ich musste sie schleunigst nach Hause bringen.

Die zwei Typen waren verschwunden, was Beweis genug dafür war, dass sie etwas mit der Sache zu tun hatten.

»Was ist passiert?«, hörte ich auf einmal eine vertraute Stimme. Es war Emilio, meine treue rechte Hand. Er musste mir gefolgt sein, als er meinen Stimmungsumschwung bemerkt hatte. Emilio behielt mich immer im Blick.

»Serafinos Männer haben sie betäubt und überfallen, findet sie und bringt sie zu mir«, befahl ich ihm.

Emilio nickte mir zu, er kannte mich lange genug, um zu wissen, was ich mit dieser Aussage meinte. Ich sah ihm noch hinterher, als er mit einigen Männern in den Club verschwand. Mein Vertrauen zu Emilio war über die Jahre so groß geworden, dass ich nicht daran zweifelte, die Sache in meinem Auftrag zu regeln.

Als ich den Wagen startete und den Verkehr im Rückspiegel beobachtete, bemerkte ich, dass meine Verkleidung verrutscht und das Vampir-Make-up verschmiert waren. Doch das war mir scheißegal. Meine Priorität lag bei Milena und ihrer Sicherheit.

Milena zitterte neben mir immer noch stark. Ich drehte die Heizung auf und mein Fuß drückte das Gaspedal bis zum Boden durch. Im Eiltempo durchquerte ich die Straßen von Neapel, wobei ich die roten Ampeln ignorierte. Die Polizei konnte mich sowieso nicht bestrafen. Ich schmierte sie bereits seit vielen Jahren und meine Männer arbeiteten auch in ihren Reihen, damit Ordnung herrschte.

Abrupt bremste ich vor Milenas Apartment ab. Schnellen Schrittes lief ich auf die andere Seite, öffnete die Tür und hob meine kleine schwache Blume auf die Arme. Mit dem Schlüssel, den ich neben ihrem Handy und der Schminke in ihrer Tasche gefunden hatte, öffnete ich die Wohnungstür.

In ihrem Schlafzimmer legte ich sie auf dem Bett ab. Anschließend zog ich ihr das nasse Kleid aus und wickelte sie in mehrere Decken ein. Mein Schwanz zuckte kurz, als ich ihren nackten Körper sah. Ich verdrängte den Gedanken, sie unter mir windend zu sehen. Es war nicht der richtige Moment, um darüber nachzudenken. Ihr Zittern ließ langsam nach.

Ich ließ mich auf ihrer Bettkante nieder, atmete tief durch und musterte ihr Gesicht. Ich betete dafür, dass ihr nicht dasselbe Schicksal widerfahren würde wie Isalie. Serafino wusste von ihr. Sie schwebte nun in dauerhafter Gefahr.

Ich versank in meinen Gedanken und kam zu einem Entschluss. Wenn Milena herausfand, was ich gleich tun musste, würde sie mich hassen, aber es war die einzige Möglichkeit, sie zu schützen.

Aus meiner Tasche nahm ich mein Handy und wählte die Nummer von Senator Moretti.

»Hallo, Signor Salvani«, begrüßte er mich.

»Sie schulden mir noch einen Gefallen, Senator. Diesen würde ich gern einlösen.« Damit war meine persönliche Hölle besiegelt.

Kapitel 10

Die ersten Sonnenstrahlen kitzelten mein Gesicht und zögerlich öffnete ich die Augen. Die Sonne war bereits so hell, dass sie mir in den Augen brannte.

Ich spürte etwas Weiches unter mir und stellte fest, dass es meine Matratze war. Mein Körper war umhüllt von mehreren Decken. Ich schob sie beiseite und richtete mich mit pochendem Kopf auf. Verwundert erkannte ich, dass ich nackt war.

Moment! War ich nicht gestern Abend mit Leano unterwegs gewesen? Wie war ich hierhergekommen und wo zur Hölle war mein Kleid?

Ich suchte in meinen Erinnerungen nach Ausschnitten des gestrigen Abends. Doch alles, was ich vor mir sah, war ein verschwommenes Durcheinander. Bruchstücke von Momenten, die sich nicht zu einem klaren Bild fügen wollten. Ich konnte mich an nichts Konkretes erinnern – nur an das Gefühl, dass etwas Wichtiges fehlte. Es herrschte eine nie enden wollende Leere.

Ich stand langsam auf. Der Kopfschmerz verstärkte sich, dazu gesellte sich ein unbändiger Schwindel. Hatte ich wirklich so viel getrunken?

Erschöpft ließ ich mich wieder auf mein Bett fallen und schloss für einen Augenblick die Lider.

Vielleicht sollte ich Leano schreiben und ihn fragen, was passiert war. Erneut öffnete ich meine Augen und blickte mich suchend nach meinem Handy um. Mein Blick fiel auf den Boden. Nirgendwo war meine Tasche zu entdecken. Es war so ordentlich und aufgeräumt in meinem Zimmer, dass ich mir kaum vorstellen konnte, es allein in mein Bett geschafft zu haben. Irgendjemand musste mir geholfen haben, die Frage war nur: Wer?

Ich sah dem Übel in die Augen und musste mir eingestehen, dass ich nur an Antworten kam, wenn ich aufstehen würde. Auf dem Weg zu meiner Tasche könnte ich mir auch etwas gegen die üblen Kopfschmerzen besorgen. Mit zusammengepressten Lidern wagte ich einen erneuten Versuch, setzte mich auf und atmete tief durch.

Die Kopfschmerzen waren schlimm. Als würde ein kleines Männlein auf meinen Schädel hämmern. Ich konnte mich nicht daran erinnern, wann ich das letzte Mal so einen starken Kater hatte. Aber es gab ja bekanntlich immer ein erstes Mal.

Ganz langsam streckte ich meine Beine aus dem Bett und richtete mich auf. Ich schlich aus dem Zimmer. Zu mehr war ich momentan nicht in der Lage.

Im Flur suchte ich meine Garderobe nach meiner Tasche ab und – Bingo! Zwischen meinen Jacken und anderen Taschen hing die kleine weiße Tasche, die ich gestern mitgenommen hatte. Ich öffnete sie und fand darin zu meiner Erleichterung mein Handy. Damit ich wieder so schnell wie möglich in mein Bett konnte, kramte ich weiter in der Tasche und fand schließlich, wonach ich gesucht hatte. Meine Schmerztabletten.

Ich nahm denselben Weg zurück und wunderte mich sogar, dass ich etwas schneller vorankam. Dann stieg ich wieder unter die warmen Decken und hüllte mich darin ein.

Auf meinem Nachttisch befand sich immer eine Wasserflasche, falls ich nachts Durst bekommen sollte. Ich nahm diese und schluckte die Tablette herunter, in der Hoffnung, sie würde ihre Wirkung schnell entfalten.

Während ich wartete, wagte ich einen Blick auf den Bildschirm meines Handys, dessen niedriger Akkustand förmlich nach einem Ladekabel schrie. Ich steckte es an und ließ mich zurück in die Matratze sinken. Aus irgendeinem Grund war ich so unheimlich müde und erschöpft. Vielleicht würde ich krank werden. Da ich im Moment sowieso zu nichts in der Lage war, schloss ich wieder die Augen.

Ich musste wohl erneut eingeschlafen sein, denn als ich diesmal meine Augen öffnete, konnte ich durch das Fenster die untergehende Sonne erkennen. Ich hatte den ganzen Tag verschlafen.

Meine Kopfschmerzen waren etwas besser geworden, aber ich nahm immer noch einen leicht stechenden Schmerz wahr.

Ich tastete meinen Nachttisch nach meinem Handy ab. Als ich es in die Finger bekam, drückte ich auf den Startknopf und es ging an. Neben zahlreichen verpassten Anrufen und Nachrichten von Valentina waren auch Nachrichten von Leano zu sehen. Ich öffnete diese zuerst.

Verwirrt schaute ich seine Nachrichten an. Wusste er, was er gestern geschehen war?

Mir geht es besser. Heute Morgen bin ich mit starken Kopfschmerzen aufgewacht, aber nach einem langen Mittagsschlaf wurde es besser. Ich muss es wohl gestern Abend etwas übertrieben haben. Wie bin ich nach Hause gekommen? Ich erinnere mich leider an nichts mehr.

Als Nächstes widmete ich mich dem Chat von Valentina und prompt kamen mir einige Nachrichten entgegen. Unter anderem hatte sie gefragt, wie das Date laufe oder ob ich »mit dem Daddy schon geschlafen hätte.«

Ich schrieb ihr kurz und knapp zurück, dass der Abend mit Leano Spaß gemacht hatte. Sie ihn nicht Daddy nennen sollte und dass ich weder vorhatte mit ihm zu schlafen, noch bereits mit ihm geschlafen hatte.

Mit Sicherheit würde sie die Nachricht erst später lesen. Als Model arbeitete sie viel und hatte gerade eine ihrer Shows, in denen sie ihre Entwürfe und die ihrer Kollegen vorführte. Aufgrund meiner Überstunden konnte ich mir heute glücklicherweise frei nehmen. Was in Anbetracht der Situation auch die einzig richtige Entscheidung war.

Ich wollte gerade mein Handy weglegen, als die Nummer meiner Chefin aufleuchtete. Ich nahm den Anruf entgegen.

»Hey, was gibt's?«, fragte ich und war gespannt, was sie um diese Uhrzeit von mir wollte.

»Milena? Es tut mir unfassbar leid, aber du brauchst morgen nicht zur Arbeit kommen.« Ihre Stimme war geprägt von Traurigkeit und Mitleid.

»Wie? Ich verstehe nicht ganz.«

»Es gab einen Anruf von der oberen Stelle. Die Stadt kann leider keine Erzieherin bei uns mehr finanzieren. Eine muss gehen und sie haben sich leider für dich entschieden«, erklärte sie.

»Was? Das ist doch ein schlechter Scherz!« Tränen sammelten sich in meinen Augen.

»Ich wünschte, es wäre einer, aber bedauerlicherweise ist es nicht so. Wenn was sein sollte, kannst du mich jederzeit anrufen. Es tut mir wirklich leid.« Mit diesen Worten verabschiedete sie sich und legte auf.

Ich war gekündigt worden. Einfach so. Mein Traumjob vorbei. Von dem einen auf den anderen Moment war meine Welt entzweigebrochen.

Auf meinem Rücken liegend, starrte ich an die Decke. Noch immer ungläubig über die Nachricht liefen mir die Tränen über das Gesicht.

Mein Laptop, einige Bücher sowie Wechselkleidung befanden sich noch im Kindergarten. Schweren Herzens musste ich sie morgen abholen und mich endgültig von den Kindern verabschieden. Ich liebte die Kinder, meine Arbeit, das Personal und alles an diesem Job. Das, was ich mir mühsam aufgebaut hatte, war mir innerhalb eines Bruchteils genommen worden und ich verstand die Gründe dafür immer noch nicht. Ich musste wohl mit der Aussage leben, dass es an den Kosten lag und leider mich getroffen hatte.

Ich rollte mich wie ein Baby in meine Decke ein. Es war nur ein Job, immerhin war niemand gestorben. Aber trotzdem spürte ich in mir Leere und Traurigkeit.

Mein Handydisplay leuchtete auf und kündigte einen Anruf von Leano an. Ich hatte keinerlei Nerven übrig für ihn.

Noch immer waren die Erinnerungen an unseren gemeinsamen Abend nicht zurückgekehrt. Er versuchte es noch Weitere zweimal, bis er schließlich aufgab. Ich konnte ihm sowieso nicht weiterhelfen. Adelia würde einer anderen Gruppe zugeteilt werden und ich konnte rein gar nichts daran ändern. Warum hatte ich seine Nummer überhaupt noch gespeichert? Womöglich sollte ich sie besser löschen. Vielleicht war der Kontakt zu Leano der eigentliche Kündigungsgrund. Hatte uns jemand gesehen und mich als unprofessionell abgestempelt? Von Anfang an hatte ich gewusst, dass es ein Riesenfehler war, gemeinsam mit ihm auf diese Party zu gehen.

Ich dachte, die Ablenkung könnte mir guttun. Stattdessen war sie zu meinem persönlichen Untergang geworden.

Ich zerbrach mir den Kopf und musste erschöpft gähnen. Wovon war ich überhaupt so müde? Vom Rumliegen und Grübeln? Da ich sowieso nichts Besseres zu tun hatte und mir mein Schlafrhythmus egal sein konnte, entschied ich mich dazu, ein wenig zu schlafen. Es dauerte eine Ewigkeit, da mir immer wieder neue Gedanken in den Sinn kamen. Irgendwann fand ich endlich in einen erlösenden Schlaf.

Kapitel 11

Ich wurde vom lauten Klopfen und Hämmern an meiner Zimmertür wach. Stimmt! Ich hatte sie in meinem Selbstmitleid verriegelt.

»Milena!«, rief eine vertraute Stimme, die ich im ersten Moment nicht zuordnen konnte. »Milena, mach endlich die Tür auf!«

Schlagartig wurde mir bewusst, dass es Valentina war. Ich stand in Windeseile auf und öffnete die Tür. Zwei vor Wut funkelnde Augen blickten mir entgegen. Ihre moosgrünen Iriden blitzten auf. Ich hatte sie schon immer für diese Farbe beneidet.

»Meine Güte, brauchst du lange«, stöhnte sie.

»Wie lange stehst du schon vor meiner Tür und versuchst, mich aufzuwecken?«, sprach ich die Frage, die ich mir in Gedanken gerade gestellt hatte, laut aus.

»Seit zwanzig Minuten. Was zur Hölle hast du getan? Um Gottes willen siehst du schrecklich aus in deinem ganzen Selbstmitleid.«

»Danke, ich hab dich auch lieb. Wenn du es genau wissen willst, ich habe bis eben geschlafen«, erwiderte ich auf ihre charmante Aussage.

Ich machte einen Schritt an ihr vorbei und schloss die Tür zu meinem Zimmer. Mein Weg führte mich in das gemeinsame Wohnzimmer, wo ich mich kraftlos auf die Couch fallen ließ. Valentina folgte mir.

Traurig und in meinen Gedanken gefangen, blickte ich zur Küche. Meine beste Freundin ließ sich neben mir nieder. Ihr Blick lag sorgenvoll auf mir.

Eine gefühlte Ewigkeit sprachen wir über Dinge, die uns in den Sinn kamen. Den Teil mit den verlorenen Erinnerungen ließ ich aus. Sie würde mich monatelang damit aufziehen, zu viel getrunken zu haben. Schließlich erzählte ich ihr von meiner Kündigung. Val schaffte es, meine dunklen Gedanken für einen Augenblick verschwinden zulassen. Dafür liebte ich sie.

Plötzlich sah sie mich mit traurigen Augen an. Keine Ahnung, woher sie es wusste, aber sie kannte mich gut genug, um zu wissen, dass mich die momentane Situation belastete.

Zuversicht ergriff mich, als ich ihrem Blick begegnete. Ich konnte nicht ewig in Selbstmitleid baden. Ihre Augen blitzten auf. Sie hatte gerade einen ihrer grandiosen Einfälle. Obwohl diese Einfälle nicht so grandios schienen, wie sie zunächst klangen. Meist endeten sie in einer riesigen Katastrophe.

»Was?« Ich zog eine Augenbraue hoch.

»Wie lange willst du noch schmollen? Wir werden uns jetzt hübsch machen und dann fahren wir ins Seracio und betrinken uns richtig. Was hältst du davon?« Sie war so sehr von ihrer Idee überzeugt, dass sie bis über beide Ohren grinste.

Seracio, ausgerechnet der Nachtclub, der mich schon zweimal ins Verderben gestoßen hatte. Nein, auf keinen Fall!

Ich erinnerte mich an das letzte Mal, als ich dagewesen war. Noch immer wusste ich nichts von den Geschehnissen der Nacht. Nicht zu vergessen das erste Mal, als ich Leano in diesem Club getroffen hatte. Ich wollte ihn auf keinen Fall in diesem Zustand wiedertreffen.

Hektisch schüttelte ich den Kopf und stand vom Sofa auf. Ich machte ihr keinen Vorwurf. Sie wusste nichts von den schlimmen Erfahrungen, die ich dort gesammelt hatte. Ich vertraute ihr, aber die Begegnung mit Leano würde ich für mich behalten. Valentina würde sonst nicht locker lassen und einen ihrer Verkupplungsversuche starten. Mein Zimmer würde mir den nötigen Schutz bieten. Valentina sprang ebenfalls auf und stellte sich mir in den Weg.

»Vergiss es!« Ich schüttelte den Kopf so heftig, dass mir bereits schwindelig wurde.

»Komm schon. Was hast du Besseres zu tun? Nichts! Also können wir auch mal wieder so richtig feiern gehen.«

Sie versuchte, noch weitere dreißig Minuten auf mich einzureden, und hatte tatsächlich Erfolg damit.

Augenverdrehend knickte ich ein. »Na gut!«

Valentina holte ihre Schminkutensilien aus ihrem Zimmer, um sie vor mir auf meinem Bett auszubreiten. Sie verteilte den Inhalt einer Tube auf ihrer Hand und schmierte mir die erste Schicht auf mein Gesicht. In Eiltempo machte sie aus meinen aufgequollenen verweinten Augen und dunklen Ringen eine Milena, die jeden Typ rumkriegen würde.

Mit großen Augen schaute ich mich im Spiegel an. Ich wusste, dass sie Talent besaß, aber solches? Dieser Abend würde mir helfen, einen Neuanfang zu starten.

Valentina machte sich im Badezimmer fertig, während ich geduldig in meinem Schlafzimmer auf sie wartete. Das rote Kleid, das mir Val ausgeliehen hatte, umschmeichelte meine Figur. Damit würde ich vermutlich wirklich jedem Mann den Kopf verdrehen.

Mein Blick schweifte zum Nachttisch, auf dem mein Handy lag. Der Bildschirm leuchtete ununterbrochen auf und ich wagte einen Blick darauf. Leano hatte mich Gefühlte tausendmal angerufen. Ich entsperrte den Bildschirm, als erneut ein Anruf von ihm einging. Vielleicht wunderte er sich. Immerhin würde sich ab sofort jemand anderes um Adelia kümmern.

Ich atmete tief durch und nahm den Anruf entgegen. »Hallo«, flüsterte ich.

»Milena. Endlich erreiche ich dich. Geht es dir gut?« Er klang außer Atem.

Ich überlegte einen Moment, ob ich ihn anlügen sollte, entschied mich dann aber doch für die Wahrheit.

»Ich wurde gekündigt. Es tut mir leid für Adelia, eine andere Erzieherin wird sich jetzt um sie kümmern«, antwortete ich und kämpfte gegen die aufkommenden Tränen an. Dieser Abend sollte mich vergessen lassen, stattdessen war ich wieder kurz vor einem Nervenzusammenbruch.

Meine Augen weiteten sich, als Valentina aus dem Badezimmer trat. Sie sah in dem blauen Kleid wunderschön aus. Es lag eng an ihrem Körper und brachte ihre beneidenswerte Figur zur Geltung.

»Leano, ich muss Schluss machen. Ich bin mit Valentina verabredet«, verabschiedete ich mich und beendete das Telefonat. Er würde es sowieso herausfinden, was wir vorhatten.

»Bist du fertig?«, fragte meine Begleitung.

Bescheiden nickte ich und stand auf. Sie lächelte mich voller Freude an. Vergessen und Spaß haben war das Motto des heutigen Abends und ich würde dies auch tun.

Im Seracio angekommen, begab ich mich auf direktem Weg zur Bar. Val dicht hinter mir.

Es war extrem voll heute Abend. Ich hatte Schwierigkeiten, an den tanzenden Menschen vorbeizukommen. Schließlich bahnte ich mir den Weg durch die Menge und kam an der erlösenden Quelle an. Ich setzte mich auf einen der freien Hocker. Val nahm neben mir Platz.

Der Barkeeper lächelte mich freundlich an und kam auf uns zu. »Was darf es sein, Ladys?«

Normalerweise würde ich bei dieser Anrede die Augen verdrehen. Doch heute war es mir egal. Ich war hier, um zu trinken.

»Zwei Tequilas, bitte«, orderte ich und ließ meinen Blick über die Menge schweifen. Mein Blick fiel auf zwei dunkle

Augen, die mich beobachteten. Als der unbekannte Mann meinen Blick bemerkte, lächelte er mich freundlich an. Ich musste zugeben, er sah unfassbar heiß aus. Genau mein Typ. Seine braunen Haare fielen ihm ins Gesicht. Lässig trug er eine Jeans und ein Hemd, unter dem sich seine Muskeln abzeichneten.

Zwei Gläser wurden vor uns abgestellt. Eilig nahm ich mir eines und schüttete das bittere Getränk in einem Zug hinunter. Ich spürte Valentinas Blick auf mir, doch sie sagte nichts. Prompt orderte ich einen zweiten und danach einen dritten Tequila, die ich ebenso schnell herunterschluckte.

Die Bässe der Musik drangen in meine Ohren. Mit einer schnellen Bewegung sprang ich vom Hocker auf und lief geradewegs auf die Tanzfläche zu. Der Alkohol wirkte bereits. Tausend Glücksgefühle eroberten meinen Körper. Meine Sorgen und Ängste waren wie verflogen. Von meiner Traurigkeit war nichts mehr zu spüren.

Auf der Tanzfläche bewegten sich meine Hüften automatisch zu den Klängen der Musik. Meine Hände wanderten über meinen Körper und zurück in die Luft. Ich war mir sicher, aufgrund des Alkohols eine gute Show abzuliefern.

Eine Ewigkeit tanzte ich. Der Alkohol verlor schon an Wirkung, weshalb ich erneut auf die Bar zusteuerte. Mein Blick suchte nach Val, die ich auf der Tanzfläche fand. Eng umschlungen tanzte sie mit einem gut aussehenden Kerl und hatte ihre Arme um seinen Nacken geschlungen.

Wieder orderte ich zwei Tequilas. Diesmal nur für mich. Der Barkeeper servierte mir die Drinks und ich griff in meine Tasche, um zu zahlen.

»Geht aufs Haus«, sprach der Mann hinter der Bar, ehe er zu den nächsten Kunden lief.

Lange konnte ich nicht über seine Freundlichkeit nachdenken, denn neben mir tauchte der Mann von vorhin auf. Von Nahem sah er noch heißer aus.

»Was macht eine so schöne Frau hier?« Er setzte sich neben mir auf den freien Hocker. Wir saßen nicht weit auseinander und unsere Beine berührten sich fast. Es störte mich nicht. Im Gegenteil, ich genoss seine Nähe.

Wir redeten eine Ewigkeit über verschiedene Sachen. Meine Arbeit, wobei ich die Kündigung ausließ, seine Hobbys und vieles mehr. Er erklärte mir, dass er Domicio heiße, Immobilienmakler sei und gerade hier in Neapel ein Haus verkaufe, sonst lebe er in Rom.

Mittlerweile hatte ich gefühlte zwanzig Drinks bestellt. Nebel herrschte in meinem Kopf.

»Hast du Lust, an einen ruhigeren Ort zu gehen?«, fragte er in rauem Ton. Seine Hand glitt verführerisch über meinen Oberschenkel nach oben.

Ich nickte und biss mir gleichzeitig auf die Lippe. Sanft umgriff er meine Hand und zog mich mit sich. Er öffnete eine Tür und kühle Herbstluft umgab mich. Meine Wangen erhitzten sich und in meinem Bauch prickelte es. Der Alkohol strahlte eine zarte Wärme in meinem Inneren aus. Von der kühlen Luft war nichts zu spüren.

Wir befanden uns hinter dem Club in einer kleinen Gasse, die mir irgendwoher bekannt vorkam.

Er drehte sich zu mir und drängte mich in Richtung Wand, gegen die ich stieß. In seinen Augen herrschte pure Lust. Ich fixierte seine Lippen. Ich wollte Spaß haben und er sah wie der perfekte Kandidat aus. Viel zu lange war es her.

Er wagte den ersten Schritt, senkte den Kopf und nahm mein Kinn in die Hand, um mich an seine Lippen zu ziehen. Sein heißer Atem tänzelte auf meinem Mund und brachte mich um den Verstand. Meine Kontrolle versagte. Ich griff in seinen Nacken und zog ihn an mich heran. Unsere Lippen prallten aufeinander. Ein Keuchen entkam meinem Mund. Er nutzte die Chance, um mit seiner Zunge in mich zu gleiten.

Einfach fallen lassen, Milena. Was war schon ein One-Night-Stand? Hab einfach Spaß.

Unser Zungenspiel hielt einige nie enden wollende Minuten an. Seine Hand glitt langsam meinen Rücken hinab, bis zu meinem Hintern. Ich stöhnte auf und spürte sein Lächeln an meinem Mund.

Kräftig knetete er mein Fleisch. Im nächsten Augenblick spürte ich eine Hand auf meiner Brust und stöhnte erneut auf, so fantastisch fühlte es sich an.

Doch Moment! Domicios Hand lag immer noch auf meinem Hintern und knetete diesen. Die andere hielt meinen Kopf gestützt, während er mich küsste.

Ich riss die Augen auf, die ich bei dem Kuss geschlossen hatte, und erkannte einen weiteren Kerl. Er stand neben Domicio. Mein Blick wanderte über sein Gesicht und nun konnte ich ihn besser erkennen. Er hatte blonde Haare und sah zehn Jahre älter aus als der andere Mann.

Mein Blick fiel nach unten, auf die Stelle, an der seine Hand noch immer lag. Mit einem Grinsen drückte er meine Brust.

Ein Ruck durchfuhr meinen Körper und ich wurde gegen die steinerne Wand gepresst. Domicios Lippen küssten meinen Hals. Meine Atmung ging stoßweise. Die Hände des anderen hatten meine Brüste freigegeben und bahnten sich ihren Weg über meinen Bauch bis zwischen meine Beine.

Ich wollte schreien. Doch eine Hand legte sich auf meinen Mund und erstickte jeglichen Ton.

Domicio kam nah an mein Ohr. »Lass uns doch etwas Spaß zu dritt haben, Süße.«

Und dann erkundeten sie meinen Körper mit ihren schmierigen Händen. Tränen liefen mir über die Wangen. Der Alkohol war vollends verflogen. Panik erfasste mich. Der Abend sollte mich vergessen lassen, stattdessen wurde er zu einem reinsten Albtraum.

Kapitel 12

Da stand ich nun. In dieser ausweglosen Situation. An eine Wand gepresst, umgeben von zwei ekelerregenden Männern. Die Attraktivität, die ich für Domicio empfunden hatte, war verschwunden.

Ich spürte ihre Hände überall. Eine lag noch immer auf meinem Mund und ließ sämtliche Hilferufe verstummen.

Domicios andere Hand legte sich um meine Kehle und drückte fest zu. Die Luft in meinen Lungen staute sich. Ich riss die Augen auf und schnappte nach Luft.

Unter Tränen spürte ich die Hände des Blonden. Er setzte seine Wanderung von meinen Brüsten zu meinem Hintern fort. Langsam glitten seine Finger über meine Haut und hinterließen eine brennende Spur. Brennend wie die ätzende Wirkung von Säure. Jede Berührung fühlte sich grausam an.

Der Druck an meiner Kehle nahm nicht ab. Die Panik raubte mir zusätzlich die Luft. Sterne tanzten vor meinen Augen und meine Sicht verdunkelte sich. Unaufhörlich liefen mir Tränen über das Gesicht.

Ich wehrte mich nicht. Diese Hoffnung hatte ich bereits aufgegeben. Gegen die beiden hätte ich keine Chance.

Die Hände wanderten weiter über meinen Hintern und zogen mein Kleid hoch. Zwischen seinen Fingern und meiner Weiblichkeit lag nur noch mein Slip, welcher im nächsten

Augenblick beiseite gerissen wurde. Ich wünschte mir endlich erlösende Dunkelheit herbei. Doch noch immer spürte ich ihre Berührungen. Die kreisenden Berührungen um meine Klitoris … Das feste Kneten an meinen Hintern … Der Druck um meinen Hals …

Nachdem der Typ von meinem Hintern genug hatte, wechselten sie ihre Positionen. Ich nutzte den Moment und schnappte nach Luft. Lange hielt es jedoch nicht an. Die Hände des Blonden legten sich um meine Kehle und er drückte noch fester zu als Domicio.

Domicios Finger drangen in mich ein. Ich war weder erregt noch feucht genug, um dieses Spiel zu genießen. Er war nicht sanft – nein, er machte es so unangenehm und schmerzhaft, dass in mir der Wunsch aufkam, zu sterben, um dieser Hölle zu entgehen.

Mit zunehmender Wucht trieb er zwei Finger in mich. Er weitete mich auf schmerzhafteste Weise. Der Schmerz schoss von meiner Mitte in meinen Unterleib und lähmte mich. Ich spürte Lippen auf meinen, zu wem sie gehörten, wusste ich nicht. Der Nebel in meinem Kopf trübte meine Sinne. Mein Sichtfeld verdunkelte sich zunehmend, sodass ich automatisch die Augen schloss. Die Dunkelheit würde mich erlösen. Ich war bereit. Ich war bereit, hier und jetzt zu sterben.

Bevor mein Verstand jedoch erlöst wurde, nahm ich ein Klicken neben mir wahr. Mit letzter Kraft öffnete ich meine Augen und sah einen Schatten hinter dem Übeltäter.

Nein, es waren zwei dunkle Personen. Vermutlich sah ich bereits doppelt.

Die Typen ließen endlich von mir ab und ich sank auf den Boden. Hektisch atmete ich den Sauerstoff ein. Angst davor, dass er mir wieder genommen werden könnte. Meine Beine zitterten.

»Was sollte das werden?«, erklang eine tiefe Stimme, die ich in der Dunkelheit nicht zuordnen konnte.

Die beiden Männer erwiderten nichts. Stattdessen löste sich der Schatten, der neben dem Unbekannten stand, und kam auf mich zu. Neben mir ging die dunkle Gestalt in die Hocke.

»Nein, bitte nicht«, bettelte ich.

Doch er ignorierte meine Bitte. Er nahm meine Arme, zog mich auf die Beine und stützte mich.

Meine Sinne realisierten nicht, was gerade geschah. Kraftlos ließ ich mich von der Person mitziehen. Gemeinsam traten wir aus der Gasse, in das Licht der Straßenlaternen.

Erleichtert stellte ich fest, dass es sich bei dem Schatten um Leano handelte. Das Licht erhellte sein Gesicht und seine vor Wut zusammengezogenen Augenbrauen. Er war Rettung und Fluch zugleich. Das Schicksal führte uns immer wieder zusammen.

Er schob mich in Richtung seines Autos und öffnete die Beifahrertür. Ohne Protest ließ ich es zu. Mit letzter Kraft fiel ich in das Leder des Sitzes. Bevor er jedoch die Tür schloss und sich auf die Fahrerseite begeben konnte, ertönte ein einzelner lauter Knall. Nein! Ein Schuss!

Die Tür fiel vor meiner Nase zu. Leano setzte sich neben mich, startete den Motor und fuhr los. Er würde mich sicherlich nach Hause bringen, wo ich allein diese Erfahrung verarbeiten musste.

Meine Haut fühlte sich dreckig an. Ich würde stundenlang duschen müssen, um die Berührungen abzuwaschen.

Kein Wort verließ meinen Mund. Leano schwieg ebenfalls.

Er bog ab und blieb vor einem großen, breiten Tor stehen. Mir wurde bewusst, dass er mich nicht in meine Wohnung gefahren hatte. Überall hingen Kameras. Ein Pförtner überprüfte den Wagen, während mehrere bewaffnete Wachmänner an der Mauer standen. Wohin hatte er mich gebracht?

Bevor ich die Tür öffnen und herausspringen konnte, wurde das Tor geöffnet und wir setzten unseren Weg fort.

Mein Herz würde gleich explodieren. Angespannt musterte ich das große Haus, welches sich vor uns erstreckte. Nein, kein

Haus, sondern eine riesige Villa. Die Fassade glänzte in Weiß und die Fenster waren schwarz. Überall machten Lichter den Reichtum sichtbar.

Meine Neugier wollte Tausende Fragen stellen. Doch ich war zu schwach. Wollte einzig die vergangenen Stunden vergessen. Antworten konnte ich mir auch später holen.

Er stellte sein Auto vorn am Eingang ab, schaltete den Motor aus und starrte einen Augenblick geradeaus. Beide saßen wir nur da, den Blick aus dem Fenster gerichtet.

»Das ist mein Haus. Niemand wird dir hier etwas tun. Ich werde dich nicht allein lassen. Du kannst duschen gehen, währenddessen sorge ich dafür, dass dir eines der Gästezimmer vorbereitet wird«, unterbrach er die Stille.

Es war sein Haus …

Stumm nickte ich und ließ mich von ihm hereinführen. Zum Vorschein kam eine edle Eingangshalle. Ich wollte sie bewundern, doch mein Körper schrie nach der erlösenden Dusche. Ich fühlte mich wie ein Staubkorn auf einem Diamanten, wenn ich hier in der von Gold geschmückten Halle stand.

»Eine Dusche wäre jetzt angenehm«, flüsterte ich, ohne Leano anzuschauen.

Er nickte und gab den umstehenden Menschen Befehle. Mir wurde das Gästezimmer mit dem angrenzenden Badezimmer gezeigt. Sobald das Zimmermädchen verschwunden war, entledigte ich mich meiner dreckigen Kleidung.

Ich würde sie später verbrennen. Das Versprechen gab ich mir selbst. Erlösend atmete ich durch, als ich in die Dusche stieg. Die Temperatur stellte ich auf die heißeste Stufe, in der Hoffnung, sie würde die schrecklichen Erinnerungen von meinem Körper waschen.

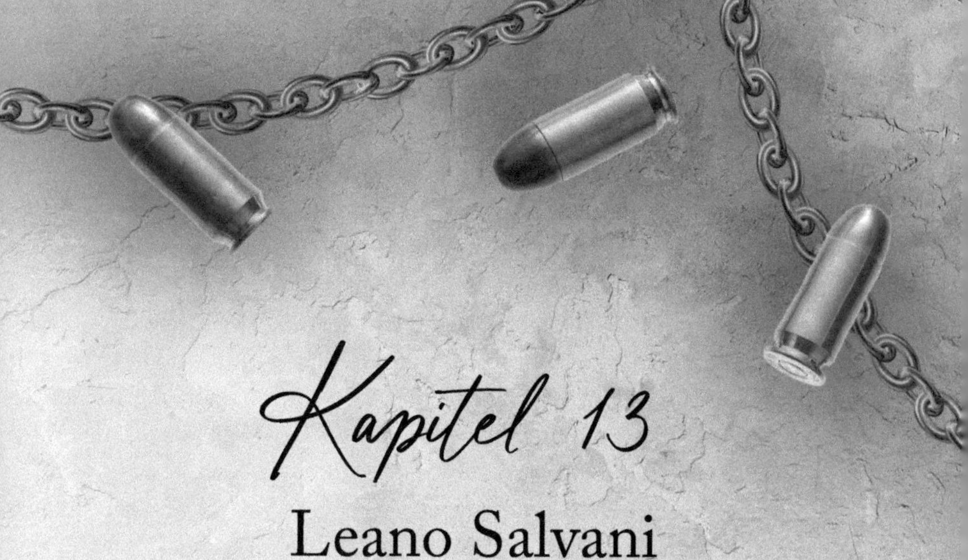

Kapitel 13

Leano Salvani

Mein Blick war auf Milena gerichtet, als Kara, meine Haushälterin, sie nach oben begleitete. Sie war vollkommen aufgewühlt, was in Anbetracht der Geschehnisse verständlich war. Ich hingegen brodelte voller Wut.

Ein Geräusch an der Eingangstür weckte meine Aufmerksamkeit. Fragend musterte ich die Person, die hindurchtrat. Emilio sah mir dümmlich entgegen. Er hatte Blutspritzer im Gesicht und an den Händen. Hoffentlich behielt er den gröbsten Schmutz draußen. Bei dem Chaos würde mich Kara einen Kopf kürzer machen.

Ungeduldig stand ich vor ihm und wartete auf eine Regung seinerseits. Vertrauen konnte ich ihm schon immer und ich wusste auch, dass er meine Befehle, ohne diese zu hinterfragen, durchführte.

»Ich habe einen beseitigt und der andere hockt im Keller. Er hat bisher kein Wort gesagt. Nur geheult wie ein kleines Baby.« Seine Stimme klang belustigt. Emilio hasste es, wenn seine Opfer weinten.

Meine Augen funkelten, während sich ein selbstbewusstes, fast herausforderndes Lächeln auf meinen Lippen bildete. Auch dieses Mal hatte er mich nicht enttäuscht. Ohne eines weiteren Wortes ließ ich ihn stehen. Er kannte mich lange genug, um zu wissen, dass ich meine Dankbarkeit nicht mit Worten ausdrückte. Emilio war der einzige Mensch, der mich lesen konnte wie ein offenes Buch.

Ich ging auf die Kellertür zu und mein Herz schlug schneller, als ich die kalte, raue Oberfläche des steinernen Treppenabsatzes unter meinen Schuhen spürte. Die Stufen knirschten, als ich sie hinabstieg, und das gedämpfte Licht, das aus dem Keller durch den Türspalt schimmerte, ließ die Luft schwer und geheimnisvoll wirken. Jede Bewegung, jeder Schritt war von einer Mischung aus Spannung und Neugier geprägt, als ich immer weiter hinabstieg. Der Gang ähnelte dem eines Verlieses. Dunkel, nass und abartig. Ich durchschritt eine hölzerne Tür und kam an meinem Ziel an. Eine weitere Tür ragte vor mir, als ich in dem Vorraum Halt machte, der aus stärkstem Metall erbaut war. Meine Ohren vernahmen ein Wimmern. Es stammte wohl von dem Arschloch namens Domicio.

Mein Vater hatte diesen Keller damals in den Bauplan integriert. Für seine spielerrein mit Verrätern hatte sie sich durchaus bezahlbar gemacht. Nach seinem Tod waren die Mafia und somit auch diese Villa auf mich übergegangen. Ich nutzte den Keller eher selten, Emilio hingegen tobte sich hier öfter aus. Doch für Domicio würde ich eine Ausnahme machen. Er hatte die Ehre, durch meine Hände zu sterben. Vorher würde ich noch meinen Spaß mit ihm haben. Selbst schuld, wenn er die Finger an mein Eigentum legte.

Bewusst nannte ich Milena mein Eigentum. Sie gehörte bereits mir und würde mir nicht mehr entkommen. Noch ahnte sie nichts von ihrem Glück. Sie war die einzige Frau, die bald meinen Ring an ihren Fingern tragen würde.

Ich erreichte die Tür und sah durch das kleine Loch in der Tür. Auf den Boden gekrümmt lag Domicio und hatte sich wie ein Baby zusammengerollt. Er hatte sich getraut, Milena anzusprechen und sich eine Nacht mit ihr auszumalen? Er würde ihrer nicht gerecht werden. Er war kein Mann, sondern ein verficktes Weichei, das vor Angst nach seiner Mama rief. Voller Zorn verzog ich das Gesicht. Es ärgerte mich zutiefst, dass sich Milena mit diesem Abschaum abgegeben hatte. Die Vorstellung, dass sie sich von ihm hatte einlullen lassen, schürte meine Wut. Ich konnte kaum fassen, dass sie ihm überhaupt eine Chance gegeben hatte.

Emilio hatte sich bereits etwas mit Domicio vergnügt. Er hatte ihm bestimmt einige Knochen gebrochen und es würde mich nicht wundern, wenn Domicios Körper übersät war von blauen Flecken, Kratzern und Wunden.

Matteo, so hieß der andere Vergewaltiger, war schon von Emilio beseitigt worden und vergnügte sich wohl unter der Erde mit seinem nicht mehr vorhandenen Schwanz. Natürlich hatte Emilio dafür gesorgt, dass er bei Bewusstsein war, als er ihm sein bestes Stück abgeschnitten hatte. Zu gern wäre ich bei dieser Show dabei gewesen, allerdings war mir die Sicherheit von Milena wichtiger.

Ich knipste von außen die kleine Glühbirne an, welche das Abteil beleuchtete. Domicio sah mich nicht an.

»Fessel ihn auf den Stuhl«, befahl ich Stefano, einem meiner Männer, der vor der Tür Domicio bewachte. Es dauerte keine Minute, dann saß der Bastard gefesselt vor mir. »Halte seinen Kopf fest. Dieser Hurensohn soll mich gefälligst anschauen, wenn ich mit ihm rede.«

Braune Augen, die voller Angst funkelten, trafen auf meine. Es war nicht nur Angst. Nein, er hatte Panik.

Meine Lippen zierten sich zu einem Lächeln, als ich mir dessen bewusst wurde. *Wir beide würden gleich richtig viel Spaß zusammen haben.*

Langsam, wie eine Schlange, ging ich auf ihn zu. Meine Pistole lag fest in meiner Hand.

Seine Augen zuckten zu meiner Hand. Als er die Waffe erkannte, machte er hektische Bewegungen. Stefano war sofort zur Stelle und hielt ihn ruhig.

Als ich vor ihm zum Stehen kam, erhob ich meine Glock 47 und richtete sie auf seine Stirn. »Ich hoffe, du bist dir bewusst, was du getan hast. Wenn nicht, sage ich es dir noch einmal«, begann ich und presste die Waffe fester gegen seinen Schädel. »Du hast mein Eigentum angefasst und merk dir eins, niemand – und damit meine ich absolut niemand – außer mir fasst das an, was mir gehört. Hast du das verstanden?«

Wie ein kleiner Junge flossen ihm die Tränen über das Gesicht. Vor Schmerz winselte er wie ein Köter. Ein weiteres Mal erhöhte ich den Druck der Pistole an seiner Schläfe. Stefano sorgte dafür, dass er nicht umkippte.

»Antworte mir gefälligst! Hast du das verstanden?«, schrie ich.

»Ja«, flüsterte er schließlich. Ich hatte Probleme, ihn unter seinem Geheule zu verstehen. »Es tut mir leid, aber sie wollte es. Sie ist mit mir gekommen und hat mich geküsst.« Abgehackt versuchte er, sich in einem letzten Versuch zu retten. Doch sein Todesurteil war bereits besiegelt, als er Milena angefasst hatte.

Ich lachte laut auf und trat ihm in die Eier. Stefano ließ den Stuhl los und Domicio fiel auf den nassen modrigen Boden. Vor Schmerz schrie er. Dieser Bastard hatte so viel mehr Schmerz verdient.

»Sie wollte es?«, wiederholte ich. »Sie sah nicht so aus, als ob sie es wollte. Zwei Männer, die sie gegen eine Wand pressen. Ein tränenüberströmtes Gesicht und du sagst mir, sie wollte es. Du bist noch viel größerer Abschaum, als ich dachte«, spuckte ich ihm entgegen.

Stefano reichte mir eine Flasche und ich nahm sie dankend entgegen.

»Ich bin mir sicher, dass dir das genauso gut gefallen wird wie ihr.« Ich öffnete die Flasche voller Schwefelsäure. Dampf stieg mir entgegen, als ich sie von meinem Körper entfernt hielt. Stefano löste die Fesseln von Domicios Füßen. Er begann zu strampeln, in der Hoffnung, sich noch retten zu können.

Stefano war schneller und spreizte seine Beine, nachdem er ihm die Hose ausgezogen hatte. Sein kleiner Schwanz prangte mir entgegen. Kein Vergleich zu meiner Größe. Milena würde mit mir eindeutig mehr Spaß haben.

Ich beugte mich über ihn und tröpfelte die Säure auf sein Glied, die sofort seine Haut verätzte. Er brüllte voller Qual. In meinen Ohren war es die schönste Melodie, neben dem Klang von Milenas Stimme.

Als er ohnmächtig wurde, schlug ich ihm mehrfach ins Gesicht. Er sollte bei dem, was ich mit ihm vorhatte, bei Bewusstsein bleiben. Ich kippte die Flasche weiter auf ihm aus, bis sein Schwanz vollkommen verätzt war. Damit würde er nie wieder eine Frau befriedigen können. *Als hätte er dies vorher gekonnt.*

Ich zog mein Handy aus der Hosentasche und schrieb Emilio eine kurze Nachricht. Er würde noch mehr Freude mit ihm haben. »Genieße deine letzten Minuten«, spuckte ich ihm zum Abschied entgegen.

Emilio tauchte im Türbogen auf und ich drückte ihm meine Waffe gegen die Brust. »Beende das hier. Ich habe mich um Wichtigeres zu kümmern.«

Eifrig nickte er. Die Tür fiel hinter mir ins Schloss. Ich nahm die Treppen wieder nach oben. Mit jedem Schritt wurden die Schreie von Domicio leiser, bis sie ganz verstummten. Doch die Sorge um meine kleine Blume wuchs in meiner Brust.

Meine Beine trugen mich weiter in die erste Etage, in der sich das Gästezimmer befand. Vor der Tür angekommen, hielt ich kurz inne und lauschte, ich hörte immer noch das Prasseln der Dusche. Milena musste also noch im Badezimmer sein. Ohne anzuklopfen, trat ich ein und fand sie an genau der Stelle, an der ich sie vermutet hatte. Zusammengekauert saß sie in der Dusche. Ihr Kopf lag auf ihren Beinen und das Wasser prasselte auf sie ein.

Geschockt von ihrem Anblick verharrte ich im Türrahmen. Sie so verletzt und gebrochen zu sehen, brach mir das Herz.

Ihre Schluchzer bestärkten den Wunsch in mir, wieder in den Keller zu gehen und Domicio eine Kugel durch den Kopf zu jagen. Einzig und allein die Gewissheit, dass Emilio ihn gerade auf die härteste und grausamste Weise folterte, beruhigte mich.

»Milena?«, fragte ich flüsternd, doch sie zeigte keinerlei Reaktion.

Ich nahm mir ein Handtuch aus dem Schrank und griff in die Dusche, um das Wasser abzustellen. Als der heiße Wassertropfen meine Haut berührte, zuckte ich zusammen. Das Wasser war auf die heißeste Stufe eingestellt. Wie lange duschte sie bereits so?

Mir war jeder Schmerz egal und ich stellte endlich das Wasser ab. Erst jetzt bemerkte ich, wie rot gefärbt ihre Haut war. Ich legte das Handtuch um sie und zog sie auf die Beine. Sie wankte leicht, weswegen ich sie stützte. Weiterhin schluchzte sie in meinen Armen. Ihr Körper zitterte.

Wir gingen gemeinsam zum Bett und Milena legte sich hinein. Noch immer gab sie keine Reaktion von sich. Sie sprach kein Wort. Die Decke über sie gelegt, nahm ich gegenüber von ihr auf einem Sessel Platz.

»Ich bin hier und sorge dafür, dass dir keiner zu nahe kommt, fiore.« Ich gab ihr ein Versprechen, welches ich für den Rest meines Lebens halten würde.

Einige Minuten verbrachten wir in vollkommener Stille.

»Danke, dass du es verhindert hast«, flüsterte sie und ich hätte es fast nicht gehört. Es waren die ersten Worte, die sie mit mir sprach nach dem, was geschehen war.

Ich blieb in dem Sessel sitzen und erst als ihr Schluchzen verging und ich ruhige, tiefe Atemzüge wahrnahm, konnte ich mich meiner Wut beschwichtigen.

Sie war eingeschlafen. Meine Muskeln entspannten sich und ich wagte einen Blick auf mein Handy.

»Die Sache ist erledigt«, schrieb Emilio.

Sehr gut, dieser Bastard und sein Freund würden nie wieder einer Frau so etwas antun können. Mögen sie in der Hölle verrotten. Ich würde höchstpersönlich von jetzt an dafür sorgen, dass Milena in Sicherheit war.

Kapitel 14

Die Männer drückten mich auf den Boden. Domicio fixierte meine Arme über meinem Kopf, während der Blonde sich um meine Kleidung kümmerte.

Er schob mein Kleid über meinen Hintern, sodass dieser und ein gewisser anderer Bereich nun voll und ganz zugänglich waren. Domicio nutzte die Chance und legte meine Brüste frei. Mein Kleid befand sich in meiner Mitte und sowohl unten als auch oben war ich vollkommen entblößt.

Der Blonde zerrte meinen Slip zur Seite. Das Geräusch seiner Gürtelschnalle erklang. Im Augenwinkel sah ich, wie seine Hose zu Boden fiel.

Ohne Rücksicht stieß er hart und schmerzhaft sein Glied in mich. Er stöhnte auf …

Ein Ruck durchfuhr mich und der Albtraum wurde beendet. Ich schreckte auf. Hektisch atmete ich. Die Gedanken an die zwei Männer brachten meine Brust zum Schmerzen. Ich nahm zwei tiefe, kontrollierte Atemzüge. Ich befand mich nicht in den Händen zwei fremder Männer, die mich vergewaltigen wollten. Nein, ich war … Wo war ich überhaupt?

Unter mir fühlte ich weiche Seide, die meinen Körper umhüllte. Mein Blick glitt durch das Zimmer, in dem ich mich befand.

Es war mir fremd. Ich lag in einem großen Himmelbett mit seidenen Laken, in dem Platz für mindestens drei Personen war. An der gegenüberliegenden Wand stand eine gold-weiße Kommode. Allgemein war das Zimmer sehr modern eingerichtet. Nirgendwo konnte ich Staub oder Schmutz erkennen.

Neugierig ließ ich meinen Blick weiter über die Bilder an den Wänden wandern, bis dieser plötzlich auf einen grauen Sessel fiel, der sich in der Ecke des Raumes befand. Daneben stand ein kleiner Tisch. Dort saß der Mann, der mich gestern vor meinen Vergewaltigern gerettet hatte. Leano hatte die Augen geschlossen. Seine Brust hob und senkte sich gleichmäßig. Er schlief. Wieso war er hier?

Unter dem sanften Stoff der Seide bemerkte ich, dass ich keine Kleidung trug. Röte schoss mir in die Wangen, als mir bewusst wurde, dass er meinen Körper nackt gesehen hatte. Ich band mir eine der beiden Decken um. Gerade als ich aufstehen wollte, fuhr ein stechender, brennender Schmerz durch meinen Körper.

Die Decke beiseiteschiebend, betrachtete ich mein Bein. Es war geziert von vielen roten Flecken. Bilder der Geschehnisse schossen mir in den Kopf. Ich erinnerte mich an die Dusche.

Ich hatte die Temperatur extra auf heiß gestellt, um den Schmerz, die Scham und dieses ekelerregende Gefühl von meinem Körper herunterzuspülen. Leano musste mich wohl während meines Zusammenbruchs gefunden haben.

Es klopfte an der Tür und ein mir fremder Mann steckte plötzlich seinen Kopf durch den Spalt.

»Gut, du bist schon wach«, sprach der Unbekannte mit dunkler Stimme und trat in den Raum.

Ich musterte ihn, um einschätzen zu können, ob er eine Gefahr darstellte. Doch bevor ich irgendetwas tun konnte, trat er zu der Kommode und legte etwas darauf. Es war mir zuerst nicht aufgefallen, aber er hatte einen Stapel Kleidung in seinen Händen getragen, den er nun darauf abgelegt hatte.

»Ich habe einige Sachen für dich besorgt. Du willst doch hier nicht die ganze Zeit nackt herumlaufen.« Seine Stimme beinhaltete ein Lachen. Er schien wohl ein Witzbold zu sein. Das konnte was werden.

Das erste Mal, seit er das Zimmer betreten hatte, sah ich in sein Gesicht. Es war kantig und ich erkannte einen leichten Bartansatz. Seinen Hals schmückten einige Tattoos. Er sah unfassbar gut aus. Zwar war er nicht mein Typ, ich konnte mir aber gut vorstellen, dass die Frauen bei ihm Schlange standen und er jede haben konnte.

Er strich sich eine lockige braune Strähne aus dem Gesicht, als er mich ebenfalls anstarrte. »Verzeihung. Nach dem Angriff gestern hat Leano dich mit zu seiner Villa genommen. Hier bist du sicher, keine Angst. Die beiden werden dir oder einer anderen Frau nie wieder etwas antun.«

Seine Worte ließen mich nur noch verwirrter zurück, als er sich wieder zur Tür begab. Kurz bevor er sie öffnete, drehte er sich ein letztes Mal in meine Richtung und schaute mich über seine Schulter hinweg an.

»Ich bin Emilio. Ein Freund von Leano. Freut mich, dich kennenzulernen, Milena«, stellte er sich vor und nachdem ich ihm zum Abschied zunickte, verließ er das Zimmer.

Leano hatte von dem Gespräch nichts mitbekommen. Noch immer schlief er tief und fest.

Ich nahm die Sachen von der Kommode und lief ins Badezimmer. Um meine Haut zu beruhigen, entschied ich mich für eine lauwarme Dusche. Ich konnte noch immer die Hände der Männer auf mir spüren und schluckte den Kloß herunter, der sich wieder in meinem Hals bildete.

Die Dusche war wohltuend und ich konnte gedankenfrei die Zeit genießen. Nachdem ich fertig war und meinen Körper

getrocknet hatte, zog ich mir die Kleidung über. Sie passte wie
maßgefertigt.

Meine Beine trugen mich zurück in das Schlafzimmer. Automatisch glitt mein Blick zu dem Sessel. Er war leer. Leano war
verschwunden. Er musste gegangen sein, als ich geduscht hatte.
Sollte ich hierbleiben und auf seine Rückkehr warten oder doch
durch das Haus schleichen und ihn suchen?

Noch bevor ich eine Entscheidung treffen konnte, fiel mir
etwas Kleines, Weißes auf. Ich ging auf den Sessel zu und
bemerkte einen zusammengefalteten Zettel auf dem Tisch.
Zittrig faltete ich diesen auf und las die Zeilen, welche dort in
fein säuberlicher Handschrift geschrieben standen.

Il mio fiore bedeutete im Italienischen *Meine Blume*. Wieso
nannte Leano mich so?

Ich konnte mich noch sehr gut daran erinnern, dass mich
meine Mutter immer so genannt hatte, als ich klein war. Ihre
liebe zu Blumen hatte sie auf mich übertragen und so war der
Spitzname entstanden.

Die Geschehnisse von gestern Abend ließen sich nicht ändern. Es brauchte noch einige Zeit, bis ich mich vollkommen
erholt haben würde, allerdings brachte es mich nicht weiter,
im Zimmer zu sitzen und zu schmollen. Meine Hände legten
sich um die Türklinke und mit zögerlichen Schritten durchschritt ich die Tür.

Emilio hatte recht damit, dass Leano mich in eine Villa
gebracht hatte. Es war keine kleine Stadtvilla, sondern eine
riesengroße. Von außen schien sie kleiner. Ich stand in einem
riesigen Flur und versuchte, mich zurechtzufinden. Mein

Instinkt bedeutete mir, nach rechts zu gehen. Ich gehorchte meinem Bauchgefühl und lief die Treppenstufen hinab.

Am Ende der Treppe blickte ich mich suchend um. Plötzlich wurde ich von hinten umarmt. Ich erschrak mich so sehr, dass ich einen Aufschrei nur knapp verhindern konnte. Meine Augen schauten nach unten. Adelia umarmte mich und schaute mit großen Augen zu mir hinauf. Ihr süßes Gesicht brachte mich sofort zum Lächeln und als wäre dies nicht genug, sprach sie auf einmal und ihre Stimme klang wie die eines Engels.

»Ich habe dich vermisst, Milena.«

Verblüfft starrte ich das kleine Mädchen an. Sie hatte wirklich gesprochen. Ihre Worte brachten mein Herz zum Schmelzen. Mir wurde augenblicklich so warm, dass ich nur knapp die Freudentränen unterdrücken konnte.

»Ich bin froh, dass du dich aus deinem Zimmer getraut hast«, sprach nun eine dunkle, männliche Stimme.

Ich hob den Kopf und erkannte Leano im Türrahmen stehen. Er lächelte mir schwach zu. Unsicher, wie er sich in meiner Gegenwart verhalten sollte.

Ich blickte ihm entgegen und verlor mich für einen Moment in seinen wunderschönen Augen. Bevor dies jedoch geschehen konnte, drehte er sich um. Mit einem Kopfnicken bedeutete er mir, ihm zu folgen.

Adelia ließ mich los und eilte die Treppenstufen nach oben. Ich kam der Aufforderung des attraktiven Mannes nach und folgte ihm durch den Eingangsbereich in den offenen Wohn-Ess-Bereich. Die Küche war unfassbar groß und in dunklen Grautönen einfach ein Traum für mich. Ich liebte das Kochen und Backen und konnte von so einer Küche nur träumen. Eine Früheninsel trennte den Koch- vom Essbereich, denn gegenüber der Kücheninsel stand eine große moderne Esstafel, an der bestimmt zehn Personen Platz finden konnten. Links befanden sich eine Couch und eine große Wohnwand. Es war ein Traum. Ich überlegte, wie sich Leano all den Luxus leisten konnte, allerdings hatte ich ihn nie nach seinem Beruf gefragt. Gerade als ich zu der Frage ansetzen wollte, wandte er sich an mich.

»Setz dich bitte.« Ohne zu zögern, kam ich dem nach. Nachdem ich mich auf dem weichen Polster des Stuhls niedergelassen hatte, inspizierte ich Leano.

»Möchtest du etwas essen?«, fragte er und ich schüttelte den Kopf. Nach essen war mir nach allem, was passiert war, nicht zumute.

»Nein, danke. Ich würde wirklich gern nach Hause und-«

»Bitte hör mir einen Moment zu und wenn du dann immer noch nach Hause möchtest, setzen wir uns sofort in mein Auto und ich fahre dich.«

Abwartend starrte ich ihn an.

»Adelia macht eine sehr schwierige Phase durch. Bevor sie in den Kindergarten kam, wurde sie nur zu Hause von ihrer Mutter betreut.« Er schluckte und seine zittrige Stimme verriet, dass es ihm offenbar schwerfiel, darüber zu reden. »Ihre Mutter kann momentan leider nicht auf sie aufpassen. Ich muss mich um meine Arbeit und um das Geschäftliche kümmern, weswegen für Adelia nur ein Betreuungsplatz in Frage kam. Zunächst schien sie sich nicht wohlzufühlen, doch seitdem sie Kontakt zu dir hat, öffnet sie sich mehr und mehr. Sie hat sich so verwandelt in letzter Zeit und wirkt fröhlicher. Es tut mir leid, dass du deinen Job verloren hast, sehr sogar. Doch ich könnte dir ein Angebot machen. Ein Angebot, das du dir gut überlegen solltest, denn so etwas wirst du nie wieder bekommen.«

Ich wusste nicht, was er meinte, und hatte auch überhaupt keine Idee, was ein solches Angebot beinhalten könnte.

Er schien zu merken, dass ich mich mit diesen Informationen nicht zufriedengab, und fuhr fort. »Adelia mag dich und ich mag deine Arbeitsweise. Du könntest hier wohnen und für Adelia das Kindermädchen sein und sie weiter betreuen. Mein Gefühl sagt mir, dass du sie in ihrer Entwicklung gern weiter

unterstützen möchtest. Ich weiß, es ist keine Kindergarten-
gruppe, aber vielleicht findest du in dieser Arbeit etwas Trost.
Davon abgesehen, dass du überdurchschnittlich bezahlt werden
würdest. In einem Haus mit allem, wovon andere nur träumen
wohnen könntest. Du könntest weiterhin in dem Zimmer wohnen, in dem du gerade untergebracht bist. Außer du möchtest
ein anderes, dir steht jedes Zimmer zur Verfügung.«

Ich hielt die Luft an und blickte ihn mit geweiteten Augen
an. »Ich weiß nicht«, brachte ich stotternd hervor. Wie reagierte
man, wenn man ein solches Angebot bekam? Danke? Nein, oder?

Überfordert mit der Situation überlegte ich, einfach aufzustehen und aus der Tür zu rennen. Doch das konnte ich Leano
nicht antun.

»Kann ich es mir überlegen? Immerhin ist es eine große
Entscheidung«, hakte ich nach und Leano nickte zustimmend.

Danach fuhr er mich wieder nach Hause. Wir redeten nicht
weiter über sein Angebot. Ich würde es mir durch den Kopf
gehen lassen.

Ich öffnete die Tür zu meiner Wohnung. Sie war leer. Valentina
war mit Sicherheit wieder auf einer ihrer großen Reisen. Über den
Freiraum nach all den Geschehnissen war ich froh. Ich musste
alles noch verarbeiten. Es würde dauern.

Müde ließ ich mich auf die Couch sinken, der Druck der
letzten Stunden war kaum auszuhalten. Meine Gedanken
wirbelten in meinem Kopf, immer wieder kehrten sie zu
dem Angebot zurück. Sollte ich es wirklich annehmen? Ich
liebte meine Arbeit mit Kindern und Adelia hatte ich oh-
nehin in mein Herz geschlossen. Das Mädchen war zwar
zurückhaltend, aber ich spürte, dass sie jemandem wie mir
vertrauen konnte. Es war eine Herausforderung, aber auch
eine, die mich erfüllte. Doch dann war da noch die Tatsache,
dass Leano mir ein mehr als großzügiges Gehalt angeboten
hatte. Die überdurchschnittliche Bezahlung war ein unwi-
derstehlicher Bonus. Es würde nicht nur meine finanzielle

Situation erheblich verbessern, sondern auch das Leben in vielerlei Hinsicht vereinfachen. Aber am meisten stach mir der Gedanke ins Auge, dass ich durch diesen Job Leano näher kommen könnte. Die Zeit, die wir miteinander verbringen würden, war ein weiterer Grund, warum ich mich immer wieder zu diesem Angebot hingezogen fühlte. Langsam kam ich zu dem Entschluss. Die positiven Argumente in meinem Kopf hatten gewonnen. Ich zögerte nicht länger, nahm mein Handy in die Hand und tippte die Nachricht, die alles verändern würde. Gefühlte zehn Minuten schaute ich den schwarzen Bildschirm meines Handys an und überlegte erneut, ob ich diesen Schritt wirklich gehen sollte. Doch mein Entschluss stand fest. Ich wollte das Angebot annehmen. Eilig wählte ich Leanos Nummer, bevor ich mich umentscheiden konnte.

»Milena, alles in Ord-«, setzte er an.

»Ich nehme dein Angebot an.«

»Wie bitte?«

»Ich nehme dein Angebot an und werde Adelias Babysitter«, wiederholte ich mit fester Stimme, damit er verstand, dass ich es ernst meinte.

»Ich hole dich dann morgen früh ab, um deine Sachen kümmert sich ein Umzugsunternehmen.« Danach beendete er das Telefonat.

Valentina würde mich umbringen, wenn sie davon erfuhr. Ich hoffte, ich würde diese Entscheidung nicht bereuen.

Es klingelte an meiner Haustür. Ich öffnete diese und Leano stand vor mir. Er hatte mir gestern noch geschrieben, dass er mich heute abholen würde, weshalb ich bereits begonnen hatte, meine Koffer zu packen. Der Rest würde vorerst in dem Apartment bleiben.

»Komm, ich helfe dir«, sagte er, als ich meine Hand nach meinem Koffer ausstreckte. In ihm war alles Lebenswichtige, was ich in nächster Zeit benötigen würde.

Wir fuhren gemeinsam mit dem Aufzug in die unterste Etage. Leano lud meinen Koffer in das Auto. Ein letztes Mal blickte ich zu dem Gebäude, in dem ich so viel erlebt hatte. Der Wagen setzte sich in Bewegung. Es dauerte nicht lange, bis wir an der Villa ankamen.

Das letzte Mal, als ich vor diesem Tor gestanden hatte, war es dunkelste Nacht gewesen, weswegen ich nicht viel von außen erkennen konnte. Das Haus sah am Tag noch viel schöner aus. Das Grundstück war riesig. Ein großer, grüner Vorgarten kam zum Vorschein. Die Gärtner bepflanzten gerade die Beete und gossen die geschnittenen Hecken mit Wasser. Kurz vor der Villa erkannte ich einen kleinen, schönen Springbrunnen. Ich kam mir vor wie in einem Märchen. Sollte ich die Prinzessin sein?

Leano parkte sein Auto und wir stiegen aus. Er machte sich bereits auf den Weg zur Tür, während ich zum Kofferraum ging. Mein Gepäck würde nicht von allein ins Haus laufen. Ich öffnete die Tür des Kofferraums und wollte nach dem ersten Gepäckstück greifen, als zwei Hände neben meinen erschienen und den Koffer herauszogen. Überrascht schaute ich einen älteren Herrn an. Er musste ungefähr Mitte fünfzig sein.

»Verzeihen Sie, ich übernehme«, sprach er und ich war mehr als schockiert über seine Worte. Weswegen sollte ein Fremder mein Gepäck hineintragen? Verwundert über diese Sache suchte ich nach Leano, der bereits an der Tür wartete und etwas mit einer jüngeren Frau besprach.

Wut breitete sich in meinem Bauch aus und ließ mich brodeln. Die blonde Frau schaute Leano mit einem Lächeln an und zwinkerte ihm auch noch zu. Sie war schlank und hatte eine unglaubliche Figur. Ihre großen Brüste und ihr wohlgeformter Hintern kamen in dem knappen Kleid gut zur Geltung. Eine typische Barbiepuppe, wenn man mich fragen würde.

Mit verschränkten Armen lief ich auf die beiden zu, meine Schritte fest und entschlossen. Der Ärger kochte in mir, meine Gedanken wirbelten und die Eifersucht nagte an mir. Warum mussten sie sich so nahekommen? Warum war er so freundlich zu ihr?

»Ich würde gern in mein Zimmer«, stieß ich zwischen zusammengepressten Zähnen hervor, wobei Spott in meiner Stimme mitschwang. Ich funkelte beide an, Wut und Schmerz tobten in mir. Es war nicht nur der Ärger über die Situation, sondern auch die bittere Eifersucht, die sich in mir breitmachte.

Er wandte den Blick von der aufgetakelten Schlampe ab und sah mich an. War ich etwa eifersüchtig? Nein. Immerhin gab es nichts, was Leano und mich verband.

Leano streckte den Arm aus und bedeutete mir so die Richtung, in welche ich gehen sollte. »Bitte entschuldige mich, Samara«, sagte er und ließ sie dann glücklicherweise stehen.

Ein Grinsen breitete sich auf meinem Gesicht aus, als er die Frau einfach stehen ließ. Es war fast schon ein Triumphgefühl, dass er sich nun ganz auf mich konzentrierte und sich um mich kümmerte. Diese Geste, so einfach sie auch war, ließ etwas in mir aufblitzen, das mich für einen Moment die Kontrolle über meine eigenen Emotionen vergessen ließ. Er geleitete mich zu dem Zimmer, das mir bereits bekannt war. Mein Gepäck war schon hochgetragen worden und stand in dem riesengroßen Zimmer. Es wirkte so klein in Anbetracht der Raumgröße.

»Lass dir Zeit und räum alles in Ruhe aus. Wir sehen uns später bestimmt. Bis dahin muss ich noch einige Dinge regeln. Bei Fragen kannst du dich an das Personal wenden.« Er verabschiedete sich und ließ mich allein zurück.

Was meinte er wohl damit, er müsse noch einige Dinge regeln? War er so beschäftigt in seinem Beruf?

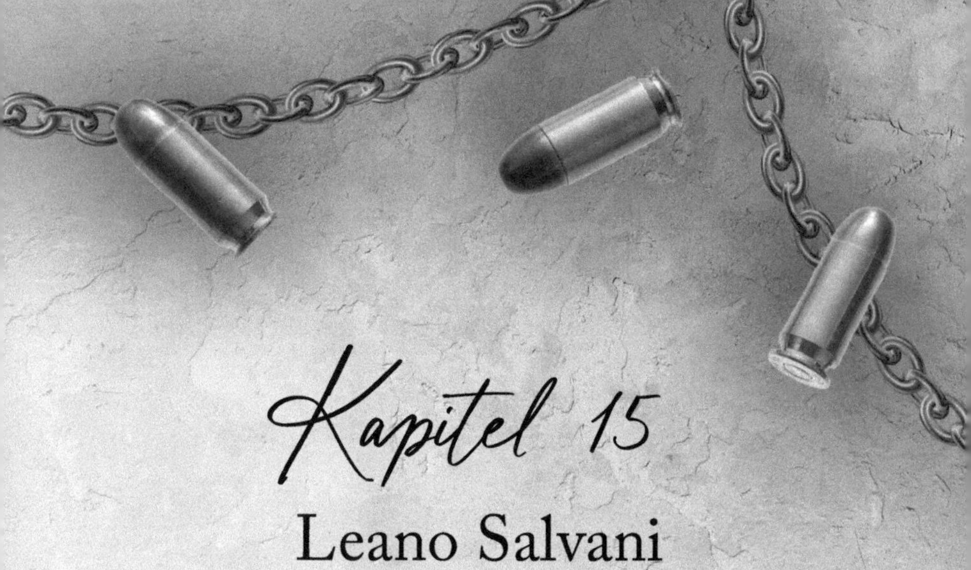

Kapitel 15

Leano Salvani

»Und sie wohnt jetzt wirklich bei uns?«, fragte Adelia, als ich gerade das Ende der Treppe erreicht hatte.

Sie schaute mich mit großen Augen an und ihre Freude war kaum zu übersehen. Milena hatte ich allein in ihrem Zimmer zurückgelassen, sie würde einige Zeit benötigen, um sich an alles zu gewöhnen. So konnte sie sich in Ruhe einrichten.

Ich hatte Adelia lange nicht mehr so glücklich gesehen. Sie strahlte und hüpfte vor Freude, als hätte sie über Nacht eine neue Identität erhalten.

Es machte mich selbst unfassbar froh, dass sie langsam nach den Geschehnissen wieder aufzublühen schien. Glücklicher machte es mich noch, dass sich meine kleine Blume nun in meiner Nähe befand. Ich konnte sie so besser schützen.

Es fühlte sich im Moment alles richtig an. Isalie würde bald aus dem Koma erwachen, Adelia gewann ihre kindliche Freude wieder und ich? Ich durfte Milena kennenlernen und sie in meiner Nähe zu wissen, rief Gefühle in mir hervor, die ich noch nie gekannt hatte. Damit meinte ich nicht Erregtheit, was ich mir zur Not von Nutten holte. Dieses Kribbeln, das ich seit einiger Zeit in meinem Bauch wahrnahm, war so unheimlich und neu für mich.

Emilio kam auf mich zu und sah mich fragend an. »Was ist denn mit dir passiert? Spielst du gleich mit Barbiepuppen, so verliebt, wie du aussiehst?«

Ah, er hatte heute besonders gute Laune. »Halts Maul«, erwiderte ich. »Hat man etwas vom Bastard höchstpersönlich gehört?«

Er wusste genau, wen ich damit meinte. Serafino war Bastard Nummer eins auf meiner Feindesliste, dicht gefolgt von seiner Familie.

Nach dem Angriff auf Milena vor zwei Wochen hatte ich meinen Männern befohlen, ihre Augen und Ohren offenzuhalten. Auch unsere Informanten in den Reihen des Feindes wussten über ihren Auftrag Bescheid. Niemand berührte ungestraft das, was mir gehört. Jeder meiner Männer wusste, dass Milena tabu für sie war. Sie war Mein. Bald würde sie derselben Ansicht sein. Nur wusste sie davon noch nichts.

Jeder, der ihr zu nahekommen würde oder es sich sogar traute, sie ohne meine Erlaubnis anzusprechen, würde seinen Schwanz auf die grausamste Art und Weise verlieren, die ich kannte. Der blonde Wichser und Domicio durften dieser Ehre bereits Teil werden.

Kapitel 16

Nachdem Leano den Raum verlassen hatte, ließ ich meinen Blick durch das edle Zimmer schweifen. Ich war bereits gestern hier gewesen. In dem seidenen Bett war ich nach der grausamen Nacht aufgewacht. Leano in dem Sessel, der immer noch gegenüber von mir stand.

Bilder der Nacht drängten sich in meinen Verstand. Ich schob sie beiseite, nahm meinen Koffer und legte ihn auf dem Bett ab.

Rechts von mir erstreckte sich ein riesiger Kleiderschrank über die ganze Wand. Mit zittrigen Händen öffnete ich eine der vielen Türen, Angst davor, etwas durch meine bloße Berührung zu zerstören.

Meine Kleidung verräumte ich sorgfältig in den Kleiderschrank. Ich besaß nur das Nötigste, was mir noch einmal bewusst wurde, als ich die vielen freien Fächer des Schrankes sah.

Valentina beschrieb mich immer als einen minimalistischen Menschen. Ich war vollkommen zufrieden mit meiner Auswahl. Wofür gab es Waschmaschinen, wenn ich ein Kleid nur einmal trug? Dieser ganze Luxus war mir unbekannt. Ich würde mich daran gewöhnen müssen.

Den letzten leeren Koffer stellte ich in den Schrank und schloss die Tür. Erleichtert atmete ich tief ein und ließ die Luft entweichen, als ob ein Stein von meiner Brust gefallen wäre. Die Anspannung, die mich den ganzen Tag über begleitet hatte, löste sich in diesem einen Moment und meine Muskeln entspannten sich.

Zögernd legte ich meine zitternden Finger um die Türklinke. Mein Herz pochte, als ich die Schwelle zu diesem unbekannten Ort überschreiten wollte. Die Luft schien schwer, als ob das Haus selbst mich zu einer Entdeckung drängte, die ich vielleicht besser nicht machen sollte. Die Neugier, gepaart mit einer seltsamen Anziehungskraft, die ich nicht ignorieren konnte, trieb mich jedoch voran. Mir wurde nicht verboten, mich frei im Haus zu bewegen, aber es fühlte sich komisch an. Es war, als würde ich mich in einem fremden Zuhause ohne Erlaubnis aufhalten. Eine unangenehme Last breitete sich in mir aus, als wäre ich eine Schnüfflerin, die heimlich in den Räumen eines anderen nach etwas suchte. Ab diesem Tag würde ich hier leben. In einem unbekannten Haus. Mit Menschen, die ich nicht kannte. Ich wusste nicht viel über Adelia und Leano. Nur das Wichtigste. Aber mein verlorener Job und das fehlende Geld ließen mir keine Wahl.

Mit Sicherheit würde ich Leano noch näher kennenlernen. In seiner Nähe fühlte ich mich wohl und sicher. Ein Gefühl in meinem Inneren bedeutete mir, dass es das Richtige war, hier zu wohnen.

Zögerlich steckte ich den Kopf aus der Tür und suchte nach Personen. Der dunkle Flur blieb leer. Ich trat hinaus. Die Tür fiel mit einem lauten Knall ins Schloss. Ich erschrak unter dem plötzlichen Geräusch.

Mit rasendem Herzen setzte ich meinen Weg fort. Aufmerksam lief ich die geschwungene Treppe hinab und achtete auf jedes Geräusch und jede Bewegung. Leano hatte das Haus verlassen, um Geschäftliches zu klären. Adelia war ebenfalls nicht hier. Ob er sie mitgenommen hatte?

Im unteren Geschoss angekommen, drehte ich mich um meine eigene Achse. Die Küche hatte ich bereits gestern gesehen. Noch immer war ich überrascht von der Größe der Räume und dem unverkennbaren Reichtum. Leano lebte eindeutig nicht in Armut.

Ich blieb in dem großen Wohnbereich neben dem Eingangsbereich stehen. Eine große graue Couchgarnitur nahm die Mitte des Raumes ein. Durch das Panoramafenster fielen die warmen Sonnenstrahlen in mein Gesicht. Eine Wohnwand erstreckte sich über die gesamte Wand. Sie sah so teuer und edel aus in den schwarzen Tönen, dass ich Angst hatte, allein mein Anblick würde sie zerstören.

Bedächtig lief ich weiter einen kleinen Flur entlang. Es handelte sich um einen weiteren Flurabschnitt, der nicht zu den sonst so offen gestalteten Räumen passte. Nicht nur, dass er vollkommen im Dunkeln lag, er sah aus wie ein Anbau. Von außen nicht sichtbar. Ich ging darauf zu und zum Vorschein kam eine weiße Tür, die mich aus unerklärlichen Gründen anzog.

Mit klopfendem Herzen ließ ich meinen Blick über den Raum schweifen, an den Wänden entlang, suchte nach einem Schatten, einem Laut, nach irgendetwas, dass mir verriet, ob ich beobachtet wurde. Doch der Raum blieb still und leer, keine Spur von einem anderen Menschen. Nicht einmal das Personal war zu sehen. Alles wirkte verlassen, als ob die Stille selbst mich in ihren Bann gezogen hätte.

Mit einer Nervosität, die ich kaum noch verbergen konnte, legten sich meine Finger um das Metall der Klinke. Die Berührung fühlte sich eisig an, fast schmerzhaft, und dennoch zwang ich mich, sie herunterzudrücken. Die Tür blieb verschlossen. Ich rüttelte etwas kräftiger daran, doch sie gab nicht nach.

Meine Schultern sanken, als das Gefühl der Frustration in mir aufstieg, und ich wandte mich ab. Ein innerer Widerstand zog mich nach unten, als hätte das Gewicht der Enttäuschung meine Glieder gelähmt. Meine Neugier brannte, der Drang, zu wissen, was sich hinter jener Tür verbarg, war unerträglich. Aber was hoffte ich eigentlich zu finden? Leichen? Die Vorstellung ließ mich erschauern und ich schüttelte unbewusst den Kopf. Nein, besser nicht. Was, wenn ich mehr entdecken würde, als ich ertragen konnte? Der Gedanke an das Unbekannte war jedoch zu stark, als dass ich ihm einfach widerstehen konnte.

Etwas funkelte in meinem Augenwinkel. Mein Blick fiel auf einen Schlüssel, der neben der Tür an der Wand hing. Langsam nahm ich den Schlüssel und schob ihn behutsam ins Schloss. Mein Gewissen meldete sich laut und deutlich. Ich sollte das nicht tun. An meinem ersten Tag in der Villa herumzuschnüffeln, würde Leano ganz sicher nicht gefallen.

Mein inneres Verlangen siegte. Ich war der festen Überzeugung, es würde ihm nicht auffallen. Bevor ich mich umentscheiden konnte, drehte ich den Schlüssel um und öffnete die Tür.

Dahinter verbarg sich ein Zimmer. Nein, eher ein Apartment. Mehrere kleinere Räume trennten sich von dem Gang ab. Ich lag also richtig mit meiner Vermutung, dass dieser Teil zwar zur Villa gehörte, allerdings einen eigenen Teil darstellte.

Neben mir stand eine schwarze Kommode. Kein einziges Staubkorn erkannte ich darauf. Mein Blick fiel auf den Bilderrahmen, der sich darauf befand.

Meine Augen wanderten über das kleine Mädchen mit den blonden Haaren. Adelia. Auf dem nächsten Foto sah ich Leano, in seinen Armen hielt er Adelia als Baby. Der Anblick von ihm mit einem Kind in den Armen ließ mein Herz schneller schlagen.

Beim nächsten Foto setzte mein Herz jedoch aus. Es war eine wunderschöne blonde Frau zu erkennen. Bei ihrem makellosen Aussehen könnte sie bestimmt als Model arbeiten. Ich musterte das Bild und mir fielen die braunen Augen auf, die auch Adelia und Leano besaßen. Diese schönen kastanienbraunen Augen. Es war nicht abzustreiten, dass es sich bei dieser Frau um Adelias Mutter handeln musste. Doch wo war sie jetzt? Adelia war bisher nur von Leano abgeholt worden, auch in der Villa hatte ich ihre Mutter noch nicht kennengelernt. Er hatte bisher nur erwähnt, dass Adelias Mutter sie nicht mehr betreuen konnte. Später würde ich vielleicht Leano nach dem Grund fragen.

Ein weiteres Bild kam zum Vorschein. Mein Atem beschleunigte sich. Leano, der die blonde Frau auf die Wange küsste und Adelia im Arm hielt. Mein Bauch zog sich schmerzhaft zusammen. Natürlich war er verheiratet. Er sah gut aus. Die Frauen standen bestimmt Schlange bei ihm. Er war ein Mann, der mit seiner Präsenz ganze Räume füllen konnte, seine markanten Gesichtszüge und die strahlenden Augen machten ihn unwiderstehlich. Ein Traum für viele Frauen, die sich vermutlich nur zu gern um ihn reißen würden. Im Gegensatz dazu war ich bloß ein durchschnittliches Mädchen – keine auffallende Schönheit, keine Ausstrahlung, die Blicke auf sich zog. Ein bitterer Kloß formte sich in meinem Hals, während ich auf das Bild starrte. Warum berührte es mich überhaupt? Ich war nur seine Angestellte und würde dies auch bleiben.

Gerade als ich das Bild zurückstellen wollte, zog etwas anderes meine Aufmerksamkeit auf sich. Neben den Bildern auf der Kommode lag ein schwarzes Notizbuch. Isalie Salvani stand in goldener verschnörkelter Schrift darauf. Es musste sich um ein personalisiertes Buch handeln.

Bevor ich es öffnen konnte, hörte ich eine Stimme aus dem vorderen Bereich meinen Namen rufen. Panik und Angst nahmen gleichzeitig von mir Besitz. Mist! Es musste Leano sein. Aus meiner Not heraus nahm ich das Buch mit, verließ die Wohnung, schloss ab und hängte den Schlüssel zurück.

Das Buch versteckte ich unter meinem Pullover und hoffte, dass es nicht herausfallen würde. Niemand würde wissen, dass ich hier gewesen war und das Notizbuch nicht mehr an seinem Platz war.

Ich wollte die Treppe hinauf in mein Zimmer laufen, als mich die kühle Stimme von hinten bremste.

»Wo warst du?«, fragte Leano. »Ich habe dich nicht in deinem Zimmer gefunden«

Ertappt drehte ich mich herum und sah ihn an. »Ich …«, setzte ich an und sah mich in der geräumigen Eingangshalle um. Was erhoffte ich zu finden?

»Du warst?«, fragte Leano erneut, da er von mir immer noch keine Antwort erhalten hatte.

Plötzlich fielen mir die Rosen ins Auge, und ich beschloss, sie als Vorwand zu benutzen. »Ich habe deine schönen Rosensträucher im Garten bewundert. Die Gärtner leisten tolle Arbeit. Du solltest sie besser bezahlen. Rosen sind anstrengend zu pflegen.« Ich redete mich um Kopf und Kragen und hoffte, er würde meiner billigen Ausrede Glauben schenken.

»Du hast dir die Rosen angesehen?« Leanos Ton war misstrauisch und ich verstand seine Reaktion, denn sehr glaubhaft war diese nicht.

»Genau, deswegen habe ich vermutlich auch nicht gemerkt, dass du mich gesucht hast«, log ich weiter. »Wenn du mich entschuldigen würdest, ich muss dringend noch einige Sachen ausräumen.«

Schnell drehte ich mich um, ließ Leano unten stehen und lief die Treppen nach oben. In meinem Rücken spürte ich nach wie vor seinen skeptischen Blick.

In meinem Zimmer angekommen, schloss ich die Tür und atmete tief durch, erleichtert darüber, dass Leano mich nicht ertappt hatte. Er hätte mich gekündigt, und gehasst vermutlich auch. Niemand wünschte sich eine Schnüfflerin als Angestellte.

Ich kramte das Notizbuch unter dem Stoff meines Pullovers hervor, öffnete die Schublade der Kommode und verstaute es unter meinen Hosen. Heute Abend, wenn alle schliefen, hätte ich Zeit, in Ruhe einen Blick hineinzuwerfen.

Erleichtert lief ich nach einer Stunde wieder nach unten. Im Wohnzimmer spielte Adelia mit ihren Puppen. Sie hatte es bereits im Kindergarten geliebt, mit den Barbies zu spielen. Erneut versuchte ich mein Glück und setzte mich zu ihr.

»Darf ich mitspielen?«, fragte ich sie, als ich neben ihr Platz genommen hatte.

Traurigkeit machte sich in mir breit, als mir auffiel, dass es weder hier noch in den anderen Räumen persönliche Erinnerungen gab. Keine Bilder … Keine Malereien von Adelia … Keine persönlichen Gegenstände … Nichts, einfach nichts. Außer neutraler Dekoration. Einzig in der abgelegenen Wohnung hatte ich Bilder gesehen. Ich schob diesen Gedanken zunächst zur Seite, denn Adelia hielt mir eine der Barbies plötzlich vor mein Gesicht.

»Du darfst diese spielen«, sagte sie und ich nahm die Puppe freudestrahlend entgegen. An meinem ersten Tag mit Adelia hätte ich nie gedacht, dass mein Leben sich so entwickeln würde, doch es war schön, zu sehen, was für Schritte sie in ihrer Entwicklung zurücklegte. Es würde noch einige Zeit dauern, aber das Eis zwischen uns begann bereits zu brechen und bald waren wir vermutlich unzertrennlich. Hoffte ich zumindest.

Wir spielten eine Ewigkeit mit den Puppen und ich fühlte mich das erste Mal nach den Geschehnissen frei und glücklich. Man sagte immer, Kinder würden einem so viel zurückgeben. Adelia schenkte mir neue Kraft und half mir, zu heilen.

»Na los, Adelia, Zeit für das Bett«, ertönte Leanos Stimme. Mein Blick traf seinen. Er lehnte lässig an der Wand. Wie lange hatte er da bereits gestanden?

»Okay, gute Nacht, Milena«, verabschiedete sich die Kleine von mir und ging mit Leano in ihr Zimmer. Es lag ebenso in der ersten Etage wie meines, nur zwei Zimmer entfernt von mir.

Ich räumte das Spielzeug zurück. Müdigkeit überrollte mich ebenfalls. Kraftlos lief ich zurück in mein Zimmer. Ich hatte nicht bemerkt, dass ich schon so erschöpft war.

Im Bad machte ich mich fertig und wollte frisch geduscht in das königliche Bett steigen, als ich mich an das Notizbuch erinnerte, das ich vorhin mitgenommen hatte. Ich holte es aus der Schublade der Kommode und setzte mich auf das Bett. Vermutlich sollte ich es nicht öffnen, aber ich musste wissen, was es mit dieser Frau auf sich hatte. Bevor mein schlechtes

Gewissen siegen konnte, öffnete ich das Buch und las den ersten Eintrag.

Geliebte Isalie,

es schmerzt, es schmerzt zu sehr, dich nicht bei mir zu wissen. Deine Nähe nicht zu spüren. Dein Lachen nicht zu hören.
Du kannst an dem Leben von Adelia nicht teilnehmen. Und sie? Sie ist eine Kämpferin, genau wie du. Sie steht jeden Morgen auf und kämpft. Ich vermisse dich jeden einzelnen Tag, an dem du nicht hier bist. Deswegen schreibe ich dir. Auf diesem Weg suche ich Trost in diesen Zeilen und ich hoffe, ich finde diesen, während ich auf deine Rückkehr warte.
Ti amo Isalie. Wir werden uns wiedersehen.

In liebe Leano

Kapitel 17

Ich las die Einträge in dem Buch, bei dem es sich um ein Tagebuch handelte, aufmerksam durch. Doch nicht Isalie hatte es geschrieben, sondern Leano, und er widmete es ihr. Waren sie vielleicht ein Paar gewesen und er kam mit der Trennung nicht zurecht? Weswegen sollte er ein Tagebuch für jemand anderen führen? Mein Kopf pochte, als ob die Fragen darin widerhallten. Die Worte verschwammen vor meinen Augen, und ein kalter Schauer lief mir über den Rücken. Mit fahrigen Bewegungen klappte ich das Buch zu, der Deckel schlug krachend auf die Seiten.

Noch bevor ich überlegen konnte, wie ich mit dieser Situation umgehen sollte, ertönte der Klingelton meines Handys. Mein Blick zuckte zu dem leuchtenden Display und mein Herzschlag beschleunigte sich. Ich zögerte einen Moment, bevor ich das Handy anhob, meine Lippen leicht geöffnet, als wollte ich die Worte darauf vorwegnehmen.

Essen ist fertig, falls du noch Hunger hast.

Leano hatte mir geschrieben. Ich wollte höflich ablehnen und tippte bereits die Worte ein, als sich mein Magen protestierend meldete. Na gut, ich hatte in meiner ganzen Spionageaktion vielleicht das Essen vernachlässigt und sollte dies dringend nachholen. Ich schaltete den Bildschirm aus. Ohne Leano zu antworten, steckte ich es wieder zurück in meine Tasche.

Mit unsicheren Schritten ging ich die Treppe hinunter, meine Hand suchte Halt am Geländer, doch der kühle Stahl schien meinen Griff zu meiden. Ein Knoten zog sich in meinem Magen zusammen, während mein Herz in meiner Brust pochte. Jeder Schatten in den Ecken schien sich zu bewegen, als könnte Leano aus der Dunkelheit auftauchen, seine Augen scharf und wissend. Der Gedanke, dass er ahnen könnte, was ich heute getan hatte, legte sich wie ein eisiger Schleier über meine Haut.

Im großzügigen Esszimmer angekommen, erblickte ich den Mann, der meine Gedanken in den letzten Tagen beherrschte. Er saß am Tisch. Zögerlich lief ich auf ihn zu, als meine Augen auf einen anderen Mann fielen. Ich hatte ihn bereits kennengelernt. Emilio, so hatte er sich mir damals vorgestellt.

»Setz dich. Emilio hat Pasta gekocht«, sprach Leano zu mir, als er meinen verwirrten Gesichtsausdruck wahrnahm.

»Ein Mann, der kochen kann. Sollte ich Angst haben und das lieber nicht essen?«, scherzte ich. Doch es war nicht Leano, der in derselben Sekunde laut auflachte, sondern Emilio.

»Pupetta, ich kann nicht nur gut kochen. Meine Finger besitzen auch ganz andere Fähigkeiten«, lachte er und zwinkerte mir zu.

Mit offenem Mund und glühenden Wangen starrte ich ihn an. Ich hätte wetten können, mein Gesicht war so rot wie eine Tomate. Er hatte mich vollkommen aus dem Konzept gebracht.

»Emilio, charmant wie immer«, kam Leano ihm zuvor, bevor er noch einen Spruch loslassen konnte.

Meine Augen musterten Leano, aber er hatte seinen Blick nur auf den Spaßvogel gerichtet, der bei seiner Aussage die Augen verdrehte. Sie schienen sich gut zu kennen.

Ohne sie weiter zu beachten, ließ ich mich auf einen der freien Stühle nieder. Typisch Männer und ihr Ego. Die beiden lieferten sich gerade ein Blickduell.

»Gewonnen, cretino!«, rief Emilio und schlug mit seiner Faust auf den Tisch, sodass die Teller und Gläser klirrten. Ich zuckte zusammen. Was war das zwischen den beiden?

Leano stand auf und servierte die Teller mit der Pasta. Die Gläser füllte er mit Rotwein, vermutlich kostete dieser auch ein Vermögen, so wie alles hier.

»Also Pupetta, du passt nun auf unsere kleine Adelia auf?«

»Scheint so«, erwiderte ich, da ich keine Ahnung hatte, in welche Richtung sich dieses Gespräch entwickelte.

Darauf musterte Emilio mich fragend.

»Ich arbeitete vorher in einem Kindergarten als Erzieherin. Adelia war Teil meiner Gruppe. Aus Kostengründen wurde ich allerdings gekündigt. Ich habe das Geld also mehr als nötig und solch ein Angebot hätte vermutlich niemand ausgeschlagen«, setzte ich fort.

Mit der Gabel schob ich mir etwas von der Pasta in den Mund. Leano beobachtete uns beide, erwiderte jedoch nichts.

Ein Stöhnen entkam mir, als sich die Geschmacksexplosion auf meiner Zunge ausbreitete.

»Siehst du, meine Kochkünste bringen dich bereits zum Stöhnen. Kaum auszumalen, was andere Körperteile mit dir anstellen würden.«

Fast hätte ich mich verschluckt. Mit hochgezogenen Augenbrauen blickte ich zu Emilio, der mich angrinste. Leano kam mir zuvor und nahm ihn wütend ins Visier.

»Geh und kümmere dich um deine Aufgaben.«

»Aber-«, wollte Emilio protestieren, wurde allerdings sofort von Leano unterbrochen.

»Nichts aber, geh und kümmere dich.«

Sein Ton klang so bedrohlich und befehlshabend, dass Emilio augenblicklich aufstand und in den Flur verschwand.

Leano lächelte. »Er wird darüber hinwegkommen. Keine Angst, er wird dich nicht anrühren.«

Seine Worte trieben mir noch mehr Röte ins Gesicht. Die Vorstellung, Emilio würde mit mir schlafen, brachte meine Mitte zum Pochen. So lange hatte ich keinen Sex mehr gehabt. Die Schatten der Vergangenheit, die Domicio hinterlassen hatte, waren noch immer spürbar, ein leises Ziehen in meiner Seele, das mich vorsichtig werden ließ. Doch in Emilios Nähe verblasste die Angst. Seine Präsenz strahlte eine Ruhe und Stärke aus, die mir zeigte, dass ich ihm vertrauen konnte. Es war kein Vergleich zu damals – hier war keine Furcht, nur Verlangen und ein stilles Versprechen von Sicherheit.

Leano und ich beendeten ohne ein weiteres Wort das Essen. Die Pasta war unheimlich gut und ich musste Emilio unbedingt nach dem Rezept fragen.

Ich nahm das dreckige Geschirr und lief damit in die angrenzende Küche zum Spülbecken. Während das Wasser in dieses lief, spülte ich bereits das Geschirr ab.

»Du musst das nicht tun, dafür habe ich Personal«, hauchte mir eine Stimme in den Nacken.

»Ich weiß«, wisperte ich.

Leano ließ seine Hände über meine Arme wandern und half mir, den letzten Teller zu spülen. Stillschweigend ließ ich seine Berührungen zu. Sie versetzten meine Haut in Feuer. Seine Hände lagen nun auf meinen und er stand eng umschlungen direkt hinter mir. An meinem Hintern spürte ich bereits seine Erregung, woraufhin sich meine Mitte schmerzhaft zusammenzog.

»Weißt du eigentlich, wie wunderschön du bist, fiore?«, flüsterte er in mein Ohr und verteilte sanfte Küsse an diesem.

Dieses Gefühl, von ihm begehrt zu werden und ihn zu erregen, erregte auch mich so sehr, dass ich meine Schenkel zusammenpressen musste, damit die Nässe nicht an ihnen herablief.

»Lass sie offen«, befahl mir Leano und drehte mich um, um mir tief in die Augen zu schauen. Ich lehnte inzwischen an dem Küchentresen und er hielt mich in seinen Armen gefangen.

Es gab kein Entkommen. Ich wollte ihn, alles fühlte sich gerade so richtig an wie schon so lange nicht mehr.

Mein Blick lag in Leanos wunderschönen braunen Iriden, allerdings war es schwer, diesen zu halten, denn seine Lippen zogen meine Aufmerksamkeit immer wieder auf sich. Er legte eine Hand an mein Kinn und zog mich an sein Gesicht. Mit jeder Sekunde, die verging, fiel es mir schwerer, ihm nicht nachzugeben. Diese Entscheidung wurde mir jedoch von Leano abgenommen, als er seine warmen, weichen Lippen endlich auf meine drückte.

Ein erlösendes Stöhnen entfuhr meinem Mund. In vollen Zügen genoss ich den Kuss. Als seine Zunge um Einlass bat, ließ ich mich fallen und gestattete ihr den Zugang. Ich schlang meine Arme um seinen Nacken, um ihn dichter an mich zu ziehen.

Vielleicht irrte ich mich und nicht Adelia, sondern Leano würde meine Heilung sein.

Er drückte sich enger an mich und ich spürte seine Erregung an meinem Unterleib. Unser Kuss wurde wilder. Ich bemerkte nicht, dass er mich in Richtung der Kücheninsel schob und hochhob. Bereit für mehr, schlang ich meine Arme um ihn.

Trotz der negativen Erfahrungen, die ich hatte machen müssen, wollte ich es so sehr. Ich wollte ihn endlich spüren.

Leano verstand meine Bereitschaft. Sein Mund ließ von meinen Lippen ab und wandte sich meinem Hals zu. Meine Haare wickelte er um seine Hand. Leicht zog er sie nach hinten, um meinen Hals zu überstrecken, auf dem er sanfte Küsse verteilte. Er arbeitete sich zu meinem Ohr vor und hauchte mir einige Küsse auf das Ohrläppchen, bevor er es zwischen seine Zähne nahm und zart an diesem knabberte. Ich stöhnte und presste mich ihm entgegen, auf der verzweifelten Suche nach seiner Nähe.

»Halt dich nicht zurück«, stöhnte ich und gab ihm damit die Erlaubnis, fortzufahren.

»Ein Wort von dir reicht und ich höre auf.« Natürlich wusste er, was vor ein paar Wochen geschehen war. Er wollte sich mir nicht aufdrängen. Doch ich wollte es und er sollte sich nicht vor Sorgen zurückhalten.

Seine Hände wanderten über meinen Körper, während seine Lippen wieder die meinen fanden. Man könnte meinen, wir wären notgeile Teenager, die miteinander rummachten.

Als seine Hände auf den Saum meiner Bluse trafen, unterbrach er den Kuss, um in meinen Augen nach einer Bestätigung zu suchen. Als er diese fand, zog er die Bluse hastig über meinen Kopf. Ich saß nun im Spitzen-BH vor ihm. Es war nicht das erotischste Exemplar, das ich besaß, aber ein Stimmungskiller war es auch nicht.

Seine Augen lagen begierig auf meinen Brüsten und er biss sich auf die Unterlippe. Es schien ihn einiges an Selbstbeherrschung abzuverlangen, nicht gleich über mich herzufallen wie ein wild gewordenes Raubtier.

Langsam glitt ich mit dem Rücken auf die steinerne Arbeitsplatte und wölbte mich ihm entgegen. Seine Hände wanderten zu dem Knopf meiner Jeans. Er öffnete diese und ich hob meinen Hintern an, damit er sie abstreifen konnte. Nur im BH und Slip lag ich vor ihm. Er visierte mich und wollte ebenfalls seinen Gürtel öffnen, als eine Stimme erklang.

»Heilige Scheiße! Ihr wolltet doch nicht etwa da? Ich koche da! Wisst ihr eigentlich, wie unhygenisch das ist?« Emilio stand plötzlich im Durchgang und lachte.

Ich erschrak und setzte mich ruckartig auf, um nach meiner Bluse zu suchen. Leano schloss seinen Gürtel und stellte sich schützend vor mich.

»Verschwinde«, knurrte er.

Emilio machte keine Anstalten, wieder zu gehen. »Echt sexy, Pupetta«, sprach er in meine Richtung, ohne den Blick von

Leano zu nehmen. »Das nächste Mal fragt ihr, ob ich dabei sein will.«

Leano reichte mir meine Jeans und ich zog sie mir schnell über, von meiner Bluse fehlte allerdings immer noch jede Spur. Im nächsten Moment wurde mir diese von Emilio entgegengeworfen.

»Zieh dich an, Süße, ich muss mit ihm unter vier Augen reden.« Emilios Stimme und Gesichtsausdruck waren plötzlich so ernst geworden, weshalb ich seiner Aufforderung sofort nachkam.

Angezogen sah ich Leano ein letztes Mal in die Augen und nachdem er mir ein »Gute Nacht, bis Morgen« zugeflüstert hatte, suchte ich meine Zimmer auf. Ich hatte keine Idee, worüber Emilio mit Leano reden wollte, allerdings war mir das auch egal, da Müdigkeit von mir Besitz ergriff. Es war ein anstrengender Tag, weswegen ich so schnell wie möglich mein Zimmer aufsuchte und mich im Bad frisch machte. Ich legte mich in das weiche Bett und schlief innerhalb kürzester Zeit ein.

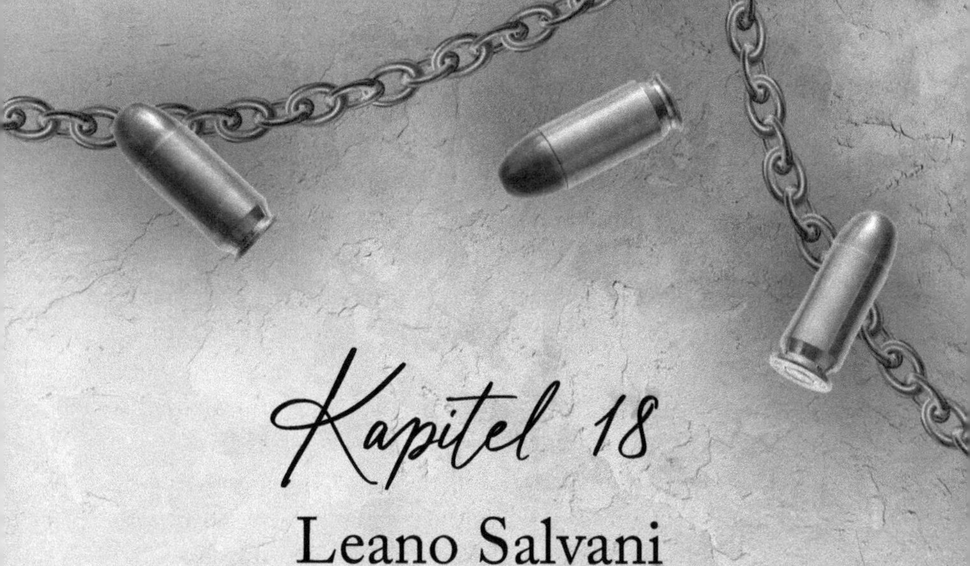

Kapitel 18

Leano Salvani

»Was sollte der Scheiß?«, regte ich mich auf.

Meine Traumfrau hatte halb nackt vor mir gelegen. Mein Schwanz prangte prall in meiner Hose und schmerzte. Ich war extra langsam vorgegangen, um sie nicht zu überfordern, und dann kam dieser Idiota und unterbrach uns.

»Entspann dich. Was hättest du getan, wäre es Adelia gewesen, die euch erwischt hätte?«, versuchte er mich zu beruhigen.

Er hatte recht, aber Milena hatte so unheimlich heiß ausgesehen und ich war kurz davor gewesen, in sie einzudringen. Ich hatte gemerkt, wie feucht sie für mich gewesen war. Sie wollte es. Sie wollte mich.

»Spuck es aus. Was gibt es so Wichtiges, dass du mich unterbrechen musstest?«, hakte ich nach. Emilio hätte mich nicht ohne Grund unterbrochen, es musste etwas passiert sein.

Und meine Vermutung bestätigte sich, als Emilios Gesichtsausdruck plötzlich ernst wurde. Seine Augen verengten sich, der Blick kühl und scharf, als würde er durch mich hindurchsehen. Die sonst so entspannte Miene war verschwunden, stattdessen zog sich seine Stirn in Falten und seine Kiefermuskeln spannten sich an. Es war, als ob jede Faser seines Körpers auf einmal angespannt war, bereit für etwas, das er in diesem Moment noch nicht aussprach. Er war ein humorvoller Typ, aber wenn er ernst war, war es schlimm. Sehr schlimm sogar.

»Guilio hat mich gerade angerufen«, sprach er.

Guilio war einer unserer Informanten, der in den Reihen von Serafino und seinem Anhängsel für uns spionierten. Ich schaute ihn abwartend an.

»Serafino plant einen Angriff auf uns. Wann und wo konnte er noch nicht herausfinden, aber er will uns schaden.«

»Was sagen die anderen?«, bohrte ich nach und biss mir auf die Zähne. Es konnte viele Ziele geben, um uns zu schwächen.

»Sie sind tot.« Emilios mitleidiger Blick sagte mir, dass unsere Informanten entdeckt und hingerichtet worden waren.

»Fuck!«, fluchte ich. »Du willst mir also sagen, Serafino hat nicht nur fast alle unsere Informationsquellen vernichtet, sondern auch einen Angriff auf uns geplant und niemand verfickt noch mal weiß, wann es passieren soll?« Meine Stimme war zunehmend lauter geworden. Meine Spione waren verloren, mehrere meiner Männer tot, und ich hatte das Gefühl, die Kontrolle über alles zu verlieren. Jeder Schritt, den ich machte, schien von Serafino vorhergesehen zu werden. Er war mir immer voraus, und das machte mich rasend. Als ob jede Entscheidung, die ich traf, schon längst von ihm durchschaut worden war. Das konnte ich nicht zulassen.

»Ja, so in etwa«, bestätigte er mir noch einmal das, was ich bereits gewusst hatte.

»Du kümmerst dich darum, herauszufinden, wann und wo dieser Angriff stattfinden soll. Ich fahre in die Stadt, um die Lagerhallen zu verstärken. Die Ware ist wichtig. Wenn er uns schaden will, wird er da angreifen.«

»Alles klar.« Er nickte mir zu.

»Eine Sache noch, Emilio.« Neugierig musterte ich ihn. »Wehe, Milena oder Adelia passiert etwas. Ich schwöre dir, ich töte jeden, der sie nicht beschützt.«

Damit war das letzte Wort gesprochen und ich stieg in meinen Audi, um zum Hafen in das Gewerbegebiet zu fahren, in dem sich die Lagerhallen befanden. Ich vertraute Emilio, er würde die beiden beschützen – und wenn er sein Leben dafür opfern musste.

Kapitel 19

»Guten Morgen«, begrüßte mich Leano, der bereits am Esstisch saß und seinen Kaffee genießerisch trank.

»Guten Morgen«, gab ich zurück und lächelte ihm entgegen. Die Erinnerung, was wir gestern Abend hier getan hatten – beziehungsweise dabei waren zu tun –, ließ meine Wangen erneut heiß werden.

Ich setzte mich auf einen freien Stuhl und nahm dankend den Kaffee entgegen, der mir von einer der Haushälterinnen gereicht worden war. Ich trank einen Schluck und genoss den Geschmack. Dieser Kaffee war viel leckerer als der, den ich immer in dem Café trank, in dem ich auch Leano gesehen hatte.

»Guten Morgen«, erklang es freudig von einer piepsigen Stimme und Adelia nahm ebenfalls am Tisch Platz. Schnell schnappte sie sich eines der Schokocroissants.

Ich schenkte ihr ein Lächeln, das sie erwiderte. Unsere gemeinsame Reise würde an diesem Tag beginnen. Zwar hatten wir uns schon in den vergangenen Tagen kennenlernen können, aber ich hatte noch andere Dinge zu erledigen gehabt. Heute würde ich nur für Adelia da sein.

Emilio betrat ebenfalls den Raum und begrüßte uns alle. Er nahm jedoch nicht am Tisch Platz, sondern visierte Leano, der aufstand und sich zum Gehen bereit machte. Er gab Adelia einen Kuss auf die Stirn und wandte sich dann mir zu.

»Ich wünsche euch einen schönen Tag. Falls etwas sein sollte, zögere nicht, mich anzurufen«, sagte er in ernstem Tonfall. Es war nicht ungewöhnlich, dass man seinen Liebsten so etwas wünschte, und auch als Vater war man besorgt um das Wohlergehen seiner Tochter.

Ein unangenehmes Ziehen machte sich in meiner Magengegend breit, das nicht mit dem angenehmen Ziehen von gestern zu vergleichen war. Im Gegenteil, ich fühlte mich bei Leanos Worten unsicher. Sein Blick und seine steife Körperhaltung beruhigten mich ebenfalls nicht.

Er schien krampfhaft auf meine Bestätigung zu warten. Auch Emilio musterte mich abwartend, weswegen ich nur ein Nicken zustande brachte, bevor die beiden durch die Tür verschwanden. Die lauten Motorengeräusche waren das Letzte, was ich von den beiden wahrnahm.

Nachdem ich eines der Brötchen gegessen und meinen Kaffee leer getrunken hatte, schaute ich zu Adelia. Sie war ebenfalls fertig. Ich schickte sie ins Bad, um sich zu waschen. Gerade als ich den Tisch abräumen wollte, kam Kara, die Haushälterin, eilig angelaufen und übernahm diese Arbeit. Ich vergaß immer wieder, dass es ihr Job war, allerdings wollte ich Leanos Gastfreundschaft zu schätzen wissen. Es würde dauern, bis ich mich daran gewöhnte.

Auf dem Weg ins Wohnzimmer kam Adelia die Treppe heruntergehüpft. »Also Adelia, was wollen wir machen?«, fragte ich und dachte dabei an einen Spaziergang oder einen Film. Allerdings bewies mir Adelia, dass sie unberechenbar war.

»Verstecken«, quiekte sie und sah zu mir auf.

»Verstecken?«, hakte ich nach. Verstecken in einer Villa spielen? Da konnte ich sie lange suchen.

Adelia nickte und schaute mich mit diesen Kinderaugen an. Augen, denen man keinen Wunsch ausschlagen konnte. Man sollte meinen, als Erzieherin war ich immun, allerdings funktionierte dieser Trick zu meiner Enttäuschung wunderbar.

Ich atmete die angestaunte Luft aus und gab ein bestätigendes Nicken wieder.

»Ich versteck mich und du musst mich suchen!«, sagte sie und bevor ich etwas erwidern konnte, war sie verschwunden. Na super.

Ich setzte mich auf die große Familiencouch und sah abwartend auf die Uhr. Genau eine Minute verging, bevor ich aufstand und meinen Weg in die Küche fortsetzte. Dort durchsuchte ich jeden Schrank. Adelias Größe würde ihr zulassen, sich überall verstecken zu können. Zu meinem Nachteil war, dass sie das Haus besser kannte als ich. Ich würde Ewigkeiten brauchen.

Im unteren Teil der Villa befand sich nur ein Innenpool. Ich appellierte an Adelias Verstand, dass sie sich nicht in der Nähe des Wassers versteckte, und entschied mich dazu, dort als Letztes nachzuschauen. Meinen Weg in die obere Etage fortsetzend, nahm ich einen lauten Knall wahr. Hatte sich Adelia etwa verraten?

Ich ging die Treppen weiter hoch und durch die erstbeste Tür. Es war ein geräumiger Raum mit einem Schreibtisch in der Mitte. An den Wänden ragten Regale mit Büchern und Akten empor. Ein Arbeitszimmer etwa? Es musste sich dann um das von Leano handeln. Erneut erklang ein Knall. Noch lauter als der zuvor.

Ich fuhr herum, erkannte jedoch nichts. Wahrscheinlich war es nichts Ernstes, redete ich mir ein, vielleicht war einem der Angestellten etwas heruntergefallen. Schließlich wurde das Haus von mehreren Wachmännern bewacht, die Tag und Nacht dafür sorgten, dass niemand unbefugt eindringen konnte. Ich fühlte mich sicher und ging von keiner Gefahr aus, als ich auf den Schreibtisch zuging und dahinter nachschaute. Keine Spur von Adelia.

Mein Blick wanderte zum aufleuchtenden Laptopbildschirm. Ich sollte nicht wieder so neugierig sein. Als ich erkannte, was sich darauf abspielte, gefror mir das Blut in den Adern. Es handelte sich um Überwachungskameras, die im Haus und im Garten verteilt waren. Mir war bewusst, dass dieser Ort überwacht wurde, was ich jedoch auf den Aufnahmen sah, ließ Panik in mir ausbreiten.

Ich erkannte das große Eingangstor. Mehrere Männer mit Pistolen stürmten die Einfahrt. Die Wachmänner eröffneten das Feuer gegen sie. Ein reiner Kugelhagel spielte sich ab.

Ein weiterer nervenzerrender Knall erklang und ein Blick auf den Bildschirm zeigte mir, dass einer der Wachmänner sein Leben lassen musste. Was geschah hier nur?

In meinen Taschen suchte ich nach meinem Handy und wählte bereits Leanos Nummer. Das hatte er vorhin gemeint, als er sagte, ich solle sofort anrufen, wenn etwas geschah. Er hatte es gewusst und uns zurückgelassen. Meine Wut auf ihn nahm allerdings schlagartig ab, als mir einfiel, dass sich Adelia ebenfalls hier im Haus befand. Sie versteckte sich immer noch und ich wusste nicht wo. Ich verließ das Zimmer und sah mich um. Wo sollte ich sie nur suchen?

Mit meinem Handy am Ohr öffnete ich die Türen und rief, so leise es ging, nach Adelia, doch keine Spur von ihr. Leano nahm den Anruf nicht entgegen. Meine Panik stieg und das Atmen fiel mir schwer. Mein Herz würde jeden Moment explodieren.

Ich musste stark sein, für Adelia. Sie würden einer Fünfjährigen nichts tun, dafür würde ich sorgen, auch wenn ich kämpfen musste.

Kapitel 20

Gefühlte Stunden vergingen und ich hatte bereits im Gästebad, Adelias Zimmer sowie einem weiteren Schlafzimmer nachgeschaut. Bisher gab es keinerlei Spuren von Adelia.

Immer wieder ertönten laute Schüsse, die näher kamen. Meine Brust brannte, als würde ich Feuer inhalieren.

Weiterhin versuchte ich, Leano zu erreichen. Dieser Mistkerl ging allerdings nicht dran. Er hatte mir gesagt, ich solle ihn anrufen und dann war er nicht erreichbar.

Wütend und schweratmend suchte ich weiter, bis ich in meinem Zimmer ankam. Dort öffnete ich den Kleiderschrank, in der Hoffnung, Adelia hier zu finden.

Wenn ich sie bald nicht finden würde, verlor ich meine Nerven. Davon abgesehen, dass Leano mich umbringen würde, wenn ihr etwas zustieß.

Die Schüsse näherten sich und bei jedem Knallen zuckte ich voller Todesangst zusammen. Es würde wohl hier mit mir enden. Tränen liefen mir über das Gesicht und meine Sicht verschwamm immer mehr.

Ich sollte aufgeben. Mich meinem Schicksal stellen. Mein Rücken prallte gegen das kalte Holz. Mein Kopf fiel auf meine herangezogenen Beine.

Ich wollte nicht wissen, wann ich starb. Wollte nicht sehen, wer mich erschoss. Adelia war mit Sicherheit gut versteckt. Sie würden sie nicht finden.

Minutenlang saß ich verzweifelt da. Meine Hose war wegen meiner Tränen bereits durchnässt. Ich hatte aufgegeben. Hier und jetzt.

Ein Vibrieren in meiner Tasche zog meine Aufmerksamkeit auf sich. Ich hatte keine Kraft, doch unter schwerer Atmung hob ich den Kopf und schaute auf das Display. Unter mehrmaligem Blinzeln erkannte ich Leanos Namen. Endlich. Ich nahm den Anruf ab.

»Milena?« Seine Stimme klang besorgt.

Ein weiterer Schuss ertönte, diesmal ziemlich nah. Er war so laut, dass ihn auch Leano durch das Telefon wahrgenommen hatte.

»Was war das?«, fragte er.

Ich war am Ende meiner Nerven. Zu kraftlos, um etwas zu erwidern.

»Milena, rede!«

»Sie schießen. Ich finde Adelia nicht. Sie werden mich töten.« Meine Stimme war nur ein Hauchen neben meinen Schluchzern.

»Ich komme! Verstecke dich! Dieser Bastard«, schrie er. Hektische Geräusche waren bei ihm im Hintergrund zu hören.

In der Erwartung, dass er auflegen und mich allein lassen würde, starrte ich mit tränenverschleierter Sicht auf mein Handy. Er legte nicht auf, sondern blieb am Telefon.

Ich bemühte mich, weiter Luft in meine Lunge zu befördern, aber sie füllte sich nicht. Die letzten Kräfte sammelnd, stand ich auf und lief zum Fenster, um mich an die Seite zu stellen und, kaum sichtbar von innen, nach draußen zu blicken.

Mein Blick schweifte durch den Gartenabschnitt der Einfahrt. Der Tag hatte schön begonnen. Die Sonne hatte auf den hellen Steinen der Einfahrt getanzt. Nun tanzte keine einzige Wolke mehr am Himmel.

Weiterhin suchte ich draußen das Gelände nach Hinweisen ab. Mein Blick traf nur auf verletzte Wachmänner, die sich mit letzter Kraft ihre Hand auf die unzähligen Schusswunden hielten.

Sie würden sterben. Heute und hier. Das Einzige, was übrigbleiben würde, wären die Blutspuren auf dem Boden, die sich ebenso in mein Gedächtnis brannten wie ihre hilfesuchenden Schreie. Meine letzte Hoffnung bestand darin, dass Adelia dieser Anblick erspart werden würde.

Leano war noch immer am Telefon und laute Motorengeräusche drangen durch den Lautsprecher.

Ein Knall ertönte, diesmal direkt vor meiner Tür. Ich zuckte zusammen, hielt den Atem an und suchte den Raum nach einem Versteck ab.

Einzig eine Kommode, ein Kleiderschrank und ein Bett blieben mir. In die Kommode würde ich unmöglich passen. Meine Figur war zwar schlank, allerdings war es unmöglich, mich innerhalb kürzester Zeit reinzuquetschen.

Im Kleiderschrank oder unter dem Bett würde jeder nachschauen, das waren typische Verstecke und bedeuteten ebenso meinen sofortigen Tod.

Ein weiterer Schuss ertönte. Ich hatte mein Zimmer von innen verschlossen. Der Angreifer musste es wohl bemerkt haben. Mein Puls steigerte sich und mein Herz würde entweder gleich explodieren oder aus meiner Brust springen. So oder so wäre das die sanftere Art, zu sterben, als durch einen Amokläufer.

Mir wurde bewusst, dass ich mich hier nicht verstecken konnte. Meine letzte Chance war das Badezimmer. Ein lautes Klopfen von der Tür drang zu mir. Er wusste, dass ich mich hier befand.

Schnellen Schrittes ging ich durch die Tür und verriegelte diese ebenfalls. Sie würde nicht standhalten, aber mir hoffentlich etwas Zeit verschaffen, bis Leano eintreffen würde.

Mein Handy weiterhin in der Hand haltend, begab ich mich in die Badewanne und legte mich hin. Ich hatte in einer Serie gesehen, dass es einen vor den Schüssen schützen sollte. Aber bestimmt nicht, wenn der Mörder direkt vor dir stand und mit einer Waffe auf deinen Kopf zielte.

Ein lauter Knall ertönte im Nebenraum. Er hatte die Tür aufgebrochen. Ich vernahm Schritte.

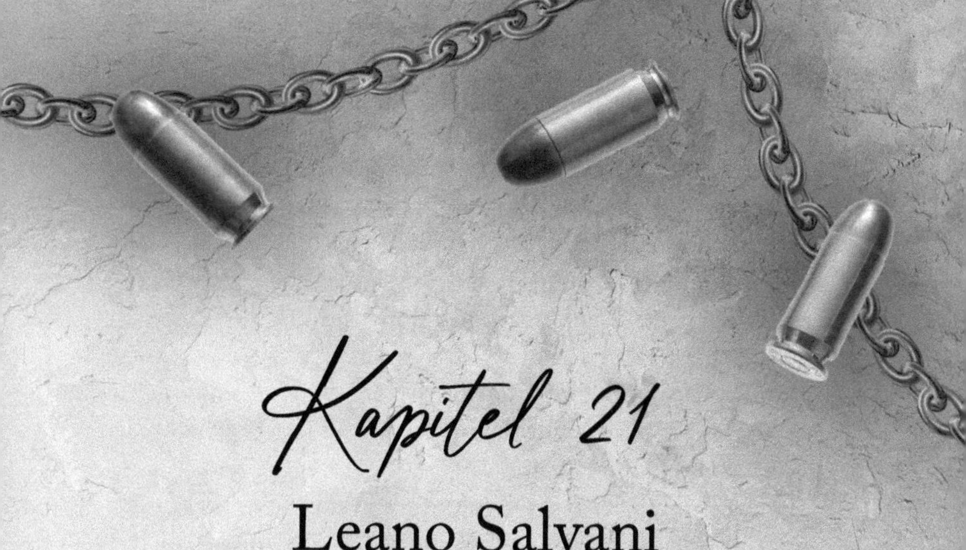

Kapitel 21

Leano Salvani

Nachdem ich Adelia einen Kuss auf die Stirn gehaucht und Milena gesagt hatte, sie solle sich im Notfall melden, verließ ich gemeinsam mit Emilio das Haus.

Zur Sicherheit hatte ich einen Tag zuvor mehrere neue Wachleute eingestellt. Serafinos Leute würden sich nicht an die Villa trauen, doch man konnte nie wissen. Ich hatte für genügend Wachleute gesorgt, die rund um die Uhr die Lage im Auge behielten, aber in dieser Welt konnte sich alles in einem Augenblick ändern.

Emilio und ich stiegen in meinen schwarzen Audi. Er war einer von vielen Autos in meiner Sammlung. Wir würden erneut zum Hafen fahren und ein kleines nettes Gespräch mit einem Freund führen.

Edoardo, der Schoßhund von Serafino, hatte uns gestern eine Nachricht hinterlassen. Als ich mich nach dem Gespräch mit Emilio auf den Weg zu dem besagten Ort gemacht hatte, fand ich vor einer meiner Lagerhallen Santo vor.

Santo war ein weiterer meiner Spione, jedoch war er enttarnt worden. Ich hatte nie viel auf ihn gesetzt, doch diesen Tod hatte niemand verdient. Man hatte ihm die Augen herausgeschnitten, seine Zähne fehlten und an die ganzen gebrochenen Knochen wollte ich nicht denken. Sein Tod war qualvoll gewesen. Noch schlimmer war es, ihn in aller Öffentlichkeit an die Wand meiner Halle zu nageln und einen Zettel beizupacken. Darauf stand: »Triff mich morgen 10 Uhr. Du weißt wo.«

Es war eine eindeutige Anspielung darauf, dass sie wussten, dass es noch mehr von unseren Spionen in ihren Reihen gab. Also machten wir uns auf den Weg. Natürlich nicht ungeschützt.

Guilio hatte uns die Adresse bereits per SMS zukommen lassen und ich hatte sofort Männer zu dem Ort geschickt, die ihn im Auge hielten.

Es handelte sich um ein abgelegenes Waldstück, welches sich direkt in der Nähe des Hafens befand. Im Sommer spielten dort gern Kinder und es trafen sich Familien zum gemeinsamen Essen. Ein perfekter Ort für die Mafia. Niemand würde sich vorstellen, welche Dinge dort getrieben wurden, denn niemand dachte, dass wir so skrupellos waren. Aber genau das waren wir.

Ich parkte meinen Audi einige Meter entfernt und wir gingen den restlichen Weg zu Fuß. Zuvor hatten wir uns auf einen Waffenstillstand geeinigt, was bedeutete, sie wollten mit uns verhandeln.

Emilio lief direkt neben mir her. Der Spielplatz stach mir ins Auge, als wir davor ankamen. Die wunderschön hergerichtete Picknickecke mit den Bänken und Tischen strahlte in der Sonne. Auf einer dieser Bänke saß ein Mann. Er hatte einen schwarzen Mantel an, eine Pfeife im Mund und trug eine schwarze Sonnenbrille. Edoardo liebte seinen großen Auftritt, weswegen er sich wie ein Mafioso aus einem Film kleidete.

Ich ging auf ihn zu und stellte mich vor ihn, er hob den Kopf und blitzschnell traten zwei seiner Männer an meine Seite.

»Handy her und dein Köter kann verschwinden«, befahl er, doch er wusste anscheinend nicht, wen er vor sich stehen hatte. Zeit für eine Auffrischung.

»Edoardo, alter Freund. Wie wäre es mit mehr Gastfreundlichkeit? Immerhin gibt es einen Grund für unser Zusammentreffen.«

»Ich sag es nicht noch einmal, Salvani. Handy her oder ich jag dir eine Kugel durch dein Hirn.«

»Freundlich wie immer«, flüsterte ich und zog mein Handy aus der Tasche, um es einem seiner Gehilfen zu reichen, der sich augenblicklich entfernte.

»Nur damit das klar ist, das bekomme ich wieder.« Meine Stimme klang bedrohlich und Edoardo schien zu verstehen.

Er nickte in Richtung von Emilio, der etwas weiter hinter mir stand. »Er geht. Wir klären das von Mann zu Mann.«

»Ach ja und was ist, wenn nicht?«, fragte ich und grinste dreckig.

Er tippte etwas auf seinem Handy und hielt es anschließend hoch. »Dann wird sie wohl endgültig daran glauben müssen«, setzte er fort.

Ich sah Isalie in ihrem Krankenbett liegen. Eine vermeintliche Krankenschwester stand mit einer Spritze vor ihr und grinste in die Kamera. Verräterin, sie würde sterben. Mein überhebliches Lächeln erstarb und lodernde Wut ergriff Besitz von mir.

»Überleg es dir gut, Salvani«, sprach Edoardo. Auf seine Worte hin drehte ich mich zu Emilio und nickte ihm zu. Er wusste, was zu tun war und setzte sich in Bewegung. Er würde zurück zur Villa fahren und Milena zur Seite stehen. Noch war die Gefahr nicht vorbei.

Auf ein Nicken von Edoardo ließ ich mich ebenfalls auf die Bank nieder.

»Also, reden wir über das Geschäftliche«, setzte er an und ich wartete auf sein Angebot. Ich würde es nicht annehmen, egal, was er mir bot. »Leano, du weißt, wir führen diesen Krieg schon sehr lange. Bereits unsere Vorfahren waren Feinde. Meinst du nicht, es wäre an der Zeit, sich zu versöhnen?«

Mir war bewusst, dass er mich nur versuchte hinzuhalten. Ich hörte mir aber trotzdem sein dummes Gelaber an, in der Hoffnung, an neue Informationen heranzukommen. Isalie würde er nichts tun, er brauchte sie auch in Zukunft als Druckmittel. Außerdem würde es sein dreckiges Gewissen nicht zulassen.

Mein Gesicht legte einen verwirrten Ausdruck auf, das zur Folge hatte, dass dieser Trottel sein sinnloses Gerede fortsetzte.

»Wir wollen deine mickrige Mafia nicht und auch nicht deine unzuverlässigen kleinen Geschäftsleute. Mit denen kannst du dich gern weiter vergnügen. Serafino möchte nur eins. Das einzige Wertvolle in deinem Besitz ist das Hafengelände. Du wirst es Serafino noch heute überschreiben, deine Sachen packen und gehen. Mehr musst du nicht tun, um dein glückliches kleines Familienmärchen weiterleben zu können.«

Das war eine vollkommen überzogene Forderung. Der Hafen war mein Hauptgeschäftspunkt, von dort aus regelte ich die meisten Geschäfte. Nicht zu vergessen, die Warenan- und abnahme. Wenn ihm der Hafen gehörte, konnte ich gleich meine Geschäfte verkaufen. Niemals würde ich auf diese Forderung eingehen.

Ich legte einen freundlichen Blick auf, meine Lippen verzogen sich erneut zu einem Lächeln und ich nickte ihm zu, so wie ich es bei jedem meiner vermeintlichen Partner tat.

»Sag Serafino«, setzte ich zu einer Antwort an und sah ihm eindringlich in die fast schwarzen Augen. »Er kann mich mal am Arsch lecken, der Hafen ist das Letzte, das ich euch überlasse.« Um meine Entscheidung zu verdeutlichen, erhob ich mich und wollte gerade zurück zu meinem Wagen, als Edoardo einen erneuten Versuch startete.

»Leano, bitte, überlege es dir gut …«

»Sonst was? Bedrohst du mich weiter mit dem Leben meiner Schwester? Edoardo, ich bin nicht dumm, dein Schwanz war schon immer hinter ihr her, du würdest ihr nichts antun.«

Sein Blick wechselte plötzlich von ernst zu verwundert und mir wurde bewusst, dass ich genau mit meiner Aussage ins Schwarze traf. Ich ahnte bereits seit dem ersten Treffen zwischen Isalie und ihm, dass er sich nicht lange zurückhalten konnte. Jetzt wusste ich umso mehr, dass er Isalie nie etwas antun würde, und somit war seine Bedrohung nicht mehr von Wert. Mit dieser Bestätigung setzte ich meinen Weg fort.

»Du hast recht, Isalie würde ich nichts tun, aber reden wir über deine kleine Milena«, rief er mir hinterher, woraufhin ich ruckartig stehenblieb und mich nochmals zu ihm umdrehte.

Er tippte etwas auf seinem Handy und hob es mir schließlich vor den Kopf. Ich erkannte unseren Garten mit den hellen Pflastersteinen und den grünen Büschen. Er musste sich in unsere Überwachungskameras gehackt haben. Definitiv eine Sicherheitslücke, die ich sofort beheben sollte.

Er wischte auf den Bildschirm einmal nach rechts und nun sah ich die große Eingangstür, an der Blut klebte. Vor ihr lagen zwei meiner Wachmänner mit Schusswunden.

»Was hast du getan?«, knurrte ich.

»Ach Leano, Serafino möchte dir nur eine kleine Lektion erteilen«, erwiderte er und grinste.

»Mein Handy!« Ich hielt einem seiner Männer auffordernd meine Hand entgegen, der mir mein Handy sofort reichte. Ein Blick auf den Bildschirm zeigte mir unzählige verpasste Anrufe von Milena. Scheiße! Ich musste dringend zu ihr.

Bevor ich meinen Rückweg fortsetzen konnte, hob Edoardo sein Telefon ans Ohr und befahl seinen Männern etwas.

»… findet sie und erschießt sie!«, waren die einzigen Worte, die ich verstand.

Mein Körper brodelte und Wut kochte in mir. Es dauerte nur Sekunden, ehe ich meine Waffe gezogen und geladen hatte. Eine weitere Sekunde verging und seine zwei Hündchen lagen auf dem Boden mit einem glatten Kopfschuss. Wie traurig, dass er nur zwei von ihnen mitgebracht hatte. Edoardo zog ebenfalls seine Waffe, jedoch war ich schneller und schoss ihm in die rechte Schulter.

»Wenn ihr etwas passiert, sorge ich für deinen Tod und es wird kein schneller, das verspreche ich dir!« So lauteten meine letzten Worte, ehe ich mich umdrehte und zu meinem Audi rannte. Ein letzter Blick nach hinten bestätigte mir, dass er mir nicht folgen würde. Er war damit beschäftigt, sich mit schmerzverzerrtem Gesicht den blutenden Arm mit der Schusswunde zu halten.

Er würde Glück haben und es überleben. Ich hoffte, schnell für Milena da zu sein und diesen Albtraum für sie zu beenden. Wenn ihr etwas passierte, könnte ich mir das nie verzeihen.

Kapitel 22

Hastig zog ich die Luft in meine Lunge, die sich daraufhin schmerzhaft mit dieser füllte. Ich atmete noch – oder war ich bereits tot?

Langsam öffnete ich die Augen. Meine Sicht war immer noch verschwommen, allerdings genügte sie, um die Umgebung zu mustern. Ich sah mich im Badezimmer um. Es schien wie vorher. Ich lag in der Badewanne, gegenüber von ihr befand sich die bodenebene Dusche. Ein paar Meter weiter stand ein Waschbecken mit einem Waschschrank, auf dem sich meine Pflegeutensilien sortiert befanden. Nichts hatte sich verändert. Keine Spuren von Schüssen oder Blut.

Ich musterte die Umgebung und erkannte keine Veränderung. Mein Blick glitt über meinen Körper, der offensichtlich unversehrt war.

Der Schuss, dieser Knall, kam mir erneut in den Sinn. Warum war ich nicht verletzt? Mein Kopf flutete sich mit unzähligen Fragen. Ich wusste keine Antworten. Hatte ich mir alles nur eingebildet? Doch ein lautes Poltern aus dem Schlafzimmer überzeugte mich davon, dass alles Realität war. Ich befand mich noch immer im Chaos und in Gefahr. Ich musste hier dringend raus.

Ich nahm all meinen Mut zusammen und stieg aus der Badewanne. Mein Körper hielt sich gerade so auf zwei Beinen, die vor Angst zitterten. Mein Blick schweifte durch den Raum, auf der Suche nach einer Waffe. Bingo! In der Ecke befand sich ein Besen, den wohl eine Bedienstete vergessen hatte, er würde mir zumindest einen Vorteil verschaffen. Ich nahm ihn in die Hand und stellte mich vor die Tür.

»Okay, Milena, du schaffst das.« Entweder würde ich endgültig sterben oder ich würde zumindest lebend aus diesem Raum kommen. Zweiteres war mir natürlich lieber, allerdings angesichts dessen, was draußen passierte, war Option eins wahrscheinlicher. Doch ich würde nicht wie ein Weichei in der Badewanne sterben, lieber würde ich es erhobenen Hauptes tun.

Ich wusste nicht, woher ich auf einmal diese Kraft nahm, jedoch war ich dankbar darüber. Ein letztes Mal atmete ich tief durch, schloss die Tür auf und stürmte in den Raum.

Ich sah einen großen Mann, hob den Stiel und holte aus. Er war jedoch schneller und zog ihn mir aus den Händen.

»Fuck, Pupetta, was hattest du vor?«

Mein Verstand begriff zunächst nicht, was sich für eine Szene abspielte. Meine Gehirnzellen fanden wieder ihren Weg zurück und ich wusste, dass mir diese Stimme bekannt vorkam. Emilio!

Ich hob den Kopf und meine Augen trafen die seinen. Er hatte dieses wunderschöne Grün als Augenfarbe. Es dauerte einen kurzen Moment, bis ich ihm erleichtert in die Arme sprang.

»Ich war noch nie so froh, dich zu sehen«, hauchte ich in seine Halsbeuge und umarmte ihn noch einmal etwas fester.

»Autsch, den nehme ich persönlich«, sprach er theatralisch und schob mich etwas von seinem Körper weg, um mich zu mustern. Er suchte mich nach möglichen Verletzungen ab. Als er sich sicher war, dass ich zumindest äußerlich unverletzt war, sah er mir ins Gesicht.

»Na los, Pupetta, wir bringen dich hier heraus.«

»Adelia?«, fragte ich, als mir wieder einfiel, dass sie sich ebenfalls in der Villa befand.

»Keine Sorge, sie hatte sich außerhalb der Mauern versteckt. Leano wird zwar ausrasten, denn es ist zu unsicher für sie, dort zu spielen, allerdings war es ihre Rettung. Sie ist in Sicherheit.«

Mir fiel ein Stein vom Herzen und ich war überglücklich, dass Adelia nichts geschehen war. Über den psychischen Schaden, welchen sie davon tragen würde, wollte ich nicht nachdenken. Ich atmete erleichtert durch und sah mich dann erstmals in dem Raum um.

Der Anblick ließ mir das Blut in den Adern gefrieren. In der Mitte des Raumes lag ein Mann. Seine Kleidung war schwarz und trotzdem erkannte ich das ganze Blut, das seine Kleidung komplett durchnässte. Er hatte insgesamt drei Schusswunden. Zwei befanden sich in seinem Bauch und eine direkt zwischen seinen Augenbrauen. Seine Augen waren noch geöffnet und starrten an die Decke. Emilio hatte ihm einen direkten Kopfschuss verpasst und damit zum sofortigen Tod geführt.

Ich verstand nicht, was hier für ein krankes Spiel gespielt wurde und auch nicht, welche Rolle ich dabei spielte. Emilio sollte mich hier heil herausbringen und dann würde ich abhauen. Diesen verrückten Ort und diese kranken Menschen verlassen, die wie gestört um sich schossen.

Ein großer roter Blutfleck hatte sich auf dem Boden gebildet. Keinesfalls würde ich hier noch eine Nacht verbringen, geschweige denn schlafen. Mir wurde schlecht bei dem Gedanken, je wieder eine Nacht hier verbringen zu müssen. Selbst mit jeglichen Putzmitteln würde die Erinnerung an diesen grausamen Tag nicht verblassen. Zu viele Bilder hatten sich bereits in meinen Verstand gebrannt. Die Leiche des Mannes war nur eine von vielen und ich hatte das Gefühl, es würden noch einige folgen.

»Dieser Mistkerl«, fluchte Emilio und ich drehte mich zu ihm herum. »Er hat sein ganzes Blut auf mir verteilt, das war mein Lieblingshemd!« Er versuchte erfolglos, mit der Hand die Blutflecken von der Kleidung zu wischen. »Dafür müsste ich ihm noch mal in die Eier schießen, schade, dass er bereits tot ist.« Abwartend schaute er mich an.

Das Einzige, was ich erwidern konnte, war ein geschockter Gesichtsausdruck. Ich begriff nicht, wie er in dieser Situation Späße machen konnte. Außerdem hatte er gerade einen Mann kaltblütig ermordet und tat so, als säßen wir noch immer am Tisch von heute Morgen.

»Okay, pass auf, einige von ihnen sind noch hier. Du bleibst nah hinter mir, egal, was passiert. Hast du verstanden?« Er sprach eindringlich auf mich ein, während er aus seinem Hosenbund eine schwarze Pistole herausholte und sie durchlud. Mein Blick blieb auf ihr hängen.

»Milena?«, fragte er, als ich ihm immer noch nicht geantwortet hatte.

Ich konnte nur ein Nicken andeuten, für alles andere fehlte mir die Kraft. Mir blieb sowieso keine andere Wahl. Mit Emilio war meine Chance, zu überleben, größer. Ich musste darauf vertrauen, dass er mir nichts antun würde. Ich platzierte mich direkt hinter ihm und spürte, wie angespannt er war.

»Na dann, los«, waren seine letzten Worte, bevor er die Tür öffnete und in den Flur hinaustrat.

Gemeinsam mit Emilio trat ich in den dunklen langen Flur. Von unten vernahm ich einzelne Schritte, die mir das Blut in den Adern gefrieren ließen. Die Angreifer befanden sich noch immer im Haus.

In meinen Kopf herrschte großes Chaos, zu viele Fragen sammelten sich. Warum passierte das alles hier? Weswegen Leano? Aus welchem Grund? Ich wusste darauf keine Antworten, ich wusste auch nicht, ob ich überhaupt Antworten auf diese Fragen bekommen wollte. Ich sollte vermutlich Leano fragen. Doch wollte ich das überhaupt noch? Immerhin musste er irgendein krummes Ding am Laufen haben, wenn jemand ihn erschießen wollte. Oder war es nur ein bewaffneter Raubüberfall? Es würde Sinn ergeben, denn bei so einer prachtvollen

Villa brachen bestimmt viele ein. Mir blieb wohl nichts anderes übrig, als ihn zu fragen. Er musste doch eine Antwort darauf wissen.

Der Strudel meiner Gedanken schien von mir Besitz zu ergreifen und ich wusste nicht, wie ich mit all dem fertig werden sollte. Zu viele Fragen, auf die es keine Antworten gab.

Ich bekam durch meinen Gedankenstrudel nur wenig von meiner Umgebung mit, so sehr hing ich in der endlos scheinenden Verwirrtheit. Erst als Emilio mich am Arm packte und in einen Raum zog, kam ich zurück in das Hier und Jetzt.

Wir standen gemeinsam in einem dunklen Raum und Emilio schloss blitzschnell die Tür und verschloss sie von innen. Mit schnellen Schritten lief er an das große Panoramafenster und wagte einen prüfenden Blick nach draußen.

Auf meinen fragenden Blick hin nahm er einen Finger vor seinen Mund und bedeutete mir, still zu sein. Ich kam mir hilflos vor, denn immerhin stand ich noch mitten im Raum. Würde es jemand schaffen, die Tür zu öffnen, würde ich sofort tot sein.

Emilio hingegen schien vollkommen entspannt, er schaute weiterhin nach draußen, so als würde er die Vögel beobachten. Seine Körperhaltung war lässig und nur sein abwartender Blick zeigte mir, dass er jemanden ins Visier genommen hatte.

Die Schritte im Flur wurden plötzlich lauter und ich merkte, wie sich Emilio noch mehr anspannte. Er kam auf mich zu, umgriff meine Hüften und zog mich hinter einen großen Gegenstand, den ich wegen der Dunkelheit nicht erkennen konnte.

Ich erinnerte mich, wie ich heute Morgen beim Frühstück gesessen hatte, die Sonne war gerade erst aufgegangen. Wie viel Zeit musste vergangen sein, dass es jetzt so dunkel war? Dieser Albtraum dauerte wohl ewig an. Bereits seit mehreren Stunden musste ich um mein Leben fürchten. Meine Hoffnung schwand immer weiter.

»Bleib ruhig und mach kein Ton, alles wird gut«, flüsterte Emilio und zog mich dabei an ihn.

Ich wusste nicht, was es war, doch irgendetwas in mir sagte mir, dass ich ihm vertrauen konnte und er mir nichts antun würde. Es war wie ein Instinkt. Er stellte sich vor mich und würde im Falle eines Angriffs als Schutzschild fungieren. Wäre er einer von den Angreifern, mit der Absicht, mich zu verletzen, würde er sich nicht freiwillig für mich opfern und gegen seine Leute kämpfen.

Die Schritte stoppten plötzlich vor der Tür und es leuchtete Licht durch den Türschlitz. Dahinter erkannte ich den Schatten einer Person.

Emilio nahm tiefe, kräftige Atemzüge und umfasste seine Waffe fester. Trotz allem strahlte er beruhigende Sicherheit aus. Er wusste genau, was er tat und wie er mit so einem Geschütz umzugehen hatte. Dieser Fakt sollte mir eigentlich unheimliche Angst machen, allerdings wusste ich, er würde diese Macht niemals gegen mich anwenden.

Der Schatten entfernte sich von der Tür und die Schritte wurden zunehmend leiser. Ich atmete die angestaute Luft aus und ließ mich erschöpft gegen die kalte Wand fallen. Wieder kurz davor, in den Abgrund abzudriften, in dem ich mich vorhin in der Badewanne befunden hatte. Ich musste stark sein.

Emilio schaute zu mir und musterte mich besorgt. »Pupetta, bitte kotz hier nicht auf den Boden. Die armen Reinigungskräfte müssen schon genug Blut wegschrubben«, sagte er und in seinem Ton vernahm ich einen belustigten Unterton. Auch mit geschlossenen Augen konnte ich sein dämliches Grinsen erkennen. Es war so typisch für ihn, in dieser Situation Witze zu reißen. Auch wenn ich ihn erst vor Kurzem kennengelernt hatte, wusste ich das.

»Dass du überhaupt noch lachen kannst in dieser Situation«, erwiderte ich und öffnete vorsichtig die Augen.

Er sah mich von oben herab an. Ich hatte gar nicht mitbekommen, wie ich mich an der Wand hatte niedergleiten lassen. Nun saß ich mit angewinkelten Beinen auf dem kalten Parkett.

»Was soll ich sonst tun? Humor ist eine wundervolle Art, um mit negativen Dingen umzugehen. Außerdem beeindruckt es die Frauen«, gab er von sich und zwinkerte mir zu.

Flirtete er gerade? Wirklich, in dieser Situation? Fassungslos stand ich auf und starrte ihn an.

»Ich weiß, mein Gesicht lässt dich nass werden, aber ich würde es nicht übertreiben. Sonst würde ich nicht lebend aus dem Haus kommen. Leano kann sehr eifersüchtig sein, weißt du.« Während er die Worte sprach, wanderten seine Augen meinen Körper auf und ab und blieben für den Bruchteil einer Sekunde auf meiner Mitte liegen.

»Mir doch scheißegal, was er denkt. Ich bin nicht sein Besitz!« Mein Kopf rauchte. Was war nur mit den Männern hier falsch?

»Oh, ich frag dich das in ein paar Wochen noch mal. Spätestens wenn sein Schwanz in dir war, kannst du nicht mehr genug bekommen.«

Meine Wangen färbten sich auf seine Worte hin rot. Ich dachte an den Abend, an dem Leano und ich es fast getan hatten. Es hatte sich berauschend angefühlt. Wären wir wirklich so weit gegangen, wäre Emilio nicht aufgetaucht?

»Da ist wohl einer ziemlich von sich selbst überzeugt. Wer weiß, ob ich in einigen Wochen überhaupt noch hier bin, bei dem, was hier abgeht.« Meine Stimme war lauter geworden, wobei ich mich bemühte, den Feinden nicht unseren Aufenthaltsort zu verraten.

»Das verspreche ich dir. Frag Leano und er wird dir Antworten geben, wenn das alles hier vorbei ist.«

Ich wurde unheimlich wütend, ich wollte Antworten, ja. Aber vor allem wollte ich hier raus und mir nicht Gedanken darüber machen, wann ich wessen Schwanz spüren wollte. Ich würde diesen Fehler nicht noch einmal begehen. Leano war mein Boss – oder war zumindest so was wie mein Boss. Ich wusste nicht, wie es danach weitergehen sollte.

Wütend stapfte ich an Emilio vorbei und ging auf die Tür zu. Mit einem Blick bedeutete ich ihm, dass es Zeit war, zu verschwinden. Er stellte sich wieder vor mich und entriegelte die Tür. Wir traten erneut gemeinsam in den Flur. Ein paar Schritte gingen wir, als auf einmal ein Klicken hinter mir ertönte.

Das Klicken einer Waffe …

Sie hatten uns gefunden …

Kapitel 23

In diesem Moment schloss ich mit meinem Leben ab. Es würde sicherlich nur ein paar Sekunden dauern. Sie würden mich erschießen.

Schritte näherten sich uns. Ich spürte das kalte Metall an meinem Hinterkopf. Emilios Muskeln spannten sich an. Er überlegte sich gerade seine nächsten Schritte, vermutete ich.

»Was wollt ihr hier und wer hat euch geschickt?«, fragte eine tiefe männliche Stimme.

Diese Stimme … Sie kam mir so bekannt vor. Bevor ich in meinem Kopf nach der dazugehörigen Person kramen konnte, drehte sich Emilio schlagartig um.

»Du Idiot, nimm die Knarre von ihrem Kopf«, flüsterte er in bedrohlichem Ton.

Ruckartig löste sich das kalte Metall von meinem Hinterkopf und auch ich drehte mich um. Ich sah direkt in die braunen Augen von Leano, der bereits meinen Körper mit seinen Blicken absuchte. Er kam auf mich zu, aber ich wich ihm aus und prallte dabei an den muskulösen Oberkörper von Emilio.

»Sie ist unverletzt«, sprach der Mann in meinem Rücken, damit Leano sich beruhigte. Er atmete erleichtert aus, doch seine Augen lagen weiterhin auf mir.

»Wie viele befinden sich noch von ihnen hier?«, fragte Emilio und durchbrach die Stille.

An meinem Rücken bemerkte ich das wohltuende Pulsieren seiner Stimme. Sofort nahm ich Abstand. Mein Körper befand sich immer noch zwischen den beiden. Ich wusste nicht, wo ich hinsollte. Leano wollte ich nicht nah sein. Allerdings gab es keine andere Ausweichmöglichkeit.

»Die Bastarde, die mir in die Nähe kamen, haben eine Kugel abbekommen«, sagte er und seine Stimme klang auf einmal fremd und kalt. Ich wusste nicht, woher diese Änderung plötzlich kam, doch was ich wusste, war, dass dieser Leano nichts mit dem zu tun hatte, den ich kennengelernt hatte.

»Wir müssen hier sofort raus, wer weiß, was für Bomben Serafino gelegt hat«, sprach nun Emilio das Offensichtliche an.

»Bomben?«, mischte ich mich ein und meine Lunge zog sich erneut schmerzhaft zusammen. Bevor ich an meiner Panik ersticken konnte, packten mich zwei starke Arme und drehten mich zu sich. Leano schaute mir eindringlich ins Gesicht und zog meine ganze Aufmerksamkeit auf sich.

»Meine wunderschöne Blume, ich würde nie zulassen, dass dir oder diesem Idioten hinter dir etwas passiert. Ich beschütze dich mit meinem Leben. Ich weiß, es ist verwirrend für dich, aber ich werde dir alles erklären, sobald du in Sicherheit bist.«

Erneut benutzte er den Kosenamen Blume für mich, weswegen wusste ich nicht. Dasselbe Gefühl wie bei Emilio kam in mir auf. Ich musste ihm vertrauen. Nach allem konnte ich später immer noch abhauen, doch in diesem Augenblick waren die beiden mein einziger Schutz.

Leano streichelte mit seinem Daumen über meine Wange und fing eine Träne auf. Ich hatte nicht bemerkt, dass sich Tränen angesammelt hatten und über meine Wange gelaufen waren.

»Nicht weinen, du bist eine starke Frau und gemeinsam schaffen wir das. Dir wird nichts passieren, versprochen.« Er sagte diese Worte mit so viel Nachdruck, dass ich nicht anders konnte, als ihm Glauben zu schenken. Er würde mich beschützen. Emilio würde mich beschützen.

Ich schaute ihm tief in die Augen und nickte.

»Sehr gut«, hauchte er an meine Stirn, als er diese küsste. Die Geste beruhigte mich noch mehr und er vertrieb mit seinen Worten eine beginnende Panikattacke.

Gemeinsam drehten wir uns um und liefen den langen Flur entlang. Emilio befand sich vor mir und hielt seine Waffe die ganze Zeit schützend vor seinen Körper. Leano bildete hinter uns den Abschluss. Immer wieder erklangen nervenaufreibende Schüsse hinter und vor mir. Bei jedem zuckte ich panisch zusammen. Nur widerwillig unterdrückte ich einen Aufschrei.

Leanos Finger zeichneten beruhigende kleine Kreise über meinen Rücken. Ich hatte noch immer Todesangst, allerdings wusste ich, dass ich bei den beiden in Sicherheit war. Dieses Gefühl rief ich mir immer wieder ins Gedächtnis.

Wir liefen eine ganze Weile in dieser Konstellation, bis wir bei den Treppen der Haupthalle ankamen. Ganz langsam nahmen wir Stufe für Stufe. Leano und Emilio wirkten zunehmend angespannter.

Unten angekommen, blieben wir stehen. Als Emilio gerade die Tür in die Freiheit öffnen wollte, erklang erneut ein Schuss. Er ging mir durch Mark und Bein. Nur haarscharf ging er an meinem Gesicht vorbei. Blitzschnell wurde ich von Leano zur Seite und auf den Boden gerissen. Schützend beugte er sich über mich. Im gleichen Atemzug hob er seine Waffe und zielte. Ein weiterer Schuss ertönte und der Angreifer sackte leblos zusammen.

Nur langsam stieg er von mir herunter. Ich drehte mich um und suchte den Raum ab. Als ich Leano besorgt musterte und glücklicherweise feststellte, dass dieser unverletzt blieb, suchte ich weiter nach Emilio.

Meine Augen trafen auf seinen Körper. Sein Gesicht war schmerzverzerrt. Mein Blick wanderte weiter über seinen

Körper und blieb an seiner rechten Schulter hängen. Aus einer Wunde floss dunkelrotes Blut auf das grauweiße Parkett.

Erst ein Tropfen …

Dann ein weiterer …

Bis hin zu einer Pfütze.

Emilio fiel kraftlos auf die Knie und stöhnte auf. Seine linke Hand presste er auf die Wunde. Ich hielt meine Luft an, als ich bemerkte, dass er angeschossen worden war. Schnellen Schrittes ging Leano auf ihn zu, um Druck auf seine Wunde auszuüben.

Mein Körper verfiel in eine Starre, ich wollte ihm helfen, doch ich konnte nicht. Geschockt beobachtete ich die Szene. Leano, der versuchte, die Blutung zu stillen. Emilio, der vor Schmerzen fast bewusstlos wurde. Ich, die nur untätig herumsaß, und dann noch das dunkelrote Blut, das sich auf dem Boden sammelte.

Wir mussten hier dringend weg, Emilio musste in ein Krankenhaus. Mit diesen Gedanken stand ich, aus meiner Starre geweckt, auf und nahm die schwarze Waffe von Emilio ins Visier. Er hatte sie fallen lassen, als er getroffen wurde.

Nur zögerlich legten sich meine Finger um das kalte Metall. Ich würde sie nicht benutzen. »Wir müssen hier raus«, sagte ich zu ihm und meine Stimme war nur noch ein Flüstern voller Angst.

Leano erhob sich mit Emilio. Einen Arm legte er um seine Hüfte, um ihn zu stützen.

»Pupetta, weißt du überhaupt, wie man damit umgeht? Am Ende schießt du mir in die Eier«, kam es von Emilio. Seine Stimme war gezeichnet von Schmerz und Schwäche.

Ich verdrehte die Augen. Nur er konnte jetzt noch Späße machen. Ich gab ihm keine Antwort und öffnete die Tür. Uns wehte die kühle Abendluft ins Gesicht, als wir diese durchschritten und im Vorgarten standen. Wie Freiwild auf einem Feld. Ein Hauptgewinn für den Jäger.

Meine Hände zitterten und ich hatte Mühe, die Waffe in meiner Hand zu halten. Ob ich wusste, wie man mit so einem Gerät umging? Natürlich nicht! Immerhin war es meine erste Schießerei. Doch zumindest hatte ich nun eine stärkere Waffe als diesen blöden Besenstiel.

Wir standen in dem Vorgarten der Einfahrt. Es wimmelte nur so von verletzten Wachmännern, einige lebten noch, wie man an ihrem schmerzerfüllten Stöhnen erkennen konnte.

Und andere … Andere waren gerade dabei zu sterben. Aus der Ferne hörte ich einen Schrei, besser gesagt ein Flehen. Erneut fiel ein lauter Schuss, danach herrschte erdrückende Stille. In mir stieg Übelkeit auf und ich versuchte, diese runterzuschlucken. Doch es gelang mir nicht, der Gedanke an die Menschen, die Familien, die hier ebenso Grausames erlebten wie ich. Sie hatten es nicht verdient. Keiner hatte so einen Tod verdient.

Wir gingen weiter voran. Leano stützte immer noch Emilio, der versuchte, sein schmerzerfülltes Stöhnen zu unterdrücken. Allerdings konnte ich an seinem Gesicht ablesen, wie stark seine Schmerzen gerade waren. Er war blass und Schweiß tropfte von seiner Stirn. Er musste dringend in ein Krankenhaus, bevor der Blutverlust sein Ende sein würde.

Das Einzige, was uns Licht spendete, war der strahlende Mond. Und so liefen wir über die hell erstrahlten Pflastersteine.

Unser Ziel war der schwarze Audi, mit dem Leano hierhergefahren war. Er stand schräg in der Einfahrt. Er musste ihn in der Eile abgestellt haben.

Leano stützte weiterhin Emilio, während ich vorauslief. Immer noch die Waffe in der Hand haltend, versuchte ich, uns so gut wie möglich Schutz zu bieten. Ich hatte zwar keine Ahnung, was ich tat, und wusste nicht einmal, wie man schoss, aber das Wichtigste war, von diesem Ort zu verschwinden und Emilio in ein Krankenhaus zu bringen. Nie wieder würde ich diese Villa betreten.

An dem Wagen angekommen, wurde Emilio auf die Rückbank gelegt. Seine Augen waren nur noch halb geöffnet und
ich vermutete, er würde gleich das Bewusstsein verlieren.

Ich ging schnell zum Kofferraum, um den Verbandkasten zu
holen. Emilio brauchte einen Druckverband. Im hinteren Teil
des Autos fand ich den Kasten und nachdem ich darin nach
Binden und Kompressen gewühlt hatte, wollte ich zurück zu
Emilio laufen. Ich legte gerade noch das Verbandmaterial ab,
als ich Leano hörte.

»Bleib stehen.«

Zögerlich drehte ich mich um und erkannte ihm gegenüber
einem großen, breit gebauten Mann. Er hatte schwarze kurze
Haare und trug eine dunkle Hose mit einem dunklen Hemd.

Weiterhin schützend blieb ich hinter der Tür des Autos stehen. Bisher hatte er mich noch nicht entdeckt.

»Leano, ich bitte dich. Du schießt Edoardo an und erwartest
von mir, dass ich ganz ruhig bleibe«, sprach der fremde Mann,
der währenddessen eine Zigarette rauchte.

»Du bekommst von mir rein gar nichts, Serafino. Nichts,
bis auf einen Fahrschein in die Hölle!« Leano knurrte ihm
diese Worte entgegen und der fremde Mann erwiderte nur
ein Lachen.

Serafino. Der Name kam mir bekannt vor. Emilio hatte ihn
vorhin erwähnt. Serafino war …

Serafino ließ seinen Blick durch die Umgebung schweifen
und bemerkte mich. Sein kalter Blick blieb auf mir liegen. In
seinen Augen erkannte ich keinerlei Emotionen.

»Na, wen haben wir denn da?«, fragte er und musterte mich.
Dann wandte er den Blick von mir ab und sah wieder zu Leano,
der bereits vor Wut kochte. Das erkannte ich an seiner ange-
spannten Körperhaltung und seinen geballten Fäusten.

»Ist das die wunderschöne Milena, von der ich schon so viel
gehört habe?« Seine Worte klangen freundlich, fast schon zu
nett für sein Aussehen.

Obwohl ich ihn nicht kannte, wusste ich, dass er ein grausamer Mensch war.

»Du wirst sie nicht ansehen und gefälligst deine elendigen Pfoten von ihr lassen. Sie hat nichts damit zu tun.«

Ich umfasste die Waffe in meiner Hand fester, wobei meine Hände noch mehr zitterten.

Woher kannte er meinen Namen und was meinte er damit, er habe schon viel von mir gehört?

»Ach Leano, das werden wir noch sehen.« Serafino schnippte seine Zigarette beiseite und wollte einen Schritt auf Leano zugehen. Eilig trat ich von dem Wagen einige Schritte weg. Mit erhobenen Händen richtete ich die Waffe, die schwer in meinen Händen lag, auf ihn. Er hielt in seiner Position inne und nahm mich erneut ins Visier.

Ich platzte fast vor Anspannung. Was sollte ich tun? Ich hatte das Gefühl, gleich zu explodieren, mein Kopf dröhnte und ich wusste nur eins: Ich wollte weg von hier.

Meine Finger legte ich auf den Abzug. Serafino bemerkte es nicht, denn er war damit beschäftigt, sich mit Leano zu duellieren. Er ging wohl nicht davon aus, dass ich ihm gefährlich werden könnte. Da unterschätzte er mich aber.

Innerlich zählte ich bis drei …

Eins … Zwei … Drei …

Ich schloss meine Augen und drückte ab. Ein Knall ertönte und meine Ohren piepten. Aus Schreck ließ ich die Waffe zu Boden fallen. Im nächsten Moment wurde ich zur Seite gerissen.

»Steig ein«, befahl mir Leano und erst jetzt öffnete ich meine Augen wieder. Wir standen vor dem Wagen und er hielt mir die Tür auf. Ich gehorchte und stieg eilig ein.

Erst als er sich ebenfalls auf dem Fahrersitz niedergelassen und den Motor gestartet hatte, schaute ich in die Richtung, in der Serafino eben noch gestanden hatte.

Seine Waffe lag auf dem Boden und er direkt daneben. Eine Blutlache hatte sich neben ihm gebildet und er griff sich mit schmerzverzerrtem Gesicht zwischen die Beine. Ich hatte ihm in die Eier geschossen. Scheiße. Er würde es überleben und mit Sicherheit Rache nehmen.

Ich wandte den Blick ab. Leano fuhr durch das große Eingangstor auf die Straße. Weg von der Villa. Endlich.

Auf diese Erkenntnis hin atmete ich tief durch und Tränen der Erleichterung liefen über meine Wangen. Der Albtraum war endlich vorbei.

Kapitel 24

Das einzige Geräusch, das ich vernahm, waren die lauten Töne, die das Auto von sich gab.

Ich war wie gefangen in einer Trance. Kaum zu glauben, dass ich es überlebt hatte. Dass dieser Albtraum ein Ende gefunden hatte und ich mich in Freiheit befand. Nun würde hoffentlich alles besser werden.

Tief in meinen Gedanken gefangen, merkte ich nicht, dass mir Leano sanft über meine Hose strich und dadurch meine Aufmerksamkeit auf sich lenkte.

Mit leerem Blick starrte ich ihm entgegen. Nicht wissend, wie ich mich in dieser Situation fühlen sollte. Wie ich mich ihm gegenüber fühlen sollte. Die Zerrissenheit, die in mir tobte, beherrschte mich und meine Gedanken.

Ich wollte ihm vertrauen, etwas in mir schrie mich an, ihn nicht gehen zu lassen. Adelia gehörte mittlerweile zum Bestandteil meines Lebens, ich wollte sie nicht allein lassen.

»Wo ist Adelia?«, fragte ich. Mein Herzschlag setzte aus und normalisierte sich erst wieder, als er die erlösenden Worte aussprach.

»In Sicherheit«, erwiderte er knapp.

Ich entließ die angestaute Luft, ehe mich meine Gedanken erneut mit sich rissen.

Sein Haus war von einer Armee angegriffen worden. Warum wusste ich bisher immer noch nicht. Im Augenblick hatte ich auch nicht die Kraft dazu, ihn zu fragen. Es war alles so verwirrend.

Leano erwiderte mein Lächeln, bevor er sich wieder der Straße zuwandte. Seine Hand nahm er ebenfalls von meinem Oberschenkel und legte sie auf das Lenkrad. Mit beiden Händen umgriff er das schwarze Leder. Seine Fingerknöchel traten vor Anspannung weiß hervor. Von der Rückbank drang ein leises Stöhnen. Ich drehte den Kopf nach hinten und musterte Emilio. Sorge herrschte in meinem Körper. Schwach und kraftlos lag er da. Seine Schulter blutete noch immer und ich bereute es, ihm – aus Schock nach dem Schuss – keinen Druckverband angelegt zu haben.

»Er muss dringend in ein Krankenhaus«, flehte ich Leano an. Meine Stimme glich einem Flüstern.

Erneut drückte er das Gaspedal durch. Ein Ruck ging durch den Wagen und ich wurde in das Leder des Sitzes gedrückt.

Ich richtete den Blick aus der Windschutzscheibe. Zu sehen waren die leeren dunklen Straßen von Neapel. Kein Mensch war unterwegs. Einzig die Straßenlaternen leuchteten hell.

Ein prüfender Blick auf die Uhr bestätigte mir, dass es bereits 22:00 Uhr am Abend war. Dieser Albtraum hatte unendlich lange angedauert.

Die Müdigkeit überkam mich wie eine Flut und ich musste gähnen. Ich gab mir Mühe, meine Augen offen zu halten, für Emilio. Es war ein anstrengender Tag, sowohl körperlich als auch psychisch. Meine einzigen Wünsche waren ein Bett, eine Dusche und neue Kleidung. Vielleicht hätte ich Glück und jemand würde auch mein Gedächtnis löschen, doch ich gab diese Hoffnung auf. Die Kleidung, die ich trug, war voller Blutspritzer, dreckig und hatte Löcher. Kein Wunder bei all dem Chaos im Haus.

Ich würde Leano mit den Geschehnissen noch konfrontieren. Nur nicht heute. Heute zählten nur Emilio und sein Überleben. Ich hoffte, dass er es überleben würde.

Eilig fuhren wir eine Einfahrt hinauf. Die Fassade strahlte in Weiß und wurde von Lampen beleuchtet. Über dem Eingang prangte ein Schild mit der Aufschrift Grand Memorial Hospital Neapel.

Erleichterung überkam ich, als wir endlich das Krankenhaus erreichten. Mit einer Vollbremsung stoppte der Wagen am Eingang. Leano stieg aus und lief auf den Eingang zu. Dabei ignorierte er die Blicke der Menschen um uns herum. Ich stieg ebenfalls aus und lief zur Hintertür des Wagens, um Emilio aus diesem zu hieven. Eins musste man ihm lassen, er war extrem schwer. Zumindest für eine zierliche Frau wie mich.

Hilfesuchend blickte ich zu dem Eingang, als Leano mit einem Rollstuhl zurückkam. Eine Frau mit Zopf und Kasak, die hier wohl als Krankenschwester arbeitete, begleitete ihn. Ich machte ihnen Platz, damit Leano Emilio aus dem Wagen heben konnte. Sie schoben Emilio hinein und er wurde von dem Rollstuhl auf eine Trage gehievt. Mehrere Angestellte des Krankenhauses umzingelten ihn.

Die nächsten Minuten liefen wie in einem Film ab. Ich nahm nichts von meiner Umgebung wahr und auch die besorgten Blicke des Krankenhauspersonals auf mir ignorierte ich.

Schnell brachten sie ihn in einen anderen Bereich. Ich wollte ihnen hinterher, allerdings wurde ich vor der Tür aufgehalten.

»Nur für Personal«, ermahnte mich einer der Ärzte und deutete mit dem Kopf auf die Stühle im Wartebereich, ehe er hinter der Tür verschwand.

Ahnungslos ließ ich mich auf einen der Stühle nieder. Ich hatte keine Kraft mehr, war müde und traumatisiert. Am liebsten würde ich mich schlafen legen und nie wieder aufwachen. Mir war alles zu viel. Ich schloss die Augen und versuchte die Erinnerungen, die mich vom heutigen Tag einholten, zu verdrängen.

Immer wieder fuhr mir ein kalter Luftzug über das Gesicht und ich öffnete die Augen. Direkt im Wartebereich der

Notaufnahme befand sich eine Tür, durch die verletzte Notfälle in verschiedene Räume gebracht wurden.

Ich brauchte frische Luft. Obwohl ich langsam aufstand, wurde mir schwindelig. Ich wartete einen Moment, ehe sich mein Körper an die neue Position gewöhnt hatte, und lief nach draußen.

Die kalte Abendluft war so erfrischend und wohltuend, dass ich mich an der Gebäudewand anlehnte und die Luft inhalierte.

Die Zeit fühlte sich wie eine nie enden wollende Ewigkeit an. Ich musste bereits seit mehreren Minuten hier gestanden haben. Schritte näherten sich mir. Erneut öffnete ich meine Augen, die ich vor Erschöpfung geschlossen hatte. Neben mir an der Wand lehnte Leano. Er hatte eine Zigarette in der Hand und starrte ausdruckslos nach vorn. Ich musterte ihn kurz von der Seite, bis ich meinen Blick wieder abwandte.

»Gibt es schon was Neues?«, fragte ich mit brüchiger Stimme, aus Angst vor der Antwort.

Er schien mein Gefühlschaos zu bemerken. Sein besorgter Blick lag auf mir. »Setz dich«, sagte er und sein Ton ließ keinen Raum für Diskussionen. Mit einem Nicken deutete er auf eine Bank neben uns. Ohne zu zögern, kam ich seinem Befehl nach. Die Gewissheit, dass er mich ebenfalls töten könnte, wenn ich nicht gehorchte, schoss mir in den Kopf.

Vor mir blieb er stehen und hielt mir die Zigarettenschachtel entgegen. »Willst du auch eine? Für die Nerven.«

Dankend nahm ich sie an. Ich war nicht der Typ, der rauchte, allerdings hatte ich diese Beruhigung heute mehr als nötig. Während ich anfing, den Rauch der Zigarette einzuatmen und erneut an dieser zu ziehen, fuhr Leano fort.

»Er wird gerade operiert. Es war ein glatter Durchschuss. Mehr konnten mir die Ärzte nicht sagen.«

Er ließ sich ebenfalls erschöpft auf der Bank nieder und beide starrten wir nun geradeaus. Die Stille war zum Zerreißen und ich entschied mich als Erste dazu, sie zu brechen.

»Leano, was ist in der Villa passiert?«, fragte ich, um endlich Gewissheit zu haben.

»Geduld, meine Blume. Ich erkläre es dir, nur lass uns warten, bis Emilio aus dem OP kommt.« Das waren seine letzten Worte, ehe ich mich mit dem Kopf an die Wand lehnte und erneut in meine Gedanken abdriftete.

Ich hoffte, Emilio würde es schaffen. Er wusste es zwar nicht, doch er war bereits in dieser kurzen Zeit wie ein Bruder für mich geworden. Bei dem Gedanken, ihn zu verlieren, zerbrach mein Herz.

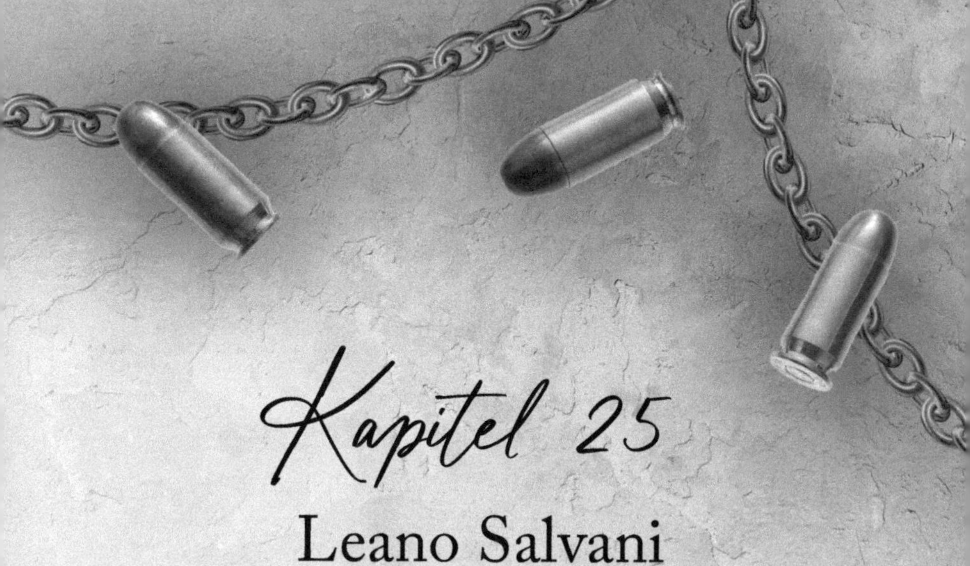

Kapitel 25

Leano Salvani

Milena hatte mich danach gefragt, was in der Villa geschehen war. Irgendwann musste ich ihr auf diese Frage antworten. Sie sollte von Serafino erfahren, sie sollte wissen, welche Stellung ich in Neapel hatte. Ich wollte ihr alles erzählen. Es blieb keine Zeit mehr, das Ganze zu vertuschen. Serafino hatte sich ihr gezeigt. Die Villa war angegriffen worden. Natürlich hatte sie Fragen.

Doch ich konnte nicht, noch nicht. Die Sorge über Emilios Zustand und auch die Sorge um Adelia zerstörten mich. Einer meiner treuesten Männer, Romeo, hatte sie an der Außenmauer gefunden und in mein anderes Anwesen gebracht. Dieses war niemandem bekannt und diente eher als Ruhepol, jetzt sollte es als Wohnort herhalten. Ich hatte Adelia seit dem Vorfall nicht mehr gesehen und wusste nicht, wie es ihr ging. Dazu Emilio im OP, der mein bester Freund war. Ich konnte ihm alles erzählen, er hatte jeden Job für mich ausgeführt. Der Gedanke daran, dass er an einer billigen Schusswunde sterben würde, machte mich wütend.

Wütend auf den Bastard, der ihn angeschossen hatte. Wütend, dass ich es nicht gewesen war, den die Kugel getroffen hatte.

In meine Gedanken vertieft, überlegte ich noch einige Zeit. Bis ich plötzlich etwas Hartes, Schweres auf meiner Schulter spürte. Ich drehte den Kopf und sah auf die wunderschönen braunen Haare von Milena. Mir kam nun auch der süßliche Geruch ihres Shampoos entgegen. Sie hatte ihren Kopf auf meine Schulter gelegt oder er war dahin gerutscht. Ich achtete auf ihre leisen tiefen Atemzüge. Sie schlief.

Kein Wunder nach diesem ereignisreichen Tag, mittlerweile war es tiefschwarze Nacht. Sie hatte den ganzen Tag diesen Albtraum durchleben müssen.

Erneut stieg Wut in mir auf, sie richtete sich gegen Serafino. Er wollte meiner kleinen Blume etwas antun.

Blume …

Bereits als ich sie das erste Mal gesehen hatte, musste ich an die Schönheit dieser denken. Ihre Wangen, so rosa wie Kirschblüten, erinnerten mich sofort an die Kirschbäume, die meine Mutter immer im Garten gepflanzt hatte. Sie waren etwas Besonderes gewesen. Nach ihrem Tod ließ ich alle Bäume im Garten fällen. Ich ertrug den Anblick nicht, doch sobald ich Milena ansah, entdecke ich immer wieder diese verblüffende Schönheit dieser Bäume.

Sie war so vollkommen und deswegen würde sie meine Blume sein. Ich würde sie zum Wachsen bringen und nur ich wäre der Grund, wenn sie irgendwann verwelkte. Ich und nur ich. Kein anderer würde je in diese Ehre kommen. Sie war von Anfang an Mein gewesen und ich würde sie nicht mehr gehen lassen. Bald würde sie davon erfahren. Davon, wie sehr sie mich bereits kontrollierte. Ich versuchte, mich so wenig wie möglich zu bewegen. Der Versuch wurde allerdings unterbrochen, als der Arzt in grünem Kittel auf mich zukam. Es war derselbe Arzt, der vorhin Milena den Zugang verweigert hatte. Dafür hätte ich ihn am liebsten erschossen, keiner redete so mit ihr. Außer ich …

Er kam langsam auf mich zu. Ich war oft in Krankenhäusern, auch durch eigene Schussverletzungen, um zu wissen, dass dies kein gutes Zeichen war.

Er blieb vor mir stehen und musterte Milena besorgt.

»Sie ist eingeschlafen«, spuckte ich ihm entgegen und er richtete seinen Blick auf mich. Er sollte sie nicht anstarren.

»Sie sollte ebenfalls untersucht werden. Ihre Verl-«, setzte er an.

»Was ist mit ihm?« Meine Stimme war gefasster als zuvor. Ich schluckte einmal kräftig, bevor der Arzt mir die Nachricht überbrachte.

Milenas Kopf legte ich behutsam an die Wand, ohne sie zu wecken. Schnell erhob ich mich, um dem Arzt gegenüberzustehen. Ich wollte mich nicht in einer untergeordneten Position befinden. Ich war ein Mafioso. Nicht nur irgendeiner. Neapel gehörte mir.

»Sind Sie verwandt?«, fragte er. »Ich darf nur Verwandten Auskunft geben.«

»Salvani. Sie dürfen mich Signor Salvani nennen und nein, ich bin nicht mit ihm verwandt, aber trotzdem werden Sie mir Auskunft geben.« Ich schaute ihm tief in die Augen, in denen Angst aufblitzte. Er wusste, wer ich war, ganz so, wie ich es wollte. Er sollte wissen, wer vor ihm stand.

»Entschuldigen Sie, Signor Salvani. Es geht Ihrem Freund gut. Die Wunde konnte ohne Komplikationen genäht werden. Es war ein glatter Durchschuss, das Schlimmste war der Blutverlust. Es wird noch dauern, bis er aus der Narkose erwacht, aber ich denke, in ein paar Wochen wird die Wunde vollkommen verheilt sein. Er wird nun auf ein Zimmer verlegt.« Seine Stimme zitterte, doch mich interessierten seine Worte nicht mehr. Emilio hatte überlebt, er würde gesund werden.

»Ich möchte ihn sehen«, forderte ich und der Arzt nickte.

Ein kurzer Blick zu Milena brachte mich auf eine Idee. Der Arzt wandte sich ab und wollte gerade gehen, als ich weitersprach.

»Und besorgen Sie ein Bett für sie.«

Er nickte erneut und verschwand dann zum Tresen, um mit einer Krankenschwester zu sprechen. Einen Augenblick später kam diese auf mich zu. Sie wirkte unbeholfen in ihrem Gang und ich war mir sicher, dass auch sie wusste, wen sie vor sich hatte.

»Wenn Sie mir folgen würden, Signor Salvani«, wandte sie sich an mich.

Nun war ich es, der nickte und Milena langsam auf meine Arme hob. Wohl bedacht, sie auf keinen Fall zu wecken. Sie zuckte kurz, als ich sie hochnahm, doch schlief friedlich weiter. Ich könnte mich an diesen Anblick gewöhnen, sie, schutzsuchend in meinen Armen.

Wir stiegen gemeinsam in den Fahrstuhl und fuhren in die achte Etage. Alles hier wirkte so teuer und modern, ganz anders als vor ein paar Minuten in der Notaufnahme. Sie mussten Emilio auf die Privatstation gebracht haben. Sonst wurden hier die Stars und Sternchen behandelt, doch ich bewunderte, dass sie mir ebenfalls diese Ehre boten. Sie hatten verstanden, zu was ich fähig war. Die anderen Krankenschwestern, die mir auf dem Gang entgegenkamen, machten einen großen Bogen um uns. Sie verschwanden blitzschnell in den Zimmern oder starrten konzentriert auf die Tablets, auf denen sich wohl die Daten der Patienten befanden.

Wir wurden weiter durch den langen beigefarbenen Flur geführt, bis die Frau an einer großen Schiebetür stehen blieb. Sie öffnete mir diese und ich ging durch die breite Tür, die direkt wieder geschlossen wurde.

Ich entdeckte eine große Fensterfront, durch die man die Skyline von Neapel erkennen konnte. Mein Blick schweifte durch den Raum. Neben einem großen Schrank war eine weitere Tür, die zum Badezimmer führte. Zwei Betten standen im Raum, von denen eines leer war und auf das ich Milena ablegte. Sanft schob ich die Decke über ihren zierlichen Körper und drückte ihr einen Kuss auf die Stirn.

Anschließend lief ich auf das andere Bett zu. Darin lag Emilio. Er hing an etlichen Kabeln, die seine Vitalfunktionen überwachten. Ich kannte diese Kabel …

Ich rief mir ins Gedächtnis, dass er wieder gesund werden würde, und nahm mir vor, Milena alles zu gegebener Zeit zu erklären.

Wie gern wollte ich bei den beiden bleiben. Wie gern wollte ich Adelia endlich in meine Arme schließen. Vorher hatte ich noch eine Sache zu erledigen. Zur Sicherheit würde Guilio dieses Zimmer bewachen und dafür sorgen, dass den beiden kein weiterer Schaden zugefügt wurde. Er war unter einem Vorwand sofort zu mir gekommen, sobald er vom Angriff erfahren hatte.

Doch es gab eine Person, die mich auch brauchte, und diese lag nur einige Etagen unter dieser. Ebenfalls angeschlossen an etlichen Kabeln, um ihr Leben kämpfend.

Isalie …

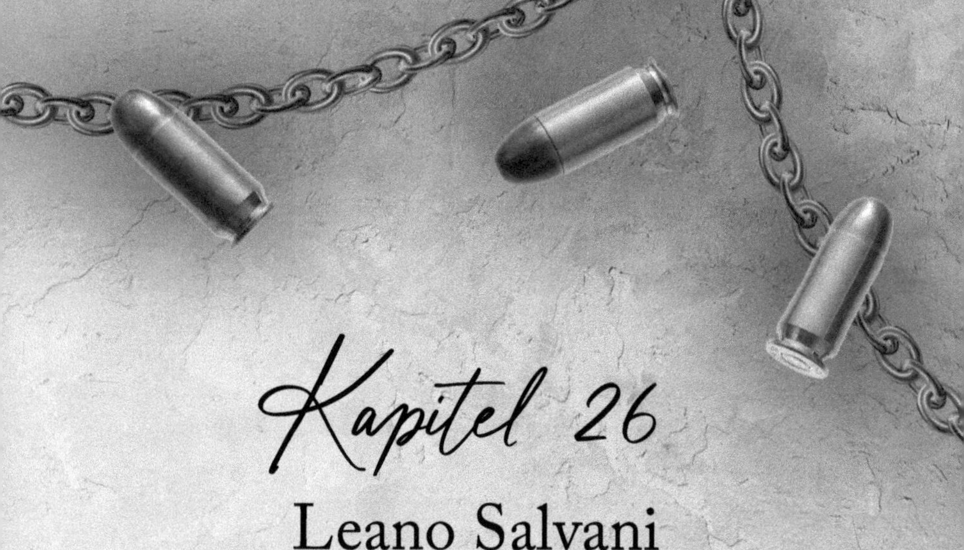

Kapitel 26
Leano Salvani

Ich ließ Milena bei Emilio im Zimmer zurück. Sie sollte sich ausruhen. Schlafen. Sie hatte Schreckliches erlebt.

Isalie lag im selben Krankenhaus. Ich hatte sie die letzten Wochen leider nicht besuchen können. Zu viel Zeit hatte ich meiner Blume gewidmet. Doch nun musste ich die Chance nutzen.

Mit dem Fahrstuhl fuhr ich in die fünfte Etage. Die Intensivstation. Ich ging zu Isalies Zimmer. Die Ärzte hatten mir damals versichert, sie sei besser auf dieser Station aufgehoben als auf der Privatstation. In der Villa konnte ich sie nicht beschützen. Ich dankte einer höheren Macht, dass sie sich nicht ebenfalls während des Angriffs dort befunden hatte. Sie wäre jetzt tot.

Die Schwester, die sie bedroht hatte, war bereits von meinen Männern beseitigt worden. Sie schmorte nun an einem schönen warmen Plätzchen und winselte wie ein Baby um ihr Leben. Mit Sicherheit wurde sie gerade von meinen Männern nach und nach durchgenommen. Sie fickten sie besinnungslos, bevor sie sterben würde.

Ich war mir sicher, Emilio würde sich noch an ihr austoben wollen, wenn er erst einmal wieder bei Kräften wäre. Den Spaß sollte er haben.

An ihrer Tür angekommen, öffnete ich diese und ging hindurch. Ich nahm auf demselben Sessel Platz, auf dem ich bereits bei meinem letzten Besuch gesessen hatte.

Meine Hand umschloss die von Isalie und mir wurde bewusst, dass sich gerade alle meine liebsten Menschen in diesem Krankenhaus befanden. Alle bis auf Adelia. Meine kleine Nichte war in Sicherheit gebracht worden und schlief zu diesem Zeitpunkt tief und fest. Meine Männer sorgten dafür, dass sie geschützt war. Ebenso stellten sie den Schutz des Krankenhauses und vor allem den von Milena und Emilio sicher. Regelmäßig informierten sie mich über den derzeitigen Stand. Ich brauchte mir überhaupt keine Sorgen machen. Serafino würde uns hier nicht auflauern. Andererseits würde ich nicht zögern, ihm dieses Mal höchstpersönlich eine Kugel in den Kopf zu jagen.

Ich schwieg lange. Fühlte ihre kalte Hand. Betrachtete ihr blasses Gesicht. Hörte auf die regelmäßigen Geräusche, die die Geräte von sich gaben.

Und dann fing ich an. Ich erzählte meiner geliebten Schwester alles. Erzählte über Adelia. Wie sie den Kindergarten besucht hatte. Erzählte ihr von Serafino und dessen Angriff. Emilios Verletzung erwähnte ich ebenfalls. Redete über meine Rachepläne, meine Intentionen und wie sehr ich sie vermisste. Am Ende erzählte ich ihr von Milena.

»Sie ist wunderschön. Wenn sie lacht, spüre ich die fucking Schmetterlinge in meinem Bauch. Wie sehr ich dieses Gefühl hasse.« Kurz atmete ich durch, ehe ich weitersprach. »Du müsstest sehen, wie liebevoll sie mit Adelia umgeht. Sie könnte dich als Mutter nie ersetzen. Im Moment ist sie das Beste für Adelia. Die Kleine fühlt sich in ihrer Nähe sehr wohl und blüht zum ersten Mal wieder auf. Sie vermisst dich sehr. Milena ist eine gute Frau, eine herzliche Seele. Durch sie hat Adelia sogar wieder angefangen zu sprechen, Isalie.«

Ich schwärmte so sehr von Milena, dass ich erneut dieses fiese Ziehen in meinem Bauch spürte. Ich hasste und liebte gleichzeitig, was diese Frau in mir auslöste.

Ein schmerzhaftes Ziehen, begleitet von einer Leere. Ich vermisste Milena. Schon jetzt, obwohl wir uns im selben Gebäude befanden. Ich würde sie nie wieder gehen lassen, schwor ich mir.

Noch nie hatte eine Frau solche Gefühle in mir ausgelöst. Milena war die Erste, die mein eisernes Herz zum Schmelzen brachte. Jedes Mal, wenn ich an sie dachte, kribbelte mein Bauch. Emilio, dieser Wichser, zog mich immer auf. Irgendwann würde ich ihm sein dämliches Grinsen aus dem Gesicht prügeln, wenn er noch einmal erwähnte, wie verliebt ich Milena ansah.

Die Gefühle, die ich für Milena empfand, waren unfassbar stark. Als sie mich damals in der Küche geküsst hatte, konnte mein Schwanz nicht anders, als zu platzen. Als uns dann noch Emilio unterbrochen hatte, war ich vor Wut geplatzt. Die Eifersucht, die von mir Besitz nahm, brannte wie lodernde Flammen in mir. Ich wollte diese Frau. Nicht nur für Sex. Nicht nur für eine Nacht. Nicht nur als Babysitterin für Adelia. Sie sollte Mein sein. Meine Frau. Die Mutter meiner Kinder. Die Vorstellung, dass sie sich mir hingab, nicht wie eine der Nutten, die ich zuvor immer gefickt hatte. Sie wollte mich. Ich erkannte es in ihren kleinen unschuldigen Augen, die mich immer mit ihren Blicken auszogen.

Ich erinnerte mich wieder daran, wo ich saß. An dem Bett meiner Schwester, die im Koma lag. Ich verdrängte die Bilder von Milenas perfektem nackten Körper unter mir und schob sie beiseite. Es würde bald Realität sein. Lange würde sie mir nicht widerstehen können, dafür legte ich meine Hand ins Feuer.

Die Tür öffnete sich, als ich gerade wieder in meine Gedanken abdriftete. Herein kam der Arzt, der Isalie behandelte. Er hatte mir bei unserer ersten Begegnung seinen Namen genannt, doch er war mir im Laufe der Zeit entfallen. Er wusste, wenn

Isalie etwas geschah, starb er. Nachdem ich diese Drohung ihm gegenüber geäußert hatte, hatte er geweint und mir von seiner Frau und seinen zwei Töchtern erzählt. Ich hatte sein Gejammere ignoriert und seither war er überfreundlich. Die Angst schimmerte noch immer in seinen Augen.

Er hatte gute Nachrichten. Das wusste ich sofort, denn immer, wenn er mir schlechte übermitteln musste, machte er tagelang einen Bogen um mich. Auch wenn ich heute zufällig hier war und er wahrscheinlich nichts von meiner Anwesenheit gewusst hatte, konnte ich seinem Gesicht ablesen, wie glücklich er war.

»Signor Salvani«, begrüßte er mich und blieb vor mir stehen. Ich blieb weiterhin auf dem Sessel sitzen und hielt die Hand von Isalie fest in meiner. Er räusperte sich und begann zu sprechen.

»Ich habe gute Nachrichten. Ihre Schwester befindet sich auf dem Weg der Besserung. Das Gift ist fast vollständig aus ihrem Körper. Ich denke, in zwei bis drei Wochen könnte sie erwachen, sobald sich ihr Körper erholt hat.«

Ruckartig stand ich von dem Sessel auf. Er zuckte zusammen und wich ein paar Schritte zurück. Meine Beine trugen mich fast automatisch zu ihm und ich blieb direkt vor ihm stehen. Mit meinen 1,98 Metern überragte ich ihn um fast einen Kopf. Er musste seinen Kopf in den Nacken legen, um mir weiterhin ins Gesicht schauen zu können.

»Sind Sie sich sicher?«, fragte ich. »Sie wissen, was passiert, sollte sie sterben.«

Er schluckte hart und nickte undeutlich.

Die Tür öffnete sich erneut und eine Krankenschwester steckte ihren Kopf hindurch. Sie war dieselbe, die Milena und mich zu Emilios Zimmer geführt hatte und seitdem für sie zuständig war.

»Signor Salvani?«, fragte sie und als ich ihr nichts erwiderte, fuhr sie fort. »Ihre Frau ist aufgewacht. Ich sollte Ihnen doch Bescheid geben.«

Mit einer ausladenden Handgeste bedeutete ich ihr, wieder zu gehen. Sie hatte Milena meine Frau genannt. Daran könnte ich mich gewöhnen.

Kapitel 27

Etwas kleines Weiches traf mich im Gesicht. Ich ignorierte es. Es war noch viel zu früh und ich viel zu erschöpft, um aufzustehen. Entschlossen drehte ich mich auf die Seite und wollte weiterschlafen. Allerdings hörte es nicht auf. Von oben viel irgendetwas herab, genau in mein Gesicht. Egal, wie ich die Position änderte, es stoppte nicht.

Ohne Erfolg versuchte ich zurück in den Schlaf zu finden. Langsam öffnete ich die Augen und schloss sie sofort, als ich bemerkte, wie hell es war. Hatte ich vergessen, die Vorhänge zu schließen? Ein leichter Kopfschmerz nahm von mir Besitz und ich versuchte erneut, die Augen zu öffnen, die eine weiße Decke offenbarten.

»Na endlich, Dornröschen. Ich dachte schon, ich muss mich weiter langweilen und dir beim Schnarchen zuhören. Außerdem macht es keinen Spaß, dich mit den billigen Papiertüchern abzuwerfen.«

»Ich schnarche nicht«, erwiderte ich.

Moment. Emilio?!

Ruckartig drehte ich mich zu ihm und starrte ihn an. Erst jetzt wurde mir klar, dass ich mich weder in meiner Wohnung noch in Leanos Haus befand. Die Erinnerungen an die vergangene Nacht schossen mir ins Gedächtnis und ich unterdrückte die aufkommende Panik und die Tränen.

Die Schüsse, die Toten, Leano, Emilio, Adelia. Alles schoss mir durch den Kopf.

»Ich bin noch kein Engel und dich besucht auch kein Toter. Also schau mich nicht so an, als hättest du einen Geist gesehen«, witzelte Emilio. Er und sein dreckiger Humor.

Ich richtete mich auf und schaute mich in dem Raum um. Er war minimalistisch eingerichtet. Neben den zwei Betten befanden sich darin noch ein Nachttisch und ein Kleiderschrank. An der Wand hing ein Fernseher. Es war ein Krankenhauszimmer.

Ich blickte an mir herab, was Emilios Aussage bestätigte. Er hatte mich mit Papierkügelchen abgeworfen, die überall verteilt im Bett und auf dem Boden lagen.

Ich wandte mich ihm wieder zu und sah ihn fragend an.

»Ich wurde angeschossen. Weswegen du hier liegst, kann dir nur Leano beantworten. Vielleicht habt ihr auf der Kücheninsel ein kleines Erbsenbaby gezeugt und er will sichergehen, dass es ihm gut geht.« Er setzte ein dämliches Grinsen auf und mir blieb nichts anderes übrig, als ihm ein Kissen ins Gesicht zu werfen.

»Ich bin nicht schwanger, Idiota! Wir haben nicht einmal miteinander geschlafen und glaube mir, so weit wird es in Zukunft auch nicht kommen.«

Nachdem er schmerzvoll aufgestöhnt hatte, tat mir meine Racheaktion sofort leid.

»Pupetta, glaube mir. Bald wirst du seinen Namen stöhnen.«

»Vergiss es!«

Am liebsten hätte ich erneut ein Kissen auf ihn geschmissen, doch mein Gewissen riet mir, das nicht zu tun. Es gab Wichtigeres. Ich wollte aufstehen, um nach Leano zu suchen. Er schuldete mir noch etwas. Allerdings nahm mich sofort Schwindel ein und ich fiel kraftlos auf die Matratze zurück. Emilios sorgenvoller Blick lag auf mir. Doch ich ignorierte ihn und nahm das Glas Wasser vom Nachttisch, um es hastig zu leeren.

Ein prüfender Blick an mir herunter zeigte mir, dass ich nicht mehr die blutige Kleidung von letzter Nacht trug. Jemand musste mich umgezogen haben.

»Wer hat meine Kleidung gewechselt?«

»Leider nicht ich.« Der Witzbold zwinkerte mir zu.

Ich konnte allerdings nicht weiter nachhaken, denn die Tür wurde geöffnet. Leano trat in einem schwarzen Hemd und schwarzer Stoffhose bekleidet in den Raum. Er musste sich ebenfalls umgezogen haben.

»Es freut mich, dass es dir besser geht«, sprach die dunkle Stimme an Emilio gewandt. Dann drehte er sich zu mir und seine wunderschönen rehbraunen Augen fesselten mich.

»Wie geht es dir, meine Blume?«

»Alles bestens«, erwiderte ich schnippisch. Die Zeit der Nettigkeiten war vorbei. Ich wollte Antworten. Genau hier und jetzt.

Ich versuchte, aufzustehen, und diesmal gelang es mir. Wir standen zwar nicht auf Augenhöhe, dafür war Leano zu groß, aber ich fühlte mich nicht mehr wie die Beute vor ihrem Jäger.

»Was ist in der Villa geschehen?«, fragte ich. Nachdem er mir letzte Nacht keine Antwort auf diese Frage gegeben hatte, hoffte ich darauf, heute welche zu bekommen.

Meine Stimme sollte gefasst klingen, jedoch tat sie es nicht. Leano musste gehört haben, dass ein Hauch von Angst in ihr mitschwang.

Im Augenwinkel bemerkte ich, wie sich Emilio anspannte und sich langsam aufsetzte. Er wirkte taff, doch beim genauen Hinsehen bemerkte ich Schmerz in seinen Augen. Seine Wunde musste höllisch wehtun.

Ich hob das Kinn an und hoffte so, die Angst überspielen zu können.

»Du willst wissen, was in der Villa passiert ist?« Der Ton seiner Stimme klang wütend. Ich wusste nur zu gut, dass er dieses Gespräch so lange wie möglich hatte umgehen wollen. Doch er war es mir schuldig. Ich wollte alles wissen.

»Setz dich«, befahl er und ich gehorchte.

»Sag mir die Wahrheit, Leano«, bat ich ihn ein letztes Mal.

Emilio saß weiterhin in seinem Bett, während ich mich auf der Kante meines Bettes niederließ. Leano stellte sich neben Emilio.

»Also gut. Ich wünschte, die Umstände wären andere. Ich wollte dir alles in Ruhe erklären, aber die Dinge haben sich geändert.«

Ungeduldig kaute ich auf meiner Lippe herum. Er zögerte das Ganze wie in einer Show heraus.

»Milena, der Angriff auf die Villa war beabsichtigt, es war kein Zufall oder ein Überfall. Jemand hat diesen Angriff bewusst geplant. Einer meiner Feinde«, begann Leano und ich hörte gespannt zu. Bei seinen Worten lief es mir eiskalt den Rücken herunter.

»Feinde?«

»Ja. Serafino ist einer meiner Feinde. Ihn hast du bereits kennengelernt, als du in seine Weichteile geschossen hast.«

Ein Prusten ging los und mein Blick fiel auf Emilio.

»Scheiße, du hast dem Wichser in die Eier geschossen?«

Ich hatte das Gefühl, er bekam vor Lachen keine Luft mehr und würde gleich ersticken.

»Das hat sie«, erwiderte Leano, ohne dabei den Blick von mir zu nehmen. In seiner Stimme vernahm ich einen stolzen Unterton. War er etwa stolz darauf, dass ich einen Mann angeschossen hatte? Er musste verrückt sein.

»Also seid ihr Kriminelle? Mörder? Verbrecher?« Nach dieser Frage musste ich schwer schlucken. Wenn er darauf mit Ja antworten würde, wäre ich tot. Zumindest war es so in den Filmen, die ich geschaut hatte. Doch das hier war kein Film. Es war die kranke Realität und vermutlich würde es schlimmer sein.

»Pupetta, traust du uns wirklich so wenig zu?«, fragte Emilio und ich wandte mich ihm zu. Sein Gesicht war ernst und rein gar nichts erinnerte an den humorvollen Mann, von dem ich dachte, er wäre für mich ein Freund geworden. Ein Blick zu Leano bestätigte mir, wie ernst es auch ihm war.

Der Raum ließ keine Luft mehr übrig und mir wurde schlagartig kalt, als Emilio die folgenden Worte aussprach.

»Wir sind die fucking Mafia!«

Kapitel 28

»Mafia?«

Ich fragte noch einmal nach, um sicherzugehen, was Emilio da von sich gegeben hatte.

Mafia? Sie gehörten zur Mafia. Das sollte wohl ein schlechter Scherz sein. Verwirrt sah ich mich in dem Raum um. Auf der Suche nach versteckten Kameras oder irgendeinem Anzeichen, dass ich doch nur träumte.

»Mafia? Wirklich? Du nutzt die Mafia als Ausrede. Die gibt es doch nur in Filmen«, entgegnete ich. Wut stieg langsam in mir hoch. Lügen. Alles, was ich bekam, waren Lügen.

Die beiden Männer mir gegenüber wechselten Blicke aus. Ich wusste nicht, was sie besprachen, aber sie verstanden sich ohne Worte. Noch bevor ich weiter nachfragen konnte, lachten beide auf einmal los. Sie wollten mich doch verarschen? Ich würde den Verstand verlieren.

»Nein, die Mafia ist kein billiges Märchen aus deinen Filmen. Sie gibt es wirklich und du hast großes Glück, mir gegenüberzustehen. Die meisten überleben eine Begegnung mit mir nicht.«

Falls Leano mir mit seinen Worten Angst einjagen wollte, hatte er damit Erfolg. Ich erinnerte mich an den Anschlag, von dem die Medien berichtet hatten. Es hatte einen Anschlag auf das Haus gegeben, wobei eine Frau und ein

10-jähriges Kind gestorben waren. Es wurde als Mafiakrieg betitelt. Doch ich hatte nicht daran geglaubt und alles für eine Lüge gehalten. Moment. Sie sprachen von zwei verfeindeten Mafiafamilien. Mir wurde schlagartig eine Sache bewusst.

»Ihr habt eine Villa gesprengt, in der sich eine Familie und ein Kind befanden. Ihr seid Monster!«, rief ich wutentbrannt. Welcher Mensch war zu so einer Tat im Stande?

Leanos Blick verhärtete sich. »Dafür gab es Gründe. Serafino hat es verdient«, gab er zurück. In seinen Augen sah ich nur Leere. Eiskalte Leere. Er bereute es nicht einmal.

»Ein Kind? Eine Mutter? Wirklich? Du bist schrecklich.«

Ich wollte nur noch weg, dieses Zimmer verlassen. Auf dem Weg zur Tür stellte sich mir Leano in den Weg.

»Tut mir leid, fiore, ich werde dich nicht gehen lassen.«

»Nenn mich nicht so!« Panisch suchte ich nach einem anderen Ausweg. Wie in einem billigen Hollywoodfilm würden sie mich jetzt hinrichten. Erst verrieten sie ihrem Opfer alles, was es wissen wollte, um dann eine Zeugin aus dem Weg zu räumen.

Leano bemerkte wohl meinen zutiefst verängstigten Blick und sprach auf mich ein. »Bereits als ich dich in meinem Club gesehen habe, meine Finger in deine feuchte Pussy gedrängt und dich zum Orgasmus gefingert habe, wusste ich, du wirst zu mir gehören. Meine Blume. Meine Frau. Die Mutter unserer Kinder. Für immer zusammen bis zum Ende. Ich werde dich nicht töten, doch gehen lassen werde ich dich auch nicht.«

Seine Worte klangen ernst und ich versuchte nochmals, durch die Tür zu gehen, allerdings versperrte er sie weiterhin. Es gab kein Entkommen. Zumindest nicht für mich.

Aus der Panik heraus drehte ich mich um und wollte zum Fenster laufen. Es war mir egal, dass wir uns im achten Stock befanden. Ich wollte hier weg. Nur noch weg. Lieber starb ich, als ein Leben in Gefangenschaft zu führen. Bevor ich dort ankam, stellte sich Emilio mir in den Weg.

»Wirklich, Pupetta? Du würdest lieber sterben?«

Er wusste, was ich vorhatte. Ein Leben lang an einen Mafiaboss gekettet zu sein? Nein, danke! Was würde mit Adelia geschehen? Sie hatte ihre Mutter, sie brauchte mich nicht.

Leano brauchte mich nicht.

Emilio brauchte mich nicht.

Ich hatte niemanden und das wurde mir in dieser Sekunde traurigerweise bewusst.

Zu Valentina hatte ich, seitdem ich ausgezogen war, keinen Kontakt. Sie war viel beschäftigt in ihrem Job als Stylistin. Würde sie überhaupt merken, wenn ich tot wäre?

Es war ausweglos. Leano blockierte die Tür und Emilio das Fenster. Es gab für mich kein Entkommen. Wut brodelte in mir hoch. Es war mir egal, wer er war. Was für eine Macht er besaß. Mir war in diesem Moment sogar mein Überlebenswille egal, der mich davon abhalten wollte, die nächsten Worte auszusprechen und mich innerlich anschrie, einen Mafioso nicht weiter zu provozieren. Doch die Wut in mir überschattete jede Warnung meines Gehirns.

»Weiß sie es?« Ich drehte mich wieder zu Leano um.

Sein Schmunzeln verging und er starrte mich an.

»Weiß sie, dass du von einer anderen Frau besessen bist?«, fragte ich erneut, da er mir keine Antwort gab.

»Wer?« Leano schien immer noch verwirrt. Er wusste doch genau, wen ich meinte.

Ich sah Emilio nicht mehr, merkte allerdings, wie er sich hinter mir anspannte. Die Stimmung kippte und ich hatte das Gefühl, der Raum würde mit jeder Sekunde immer kleiner werden.

»Isalie. Deine Frau.« Ich formulierte es nicht als Frage, denn es war keine. Er sollte wissen, dass ich ihn durchschaut hatte und von seiner Frau wusste.

Leano wurde plötzlich leichenblass. Ich hatte seinen wunden Punkt getroffen.

»Weiß sie davon, dass du sie mit einer anderen Frau betrügst? Dass ich mich um ihre Tochter kümmere? Weiß sie davon, dass wir fast miteinander geschlafen haben?« Nachdem ich ihm all diese Fragen gestellt hatte, wurde mir schmerzlich bewusst, dass er mich benutzte.

»Sie ist nicht mein Kind«, hauchte er. »Und sprich nicht so von Isalie!« Als er ihren Namen erwähnte, veränderte sich der Ton seiner Stimme. Sie wurde bedrohlicher.

»Lüg doch nicht. Ich habe die Bilder gesehen und ihren Namen. Ich habe das verdammte Notizbuch gefunden.« Ich schrie. Mittlerweile brodelte unbändige Wut in mir.

Mein Herz donnerte so stark gegen meine Brust, dass ich jeden einzelnen Schlag spürte. Ich sollte mich womöglich beruhigen. Aber ich konnte es nicht. Größer war mein Hass auf ihn in dem Moment.

Emilio war vollkommen still geworden. Er sagte kein einziges Wort. Er traute sich nicht einmal, zu atmen.

»Das Notizbuch?« Seine Stimme war härter geworden, sein Gesicht hingegen blieb bleich. Er wirkte gefasster als zuvor.

»Ja. Ich habe die Wohnung gefunden und das Buch. Du schreibst ihr Briefe.«

Leano kam auf mich zu, packte meinen Hals und drängte mich Richtung Wand. Ich spürte die kalten Fliesen in meinem Rücken und seine Hand um meinen Hals erschwerte mir das Atmen. Er drückte nicht stark zu. Ich würde nicht ersticken, doch es reichte, um mir eine Heidenangst einzujagen.

»Du hörst mir jetzt zu, sture kleine Blume! Adelia ist nicht mein Kind. Isalie nicht meine Frau. Ich betrüge niemanden. Der Anschlag auf Serafino geschah zu Recht. Du weißt rein gar nichts!«, spuckte er mir voller Wut entgegen.

Ich konnte nichts erwidern, da sich seine Hand immer noch an meiner Kehle befand.

Er löste sich plötzlich von mir und meine Lunge füllte sich mit Luft. Ich wich einige Schritte nach links an der Wand vor ihm aus.

»Du willst Isalie kennenlernen. Na gut.« Sein Ton war immer noch angespannt, aber er schrie nicht mehr.

Er packte meine Hand, riss mich durch die Tür aus dem Zimmer und zog mich Richtung Aufzüge.

Emilio blieb allein in seinem Zimmer zurück.

Kapitel 29

Leano zog mich an seiner Hand in den Fahrstuhl, drückte den Knopf für die fünfte Etage und gemeinsam fuhren wir hinab.

Er lockerte seinen Griff nicht und umfasste meine Hand mit einem starken Druck. Es tat nicht weh. Jedoch bemerkte ich, dass er leicht zitterte. Normalerweise würde es niemandem auffallen, doch ich spürte seine Nervosität und Unruhe. Ich wusste nicht, wo er mich hinbringen würde.

Die Türen des Fahrstuhls öffneten sich und nun zog er mich über einen ähnlichen Flur. Vor einer Tür blieb er ruckartig stehen, löste seine Hand von meiner, öffnete die Tür und schob mich hindurch.

Ich stand wieder in einem Krankenhauszimmer. Doch diesmal befand sich nicht Emilio darin. Es war viel größer als das Zimmer zuvor. In diesem standen mehr medizinische Schränke, mit der Aufschrift *Notfall*, die nicht in Emilios Zimmer zu finden waren. Mein Blick schweifte weiter durch den Raum, ich erkannte ein Waschbecken. Ebenfalls ein Unterschied zu Emilios Zimmer. Das Waschbecken sollte wohl das Badezimmer ersetzen, denn neben der Tür, durch die wir gekommen waren, gab es keine weiteren. Warum hatte er mich hierhergeschleppt?

Ich ließ meinen Blick wandern und erkannte eine Panoramafensterfront, die der von Emilios Zimmer ähnelte. Dann ein Bett, in dem eine Frau lag. Ich hatte sie bereits auf etlichen

Bildern gesehen, als ich mich in die Wohnung geschlichen hatte.

Sie war an unzähligen Kabeln angeschlossen. Ihre blonden Haare fielen über ihre Schultern. Sie lag auf dem Rücken, ihre Arme an ihren Seiten gelegt. Bis zur Brust war sie mit einer Decke zugedeckt. Schläuche führten in ihren Körper. Es wirkte, als würde sie friedlich schlafen, doch das blasse Gesicht und die Geräte widersprachen dem.

»Bitte. Das ist sie. Das ist Isalie.«

Das sollte sie sein? Sie wirkte überhaupt nicht wie auf den Bildern. Sie schien viel angreifbarer, so verletzlich.

Ich konnte ihm nicht antworten. Schuldgefühle nahmen von mir Besitz. Ich hatte ihm so viel gemeine Dinge an den Kopf geworfen. Dabei lag die Frau verletzt und ungeschützt hier. Sie musste Adelias Mutter sein, denn sie war ihr wie aus dem Gesicht geschnitten. Kein Wunder, dass Adelia sich so zurückgezogen verhielt. Sie musste das stark traumatisiert haben. Doch er hatte zuvor erwähnt, er sei nicht ihr Vater. Wer dann?

»Was ist passiert?«, flüsterte ich kaum hörbar. Mein Blick war auf den Boden gerichtet, mein Kopf gesenkt. Es war mir unangenehm. Unangenehm, was ich ihm alles vorgeworfen hatte.

»Serafino hat sie vergiftet. Die Ärzte wissen nicht, welches Gift. Sie liegt bereits seit vier Monaten im Koma«, erklärte er.

Mein Blick suchte seine wunderschönen braunen Augen, um mich in diesen zu verlieren. Der Realität zu entfliehen. Doch es ging nicht. Ich starrte ihn an, versuchte zu erkennen, was in ihm vorging, so wie es die meiste Zeit funktionierte. Jedoch erkannte ich nur einen Hauch von Schmerz. Er ließ nicht viel von seinen Gefühlen durchblicken und das verletzte mich, denn ich war diejenige, die ihm diesen Schmerz gerade antat.

Schuldgefühle übermannten mich und wuchsen in unermessliche Höhen. Ich hatte ihn gezwungen, mir das zu zeigen. Doch ich hatte die Wahrheit gewollt. Ich war der festen Überzeugung gewesen, sie wäre seine Frau. Das war sie aber nicht.

Ich wollte zu einer der unzähligen Fragen ansetzen, die meinen Kopf füllten und ich unbedingt loswerden wollte. Ich musste verstehen, wer sie war. Warum sie zum Ziel geworden war? Weswegen ausgerechnet sie, wenn doch Leano der Anführer war?

Die Welt um mich herum drehte sich und ich geriet ins Wanken. Ausgelöst von dem Gedankenstrudel, der in meinem Kopf herrschte. Mit drei Schritten war Leano bei mir und stützte mich.

»Du solltest etwas essen.«

»Aber-«, versuchte ich zu widersprechen, brach jedoch ab, als ich seinen mahnenden Blick bemerkte.

»Wir gehen etwas essen und danach kannst du weiter Fragen über Isalie stellen. Nicht hier. Nicht vor ihr.«

Ergeben stimmte ich zu. Leano blickte noch einmal zu der Frau und flüsterte etwas in ihre Richtung, was ich allerdings nicht verstand.

Er stützte mich weiter, bis wir vor der Damentoilette ankamen. Vor dieser befand sich eine Bank, auf der ich mich erschöpft niederließ und meinen Kopf an die kühle Wand lehnte.

»Geht es?«, fragte er und ich nickte schwach. »Ich besorge dir etwas zum Anziehen und dann fahren wir los«, erklärte er mir seinen Plan.

Es dauerte nicht lange, bis er mit einem Stapel Kleidung zurückkam und in Richtung der Toilette zeigte.

Ich stand auf, verschwand bei den Toiletten und wollte gerade die Tür schließen, als Leano seinen Fuß dazwischen hielt. Stimmt, die Kleidung. Meine Hände griffen nach dem Stapel, aber ehe ich ihn entgegennehmen konnte, zog Leano ihn schnell zurück.

»Ich helfe dir«, sagte er und sein Ton sollte mir wohl bedeuten, dass diese Entscheidung feststand.

»Spinnst du? Ich ziehe mich allein an«, zischte ich.

»Oh, fiore, ich habe dich bereits nackt gesehen«, erwiderte er und trug dabei ein eingebildetes Lächeln auf den Lippen. Bei seiner Bemerkung färbten sich meine Wangen rot.

Noch bevor ich weiter widersprechen konnte, drängte er mich in den Raum und verschloss die Tür. Es war ein kleines Badezimmer. Mit einer Toilette und einem Waschbecken. Vermutlich das Besucher-WC.

Leano zeigte Richtung Toilette und bedeutete mir, mich zu setzen. Ich kam seinem stummen Befehl nach. Keine Kraft, mit ihm zu diskutieren.

Liebevoll nahm er ein Teil nach dem anderen und zog es mir an. Wie bei einem Kind, doch ich genoss die Behandlung. Er konnte anscheinend doch nett sein.

Als wir fertig waren, verließen wir gemeinsam das Badezimmer. Weiterhin hielt er meine Hand. An seinem Wagen angekommen, nahm ich auf dem lederüberzogenen Sitz Platz.

Leano fuhr mit mir zu einem Restaurant. Es war kein edles Fünf-Sterne-Restaurant, aber auch kein heruntergekommener Imbiss. Es wirkte familiär und freundlich.

Als mein Essen vor mir serviert wurde, knurrte mein Magen laut. Ich hatte seit Ewigkeiten nichts mehr zu mir genommen.

Ich begann meine Pasta zu essen. Leano saß mir schweigend gegenüber und beobachtete mich.

Als mein Teller leer und mein Magen gefüllt war, versuchte ich erneut mehr über das Ganze zu erfahren.

»Wer ist Isalie?«, fragte ich fast flüsternd, da ich ihn nicht wieder vor den Kopf stoßen wollte.

Einige Sekunden vergingen. Sekunden, gefüllt voller Schweigen. Er streckte den Rücken durch und visierte mich immer noch schweigend. Als ich bereits die Hoffnung aufgab, von ihm eine Antwort zu bekommen, sprach er.

»Sie ist Adelias Mutter. In diesem Punkt hattest du recht. Aber sie ist nicht meine Frau, sondern meine Schwester. Serafino hat sie vor vier Monaten auf einer Gala vergiftet. Vielleicht hast du davon gehört. Das Gift schwächte ihren Körper so stark, dass sie in ein Koma fiel und seither nicht mehr aufgewacht ist.«

Seine Stimme klang leidensvoll. Mitleid machte sich in mir breit, doch wurde sofort verdrängt, als ich eine Sache bemerkte.

»Du bist der Onkel. Nicht der Vater.«. Er hatte mich also angelogen. »Warum lügst du mich an? Du hast gesagt, du wärst ihr Vater.« Die Tatsache, dass er mir nicht traute und mich lieber anlog, kränkte mich.

»Fiore, ich habe nie gelogen. Nicht in einem Satz habe ich erwähnt, dass ich der Vater sei. Das hast du dir allein zusammengereimt.«

Ich suchte in meinen Erinnerungen danach, wann er zu mir gesagt hatte, Adelia sei seine Tochter. Doch er hatte recht. Er hatte es nie erwähnt. Ich war aufgrund der Bindung zwischen Adelia und ihm automatisch davon ausgegangen. Beschämt senkte ich das Gesicht.

Leano winkte der Bedingung zu und bezahlte das Essen. Danach stand er auf und reichte mir seine Hand. Ich nahm sie an. Im Moment hatte ich keine andere Wahl, als bei ihm zu bleiben. Adelia war mir über die Wochen zu wichtig geworden, als das ich sie zurücklassen würde. Ein kleines Mädchen ohne Mutter. Das brachte ich nicht über mein Herz.

Wir fuhren die Straßen Neapels entlang. Ich hatte keine Fragen mehr gestellt, seitdem wir das Restaurant verlassen hatten. Leano hatte ebenso kein Wort mehr erwidert. Meine Augen waren starr nach draußen gerichtet. Ich wusste nicht, wohin er fuhr oder was sein Ziel war.

Leano bog von der großen Hauptstraße in eine kleine Nebenstraße ein. Die Straße führte uns etwas abseits. Links und rechts versperrten Bäume die Sicht. Wir fuhren einige Kilometer einen einsamen Weg entlang. Von der Stadt war nichts mehr zu sehen und auch nichts zu hören. Vor einem großen metallenen Tor blieb der Wagen stehen und Leano nickte dem Pförtner zu. Wo hatte er mich hingebracht?

Der Pförtner öffnete uns das Tor und es rollte zur Seite, um den Weg zu ebnen. Leano fuhr hindurch und weiter den Weg entlang. Er war steinig und wie in der ersten Villa befanden sich links und rechts große Grünflächen. Das erste Haus hatte sich direkt in der Stadt befunden, aber dieses lag abgelegen. Einzig umgeben von Bäumen. Irgendwo im Nirgendwo.

Der Wagen blieb stehen und ich sah empor zu dem wunderschönen zweistöckigen Haus. Die Fassade strahlte in hellem Beige mit schwarzen Akzenten, während Lichter das Spektakel erhellten. Das Haus war kleiner als das erste, aber es wirkte so viel schöner, so erhabener.

Leano stieg aus. Ich blieb sitzen und blickte aus der Windschutzscheibe. Nach dem, was ich erfahren hatte, wollte ich nicht weiter bei ihm leben. Ich wollte mein altes Leben zurück. Ohne ihn. Ohne Emilio. Doch ich hatte schnell verstanden, dass er mich nicht gehen lassen würde. Ich musste einen anderen Weg finden, aber das hieß nicht, dass ich mich ihm freiwillig hingeben würde.

Plötzlich tauchte Leano auf meiner Seite auf und öffnete die Tür. Immer noch blieb ich sitzen und ignorierte ihn. Er machte einen Schritt nach vorn und hielt mir seine Hand entgegen. Ich musterte sein Gesicht zum ersten Mal, seitdem wir das Restaurant verlassen hatten. Er lächelte, fast schon mitfühlend. Er wollte, dass ich ihn weiterhin mochte. Mein Blick sprang auf seine Hand, die er mir nach wie vor ausgestreckt entgegenhielt. Danach schaute ich ihm wieder ins Gesicht.

Ich lächelte ihn an, schlug seine Hand beiseite, stieg ohne seine Hilfe aus und lief auf die Eingangstür zu.

»Ich brauche deine Hilfe nicht«, flüsterte ich und hoffte, er würde meine Worte hören.

Mir fiel auf, dass sich bei diesem Anwesen weitaus mehr Wachpersonal befand als beim anderen. Kameras hingen an jeder Ecke. Hunde patrouillierten. Wachmänner standen an jeder Ecke. Trotzdem fühlte ich mich nicht sicher.

Vor allem nicht in der Nähe eines Mafioso, dessen Feinde mich bereits mehrmals angegriffen hatten.

Einer der Wachmänner öffnete mir die Tür. Ich bedankte mich bei ihm mit einem freundlichen Kopfnicken. Leano beachtete ich nicht. Als ich in der großen Eingangshalle ankam, blieb ich stehen. Wo sollte ich hin?

Links befand sich ein offener Wohnbereich. Eine Couch trennte die Eingangshalle von dem Zimmer, in dem sich ein Kamin und eine riesengroße Wohnwand mit einer Leinwand befanden. Ich ging hinein und sah, dass an den Wohnbereich der Essbereich angrenzte. Alles war umgeben von einer riesengroßen Fensterfront mit Blick auf Garten und Pool. Ich näherte mich dem massiven Esstisch und bemerkte, dass rechts der Raum weiterging und sich darin die Küche befand. Auch hier war so gut wie alles von Fenstern umgeben.

Ich schluckte. Fenster bedeuteten, leicht beobachtet werden zu können und auch, dass erneute Eindringlinge sich schnell Zugang verschaffen könnten. Leano musste meine Unsicherheit gespürt haben, denn er trat an mich heran. Ich spürte ihn in meinem Rücken. Ich wollte mich an ihn lehnen. Von seiner Körpernähe profitieren, aber ich durfte nicht. Er hatte mich angelogen, mein Leben gefährdet.

Ich wollte ihm ausweichen, mich zurückziehen. Doch er drehte mich an der Schulter zu sich herum, sodass ich ihm direkt zugewandt war. Meinen Hals in den Nacken legend blickte ich ihn an. Versuchte ihm weiter zu widerstehen. Seine Augen zogen mich magisch an. Meine Maske drohte, zu zerbrechen. Seine Hand legte sich an meine Wange. Beschützend hielt er mich fest. Ich schmiegte mich ihm entgegen.

»Das ist Panzerglas. Keiner wird hierherkommen. Niemand wird dir noch einmal etwas antun, ich verspreche es dir. Du bist hier sicher. Keiner kennt diesen Ort. Er wird unser neues Zuhause werden.«

Er lächelte mich an und versuchte, mich zu beruhigen. Die Spannung zwischen uns nahm zu. Seine Augen fesselten mich und mein Blick glitt wie automatisch zu seinen weichen

Lippen. Er schien es zu spüren und zog mich enger an sich. Kaum noch Abstand befand sich zwischen uns.

»Unser Zuhause?«, fragte ich.

»Ja, meine kleine Blume. Du gehst nirgendwohin, außer an meiner Seite. Denn dort ist dein Platz. Bei mir.«

Er blickte mir bei seinen Worten tief in die Augen. Mein Blick sprang von seinen Lippen zurück zu diesen wunderschönen braunen Iriden. Der Abstand zwischen uns verkleinerte sich immer mehr und die Atmosphäre war zum Zerreißen gespannt. Kurz bevor seine Lippen auf meine trafen, stoppte ich.

»Wir sollten das nicht tun«, hauchte ich an seinen Lippen.

»Vermutlich nicht«, erwiderte er.

Doch keiner von uns nahm Abstand. Wir blieben weiterhin eng beieinanderstehen. Leanos Hand wanderte in meine Haare und er zog mich noch näher an sich heran.

Doch bevor er mich küssen konnte, hörte ich Schritte aus dem Flur kommen und erschrak. Ich bekam Angst, was Leano bemerkte und weswegen er sich umdrehte.

»Ich bin zurück, ihr Turteltäubchen. Bitte zieht euch wieder an, falls ihr gerade dabei seid, die Küche zu entjungfern«, rief Emilio aus dem Flur.

Es war Emilio, versuchte ich mich selbst zu beruhigen. Meine Angst verwandelte sich blitzschnell in Freude. Es ging ihm gut. Ich nahm Abstand von Leano. Gerade rechtzeitig, als Emilio in den Raum hereintrat.

»Schade, ich dachte, ich sehe dich wieder nackt, Pupetta.«

»Was willst du hier?« Leano verdrehte die Augen.

»Wurdest du schon entlassen? Geht es dir gut?«, fragte ich, während ich ihn umarmte.

»Der Arzt hat mich mit einer heißen Krankenschwester erwischt, als sie gerade auf meinem Schwanz hin und her gerutscht ist. Er meinte, ich sei gesund genug, um gehen zu können.«

Augenblicklich färbten sich meine Wangen rot, als er die Worte aussprach. Er hatte doch nicht wirklich im Krankenhaus …

»Herzlichen Glückwunsch, dass du Wichser noch einen hochbekommst, und jetzt verpiss dich. Wir sind beschäftigt«, giftete Leano Emilio an.

»Wir? Wir sind gar nichts«, erwiderte ich.

»Das sagst du jetzt, Pupetta. Ich gebe dir zwei Wochen, danach denkst du anders.«

Emilio klang überzeugt, aber ich würde mit Leano nichts anfangen. Nicht nach allem, was geschehen war. Meine Aufgabe war es, auf Adelia aufzupassen. Mehr nicht.

»Wer es glaubt«, sprach ich meine letzten Worte zu den Männern, bevor ich sie in der Küche zurückließ.

Kapitel 30

Nachdem ich die Küche verlassen hatte, sah ich mich im Eingangsbereich um. Hier unten befanden sich zwei weitere Türen, von denen eine in ein Badezimmer führte und die andere vermutlich zum Waschkeller.

Ich entschied mich dazu, die Treppe nach oben zu gehen. Ich wusste nicht, wohin ich sollte. Geschweige denn wo sich mein Schlafzimmer befand.

Visierend blickte ich die erste Tür rechts von mir an. Sie sah normal aus. Normal für einen Mafiaboss. Mein Unterbewusstsein zwang mich, sie zu öffnen. Durch einen kleinen Spalt erkannte ich rosa Tapete. Puppen saßen auf einem kleinen Sofa und lächelten mir entgegen. Ich öffnete die Tür ganz langsam. Mein Blick wanderte weiter durch das kindliche Zimmer und fiel auf ein wunderschönes Prinzessinnenbett. Für jedes Mädchen wäre dieses Zimmer wohl der größte Traum. In dem Bett lag eine kleine, zierliche Gestalt eingekuschelt. Es war Adelia. Sie schlief.

Ich öffnete die Tür und schlüpfte hindurch. Einen Spaltbreit ließ ich sie geöffnet und tapste auf das Bett zu. Davor angekommen, kniete ich mich auf den Boden.

Adelias Gesichtsausdruck sah so friedlich aus. Als wäre vor ein paar Stunden nicht das Schlimmste überhaupt passiert. Ich konnte nur hoffen, dass Leano recht behielt und sie von dem Angriff nichts mitbekommen hatte.

Ich hob meine Hand, um ihr eine Strähne aus dem Gesicht zu streichen. Ein zufriedenes Seufzen kam von ihr, das mir bestätigte, dass sie die Berührung genoss. Weiterhin streichelte ich ihr durch das blonde Haar, bis ich bemerkte, dass mir Tränen die Wangen herunterliefen. Sie war so klein, so unschuldig. Allein bei dem Gedanken, ihr könnte etwas passieren, was Leano dem kleinen Mädchen angetan hatte, zerbrach mein Herz. Wie konnte er nur. Es war für mich unverständlich.

Durch den kleinen Lichtstrahl, der durch den Türspalt fiel, nahm ich einen Schatten wahr. Ein Blick über meine Schulter bestätigte meine Vermutung. Leano stand mit verschränkten Armen am Türrahmen und beobachtete mich. Langsam erhob ich mich und lief an ihm vorbei in den Flur. Ich wollte Adelia nicht wecken.

Leano schloss die Tür und ich stand mit dem Rücken zu ihm. Eilig wischte ich mir die Tränen aus dem Gesicht, ehe ich mich zu ihm herumdrehte.

»Wie geht-«, setzte er an, doch ich unterbrach ihn.

»Wo finde ich mein Zimmer?«

Meine Stimme klang kalt und emotionslos, genauso wollte ich es. Er durfte nicht merken, wie sehr mich seine Gegenwart aufwühlte. Er sollte nicht merken, dass ich mein Herz für ihn geöffnet hatte, bevor er mir überhaupt die Wahrheit erzählt hatte. Ich musste im Moment so viel verarbeiten und hatte keine Idee, was die Zukunft für mich bereithalten würde.

»Unser Zimmer befindet sich hinten rechts«, antwortete Leano. In seiner Stimme schwang ein Hauch von Mitgefühl mit.

»Unser?« Er erwartete doch nicht ernsthaft, dass ich mit ihm im selben Bett schlafen würde.

Sein Blick lag auf mir und verdeutlichte, dass er in diesem Punkt nicht mit sich diskutieren lassen würde.

»Na gut. Dann schläfst du eben auf dem Sofa.«

Ohne dass er etwas erwidern konnte, ging ich an ihm vorbei in das Schlafzimmer und schloss die Tür hinter mir ab. Ich wollte nicht neben einem Mörder schlafen. Schlimm genug, dass ich wohl mit ihm im selben Haus wohnen musste.

Nachdem ich mich im Bad zurechtgemacht hatte, legte ich mich auf die weiche Matratze. Es dauerte nicht lange, bis ich in einen unruhigen Schlaf fand.

»Adelia, bitte stehe jetzt auf«, bat ich sie.

Ich versuchte bereits seit einer halben Stunde, sie aus dem Bett zu bekommen. Doch sie drehte sich immer wieder herum. Es half nur noch eins.

»Na schön, du hast es nicht anders gewollt.«

Mit dieser letzten Warnung setzte ich mich auf ihr Bett und kitzelte sie am Bauch. Ruckartig öffnete sie die Augen und quiekte. Ihr Lachen erfüllte den Raum, als ich nicht damit aufhörte.

»Na, bist du jetzt wach?«, fragte ich sie mit einem Lächeln, um sicherzugehen. Sie sprang auf und hüpfte auf ihrem Bett herum, was mir Beweis genug dafür war.

»Bitte zieh dich an und komm dann nach unten. Ich zaubere uns schon einmal ein leckeres Frühstück.«

Ihre Augen wurden groß. »Mit Erdbeeren?«

»Wenn du möchtest auch gern mit Erdbeeren«, erwiderte ich und ihr Lächeln strahlte gleich um ein Dreifaches mehr. Schnell zog sie sich an.

Ich lief den Flur entlang und die Treppen nach unten in die Küche, wo mir Leano mit einer Tasse Kaffee entgegenblickte.

»Guten Morgen«, begrüßte er mich, doch ich hatte im Moment nichts für ihn übrig und ging wortlos an ihm vorbei zum Kühlschrank. Noch immer herrschte ein riesengroßes Gefühlschaos in mir. Gefühle von Traurigkeit und Macht vereinnahmten mich. Er war so besessen von mir, dass ich ihn mit meiner Ignoranz verletzen würde.

Im Kühlschrank kramte ich Milch, Eier und Erdbeeren hervor und bereitete den Teig für die Pancakes zu. Die restlichen Zutaten hatte ich in den anderen unendlich vielen Schränken gefunden.

Leano versuchte immer wieder, ein Gespräch anzuregen. Ich strafte ihn weiter mit Ignoranz, bis er es schließlich nach dem zehnten Mal aufgab. Als ich die Pancakes angebraten und auf zwei Tellern mit Erdbeeren und Schokolade angerichtet hatte, stellte ich sie auf dem Tisch ab. Aus dem Schrank holte ich zwei Gläser, die ich mit Orangensaft gefüllt ebenfalls auf den Tisch stellte. Leano beobachtete mich die ganze Zeit. Sein schwerer, kalter Blick lag ununterbrochen auf mir.

Gerade als ich mein Schweigen unterbrechen wollte, um ihn zu fragen, was sein Problem sei, hüpfte Adelia freudestrahlend in die Küche. In einem Punkt hatte Leano nicht gelogen. Adelia hatte entweder keine Erinnerung an die vergangenen Tage oder sie hatte glücklicherweise nichts von den schrecklichen Ereignissen mitbekommen. Das beruhigte mich zumindest.

Sie setzte sich an den Tisch und ich ließ mich ebenfalls nieder und stocherte im Essen herum. Mit der Gabel schob ich es von der einen Seite zur anderen. Mein Appetit würde wohl noch nicht zurückkehren, nachdem ich in der Nacht die Vorfälle des Anschlags immer wieder in meinen Träumen erlebt hatte. Nur dieses Mal war kein Leano gekommen. Kein Emilio. Die meisten dieser Träume endeten damit, wie Serafino mich tötete oder noch schlimmere Dinge mit mir anstellte. Es lief mir kalt den Rücken herunter, bei der Erkenntnis, dass er nun wusste, wer ich war. Ich war ebenfalls ein Feind von ihm. Wenn er die Chance bekäme, würde er mich, ohne zu zögern töten.

Emilio betrat die Küche und riss mich dadurch aus meinen Gedanken. Zielstrebig lief er auf den Tisch zu und blieb neben mir stehen. Ich erwiderte seinen Blick nicht, stattdessen lehnte ich mich in meinem Stuhl zurück und sah Adelia dabei zu, wie sie eine Erdbeere nach der anderen verputzte.

Emilios Hand schnellte plötzlich zu meinem Teller und er schnappte sich einen von meinen Pancakes, um ihn sich anschließend in den Mund zu stopfen. Sein Stöhnen erfüllte den Raum, während ich ihn ins Visier nahm.

»Wolltest du die noch essen, Pupetta? Oder gefällt dir mein Stöhnen so sehr, dass es dir vor Leano unangenehm ist?«, gab er selbstsicher von sich.

»Weder noch.« Ich verdrehte die Augen und richtete den Blick wieder auf Adelia. Leano war, während ich Emilio visiert hatte, aufgestanden und hatte sich von Adelia mit einem Wangenkuss verabschiedet. Als er dasselbe bei mir machen wollte, stand ich eilig auf, nahm meinen Teller und lief zur Spüle.

»Ich bin jederzeit erreichbar, falls du etwas brauchst«, sprach er.

Ich hatte den Blick auf den Teller gerichtet und ignorierte ihn weiterhin. Emilio folgte Leano. Erst als ich die Tür ins Schloss fallen hörte, wandte ich den Blick wieder ab.

Adelia hatte es geschafft, ihren Teller blitzeblank zu hinterlassen, und stand vom Tisch auf. Ihr Mund war schokoladenverschmiert.

»Na dann, Adelia. Geh dich waschen und dann schauen wir, was wir zwei gemeinsam machen können. Nur bitte nicht Verstecken spielen«, bat ich sie, während sie schon in Richtung Bad lief, um sich zu waschen.

»Mal schauen, was dieser Tag für mich bereithält«, flüsterte ich mir selbst zu und nahm einen tiefen Atemzug.

Nachdem Adelia aus dem Badezimmer kam und sich die Reste aus dem Gesicht gewaschen hatte, begaben wir uns in das Wohnzimmer.

Wir waren allein. Leano und Emilio waren gerade bestimmt dabei, einigen Menschen das Leben zu versauen. Einzig die Bediensteten liefen umher, putzten und organisierten den Haushalt.

Adelia zog aus einem Schrank ein Spiel heraus und ich erkannte, dass es sich um Mensch-ärgere-dich-nicht handelte.

Mit einem Lächeln kam sie auf mich zu und klappte das Spielbrett auf dem Couchtisch aus.

»Ich spiele rot«, rief sie und schnappte sich sofort die entsprechenden Spielfiguren. Ich baute das Spiel auf und stellte alles an den gewünschten Platz. Als ich damit fertig war, begannen wir mit dem Spiel. Ich musste zugeben, selbst als Erzieherin war ich eine Niete und eine schlechte Verliererin. Auch wenn man meinen müsste, ich würde damit umgehen können und hätte Übung. Im Gegenteil, ich bemühte mich darum, jedes Spiel gegen die Kinder zu gewinnen. So auch bei Adelia. Nur leider hatte sie in diesem Spiel mehr Glück als ich und gewann die Runde.

»Lass uns nach draußen gehen«, beschloss ich, nachdem ich diese Runde verloren hatte und keine Weitere mehr spielen wollte.

Adelia tapste bereits zur Terrassentür und öffnete diese. Ich wollte ihr gerade hinterher, als etwas in meiner Hosentasche ununterbrochen vibrierte. Schnell nahm ich mein Handy hervor, entsperrte es und starrte auf den Bildschirm. Ich erkannte unzählige Nachrichten von Leano im Minutentakt.

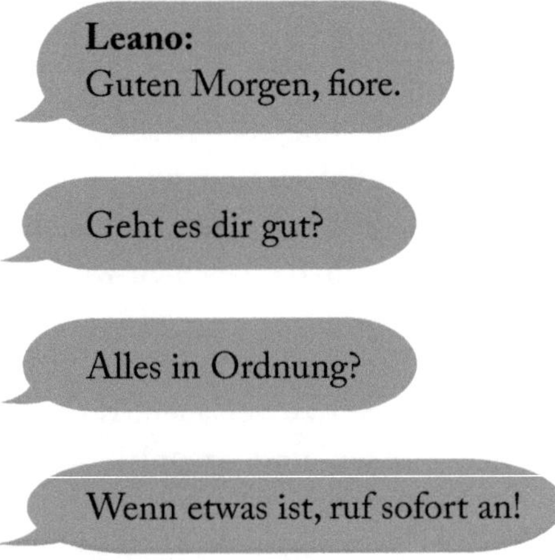

Ich las die Nachrichten und steckte danach mein Handy weg. Er konnte mich mal. Erst ermordete er unschuldige Menschen, dann verheimlichte er mir, dass er ein Mafioso war, brachte mich in Gefahr und hielt mich nun als sein Haustier gefangen. Erwartete er wirklich, ich würde ihn mit offenen Armen empfangen? Das glaubte er doch wohl selbst nicht. Bevor ich allerdings meinen Weg fortsetzte, vibrierte es erneut. Wieder nahm ich mein Handy hervor und wollte Leano schon blockieren, als ich feststellte, dass die Nachricht von einer unbekannten Nummer kam. Zögerlich öffnete ich den Chat.

Emilio …

Es war typisch für ihn, in solchen Situationen nie den Humor zu verlieren. Ich speicherte seine Nummer direkt ein, ehe ich zu einer Antwort ansetzte.

»Nein, danke«, gab ich zurück.

Anschließend schaltete ich mein Handy in den Flugmodus, legte es auf einer Kommode im Wohnzimmer ab und folgte endlich Adelia in den Garten.

Im Garten angekommen, fielen mir die warmen Sonnenstrahlen ins Gesicht. Eingenommen von diesem angenehmen

Gefühl schloss ich die Augen und genoss die Stille. Bis Adelia mir von der Seite aus zurief: »Milena, schau, wie hoch ich schaukeln kann.«

Ich drehte mich in ihre Richtung und sah ein gigantisches buntes Klettergerüst, an dessen Seite eine Schaukel befestigt war. Es war ein Traum für jedes Kind. Würde ich hier nicht wohnen und Leano nicht kennen, hätte man denken können, es handelte sich um einen Spielplatz.

Mit einem Lächeln auf den Lippen lief ich zu Adelia und beobachtete, wie sie versuchte, immer höher mit der Schaukel zu kommen.

Als ich aus dem Augenwinkel bemerkte, dass sich die Terrassentür öffnete, hielt ich inne. Leano trat durch diese und fixierte mich mit verengten Augen. Mit einer Kopfbewegung bedeutete er mir, zu ihm zu kommen. Auch diese Geste ignorierte ich und wandte mich Adelia zu.

»Adelia, wie wäre es mit einem erfrischenden Eistee oder Eisbecher?«, fragte ich, um Leanos Blick endlich auszuweichen.

Sie stoppte die Schaukel und sprang von ihr ab. »O ja, wer als Erstes in der Küche ist«, rief sie mir zu, während sie schon zurück in das Haus eilte.

Mit langsamen und bedachten Schritten lief ich ihr hinterher. An der Tür wartete noch immer Leano mit verschränkten Armen. Ich wollte gerade an ihm vorbei, als er sich mir in den Weg stellte und den Durchgang versperrte. Zwischen uns befand sich nicht viel Spielraum.

»Warum ignorierst du mich, Blume?«, hauchte er.

»Frag nicht so blöd«, erwiderte ich.

Er ging auf mich zu, während ich ihm rückwärts auswich. Plötzlich packte er mich an den Schultern und wirbelte mich herum, bis sich mein Rücken an der Wand befand. Links und rechts von meinem Kopf stützte er seine Hände ab. Es gab für mich kein Entkommen aus dieser Situation.

»So können wir doch besser reden«, sagte er und seine Lippen verzogen sich dabei zu einem Grinsen.

»Es gibt nichts zu bereden«, spuckte ich ihm entgegen und versuchte mich gegen seinen Körper zu stemmen.

»Sicher? Denn ich denke, deine feurige Hitze stammt nicht von meiner Anwesenheit. Du bist verärgert.«

Er suchte mit seinen Augen die meinen, doch ich gab ihm nicht die Chance, etwas in mir auszulösen. Momentan empfand ich nichts außer Hass und Ekel ihm gegenüber.

»Ich werde dir nichts erzählen. Wenn du zu blöd bist, es zu checken, tut es mir leid.« Meine Stimme war immer lauter geworden und ich hatte Mühe, meine Wut zurückzuhalten.

»Lass mich gehen«, warnte ich ihn ein letztes Mal.

»Nicht, bevor wir das geklärt haben.«

Er wollte einfach nicht auf mich hören und mir blieb nur eine Möglichkeit. Ich hob das Knie an und traf direkt mein Ziel. Leano stöhnte schmerzverzerrt auf und fiel auf den Knien zu Boden. Ich nutzte die Chance und rannte die Treppe hinauf zu meinem Zimmer. Eilig schloss ich hinter mir die Tür. Ich lehnte mich an diese und nahm einige beruhigende Atemzüge.

Was hatte ich gerade getan?

Kapitel 31

Mein Plan, Leano zu ignorieren, bekam Risse. Wie sollte ich dies tun, wenn er sich mir so aufdrängte? Das schlechte Gewissen stieg in mir hoch. Es tat mir leid, dass ich ihm hatte Schmerzen zufügen müssen. Andererseits hätte er mich sonst nicht gehen lassen. Ich schob die Gedanken beiseite, als ich mich daran erinnerte, was er getan hatte, damit ich so wütend auf ihn war.

Ich versuchte, mich zu beruhigen, und lief in meinem Zimmer auf und ab. Ein lautes Knallen ließ mich innehalten. Mein Blick ging zur Tür und ich sah Leano davorstehen. Ich musste vergessen haben, die verdammte Tür abzuschließen.

Er schaute mich skeptisch an. Mit dem Rücken lehnte er an der Tür und hatte die Arme verschränkt. Nichts erinnerte daran, dass ich ihm vor Kurzem einen Tritt in die Weichteile verpasst hatte. Er schien sich wohl gut erholt zu haben. Augenverdrehend ließ ich mich auf das Bett fallen. Ich wollte nur meine Ruhe.

»Was willst du?« Meine Nerven waren kurz vorm Ende. Wie lange musste ich das hier noch aushalten?

Er sagte nichts und schaute mich nur weiterhin fragend an.

Ich blickte zu Boden und ließ die Schultern sinken. Er wollte den Spieß umdrehen. Kein Problem.

»Wieso ignorierst du mich?« Seine Stimme klang dieses Mal einfühlsamer als zuvor.

Mein Kopf hob sich und ich starrte Leano an.

»Warum ignorierst du mich die ganze Zeit? Nicht ein Wort sprichst du mit mir. Ich will den Grund wissen. Jetzt.«

»Muss ich dir diese Frage wirklich beantworten?« Mein Ton strotzte vor Wut und Unglauben. Er wusste doch genau, warum ich es tat.

Sein Blick lag schwer auf mir und ich hatte das Gefühl, er würde mich durchschauen wollen.

Wut stieg in mir hoch. Lodernde, heiße Wut. Ich hatte gute Gründe. Sein Schweigen bedeutete, dass er die Frage tatsächlich ernst meinte.

Ich stand auf und legte meine Hände an meinen Kopf und schüttelte mich kurz. Doch die Wut verging nicht. Sie blieb. Heiß und lodernd und befeuerte weiter meinen Hass auf ihn.

»Du fragst dich wirklich, warum ich dich ignoriere? Dich? Einen Mafiaboss. Einen Mörder. Verdammt, du hast eine Frau und ein Kind umgebracht. Du hältst mich hier fest. Sagst, ich wäre Deins. Was ist falsch bei dir?«

Meine Stimme war so laut, dass mich vermutlich jeder in diesem Haus gehört haben musste. Doch ich konnte nicht anders. Alle Gedanken, die ich die letzten Tage heruntergeschluckt hatte, stiegen nun in mir auf. Sie schürten den Hass, der in mir wuchs, noch weiter.

Leano stieß sich von der Tür und ging auf mich zu. Ein einziger Schritt trennte uns noch voneinander.

»Ich erkläre es dir gern noch einmal. Es gab Gründe dafür. Und ich sage, du bist Mein, weil es so ist. Du kannst mich gern bis zu deinem letzten Tag hassen oder aber du fügst dich deinem Schicksal.«

Im Gegensatz zu meiner Stimme war seine ruhig geblieben.

»Arschloch«, spuckte ich ihm entgegen und rauschte an ihm vorbei. Mein Ziel war es, einfach zu fliehen. Doch weit kam ich nicht. Leano hielt mich an meinem Arm fest und zog mich zu sich zurück.

»Lass mich los«, fauchte ich.

Er zog mich weiter, bis ich mit meinem Rücken erneut an die Wand stieß. Er liebte es anscheinend, mich gefangen zu halten.

»Beruhige dich«, befahl er.

Ich wehrte mich und versuchte, ihn mit meinen Armen von mir wegzuschieben. Er drückte meine Arme an die Wand und fixierte mich dadurch. Ich konnte mich keinen Zentimeter mehr rühren.

Er hielt mich einige Sekunden in dieser Position. Tatsächlich entspannte sich mein Gemüt und seine Anwesenheit besänftigte mich. Ich hasste es. Hasste es so sehr, dass er mich beruhigte. Dass er diese Wirkung auf mich hatte.

»Hast du dich beruhigt, fiore?« Er bekam keine Antwort, stattdessen redete er, nach einem tiefen Atemzug, weiter. »Ich wollte es nicht. Ich schwöre es dir. Ich wusste es nicht, dass sich darin ein Kind befand.« Tief atmete er durch.

Er ließ mich los und ich musterte ihn. Seine selbstsichere Haltung fiel plötzlich in sich zusammen. Er wirkte traurig. Er ließ sich auf mein Bett nieder und sah zu Boden. Wie ein Häufchen Elend saß er da. Ich blieb weiterhin an der Wand stehen und wusste nicht, was ich tun sollte. Verwirrt darüber, was diesen Umschwung ausgelöst hatte.

Ich erwiderte nichts auf seine Worte und wartete ab, bis Leano die Stille durchbrach.

»Wir wollten Rache an Serafino üben. Meine Informanten hatten mir mitgeteilt, dass sich Edoardo in der Villa befinden würde. Er ist seine rechte Hand. Ein hoher Verlust für ihn, aber nach dem, was er Isalie angetan hatte, musste er sterben. Wir planten alles. Emilio hat wochenlang die Villa inspiziert und wir planten Tag und Nacht. Ich weiß nicht, was wir übersehen haben. Ich weiß es einfach nicht.« Seine Stimme brach. Es dauerte einen Moment, bis er seine Erzählung fortführte.

»An dem Tag, als wir den Anschlag verübt haben, wurde mir versichert, dass sich niemand Unschuldiges darin befinden würde. Später erfuhr ich, dass sich darin doch eine Frau und ein Kind befanden. Ich schwöre, hätte ich das gewusst, wäre mir die Rache egal gewesen. Ein Kind zu verletzen, ist unverzeihbar. Ich verstehe deinen Hass. Doch ich kann es nicht ändern. Milena, ich schwöre es dir, der Hass zerfrisst mich von Tag zu Tag. Emilio musste mich danach aufbauen. Ich musste lernen, mit dieser Schuld zu leben und kann es bis heute nicht. Ich hasse mich selbst dafür. Glaub mir.«

Während er die Worte gesprochen hatte, starrte ich ihn mitleidig an. Leano hob seinen Kopf und sein Blick fiel auf mich. Er bereute es wirklich. Seine braunen Augen wirkten gläsern. Tränen sammelten sich in seinen Augenwinkeln. Mitgefühl machte sich in mir breit. Ich konnte nicht anders, als auf ihn zuzugehen. Ich setzte mich neben ihn und blickte tief in seine braunen Iriden. Sofort zogen sie mich in ihren Bann. Meine Hände legten sich automatisch auf seine Wangen und ich sah ihn an. Ich wollte ihm Kraft geben. Er gefiel mir mit seinem großen Ego viel besser.

Mein Blick fiel auf seine zarten Lippen. Ich wollte ihn schmecken. Ich zog ihn an mich und presste meine Lippen auf seine. Er erwiderte den Kuss und zog mich noch näher an sich. Als ich seine Zunge spürte, ließ ich sie gewähren und stöhnte, als sie mit meiner spielte. Ich erhob mich, ohne den Kuss zu unterbrechen, und setzte mich auf seinen Schoß. Seine Härte spürte ich bereits an meiner Mitte und erneut stöhnte ich in seinen Mund.

Leano unterbrach unser Spiel, schaute mich an und atmete hektisch. »Bist du dir sicher?«

»Mehr als sicher«, beantwortete ich ihm seine Frage, bevor ich unseren Kuss fortsetzte. Ich wusste nicht, was diesen Wandel ausgelöst hatte, aber im Moment fühlte es sich richtig an. Ich wollte es wirklich.

Ich war mir in meinem Leben vermutlich noch nie sicherer gewesen. Ich wollte ihn. Woher dieser Umschwung kam, wusste ich nicht. Aber ich wollte ihn trösten, ihm Sicherheit geben. Ich wollte ihn nicht mehr für das, was er getan hatte, verurteilen. Den Schmerz in seinen Augen hatte ich gesehen und erkannt, dass er es aufrichtig bereute. Er hatte es nicht gewusst. Es war ein grausamer Unfall gewesen, wie er zu tausend Malen auf dieser Welt passierte. Falsche Person am falschen Ort. Tragisch, aber ihn zerstörte das Wissen darüber, dass er ein Kind getötet hatte. Ich wusste noch nicht, ob ich ihm ganz verzeihen konnte. Aber was ich wusste, war, dass ich ihn hier und jetzt spüren wollte. Leano vernebelte mir eindeutig den Verstand.

Unsere Zungen spielten weiter miteinander und ich rieb meine Mitte an seinem Schwanz. Leano stöhnte in unseren Kuss und es erfreute mich, diese Wirkung auf ihn zu haben.

Während ich mich mit meinen Händen auf seiner Schulter abstützte, wanderten seine an meinen Hintern und drückten fest zu. Mein Kopf fiel wie von allein in den Nacken und ich genoss das Gefühl.

Er glitt mit seiner Zunge über meinen Hals und hinterließ sanfte Küsse. Im nächsten Moment packte er erneut meinen Hintern und hob mich auf seine Hüften, um die ich meine Beine schlang. Er drehte sich mit mir und ließ mich auf die Matratze des Bettes sinken. Nun lag ich unten und er stützte seine Arme neben meinem Kopf ab, um mir tief in die Augen zuschauen.

»Du weißt nicht, wie lange ich auf diesen Moment gewartet habe. Dich endlich zu ficken, fiore.«

Bei seinen Worten schoss mir die Röte in die Wangen. Er sollte weniger reden. Meine Hand fuhr in seinen Nacken und ich zog sein Gesicht nah an meines, um seine Lippen wieder zu schmecken.

Er küsste mich nicht zurückhaltend. Seine Zunge spielte mit meiner und ich genoss es, dass er die Oberhand behielt.

Seine andere Hand wanderte unter meinen Rock zu meiner Mitte. Er ließ sich nicht stressen, sondern machte ganz langsam. Zu langsam. Meine Nerven würden platzen, wenn er sich noch mehr Zeit ließ. Leano küsste wieder meinen Hals.

»Bitte … Hör nicht auf …«

»Das hatte ich nicht vor, Blume, aber ich werde dich auch nicht wie eine schnelle Nummer ficken. Du bist keine billige Nutte. Du sollst morgen früh noch spüren, wie sehr ich dich vergöttere.«

Seine Worte ließen mich augenblicklich noch feuchter werden und ich hatte das Gefühl, auszulaufen. Als er meinen Slip beiseiteschob und einen Finger über meine empfindliche Stelle kreisen ließ, bemerkte er, dass ich bereits vor Lust pochte.

»Fuck, bist du nass, fiore«, stöhnte Leano und auch mich erregte, wie sehr es ihm gefiel.

Leano befreite mich von Rock und Slip. Mein Unterleib war nun vollends entblößt und ganz von allein spreizte ich die Beine. Er fand erneut zwischen ihnen Platz und seine Finger wanderten zu meiner Mitte. Er umkreiste meine Klitoris und es erregte mich immer mehr. Seine Lippen trafen erneut auf meine, als er einen Finger in meine Mitte gleiten ließ. Leano stoppte mein Aufstöhnen mit einem Kuss.

Immer wieder versenkte er seinen Finger in meiner glühenden Pussy, bis er schließlich erst einen und dann noch einen weiteren dazu nahm und mich intensiv stimulierte. Meine Beine zitterten. Meine Mitte verkrampfte sich um seine Finger. Leano bemerkte dies und zog kurzerhand seine Finger aus mir.

Ein enttäuschtes Wimmern entwich meinen Lippen. Er entledigte sich seiner Kleidung und war blitzschnell wieder zwischen meinen Beinen. Meine Bluse zog er mir über den Kopf und öffnete meinen BH. Vollkommen nackt befand ich mich vor ihm.

Sein gieriger Blick lag auf mir und seine harte Erregung stieß bereits an meinen Eingang. Doch er drang noch nicht in mich ein. Er ließ sich Zeit. Unendlich viel Zeit.

Seine Küsse wanderten von meinem Hals zu meinen Brüsten. Dort nahm er einen meiner Nippel in den Mund und umkreiste ihn wie eben meine Zunge. Dieses Gefühl entfachte die Flammen in mir um ein Weiteres. Er biss leicht hinein. Ein kleiner Schmerz schoss durch meinen Körper, der allerdings in derselben Sekunde wieder vergangen war.

Leano beendete seine Küsse und kehrte zurück nach oben. Ein letzter Kuss auf meine Lippen, danach sah er mich erwartungsvoll an. Er wollte eine Bestätigung. Ich nickte ihm zu, denn ich wollte es. Auch wenn ich zuvor der Meinung gewesen war, ihn zu hassen. Ich wollte von ihm gefickt werden. Er verstand es und kurzerhand spürte ich seine Eichel an meiner Öffnung.

Langsam drang er mit seiner Größe in mich ein und weitete mich. Immer weiter drängte er sich in mich. Als er mich bis zum Anschlag ausfüllte, verweilte er kurz. Ich musste mich an seine Größe gewöhnen. Leano zog sich zurück, um dann wieder kräftig in mich zu stoßen. Meine Hände fanden Halt an seinen Schultern und er legte eine auf meiner Taille ab.

Immer wieder drang er in mich ein. Unser beider Stöhnen erfüllte den Raum. Ich hoffte nur, niemand würde uns hören.

Eine Ewigkeit verbrachte er damit, sich in mir zu bewegen. Immer wieder zog er sich zurück und stieß in mich. Meine Augen lagen dabei tief in seinen. Das Einzige, was mir half, dies alles zu verarbeiten, war mein Stöhnen.

Unter seinen Stößen sprach Leano zu mir. »Weißt du, Milena, warum ich so besessen von dir bin?«

Ich konnte nichts erwidern. Er drang immer noch mit einer Wucht in mich ein und eine Welle der Lust bahnte sich an.

»Weil du so perfekt bist. Dein Körper ist perfekt. Jedes fucking Haar an deinem Körper ist perfekt. Du fühlst dich so unfassbar perfekt um meinen Schwanz an und auch dein Orgasmus wird sich so perfekt anfühlen. Also komm für mich, meine kleine Blume.«

Und mit diesen Worten war es um mich geschehen. Die Welle brach über mich herein. Meine Sicht verschwamm. Leano drängte wieder in mich ein und ich stöhnte all diese Gefühle heraus. Meine Finger krallten sich in seine Haut und ich war mir sicher, er würde Spuren davontragen. Der Mann, den ich begehrte drang weiter in mich ein und ich genoss die letzten Züge meines Höhepunktes. Er hatte recht, wir passten perfekt zueinander.

Ein weiterer Stoß und auch Leano fand zu seinem Höhepunkt und ergoss sich in mir. Er ließ seinen Kopf auf meine Brust fallen. Sein Schwanz immer noch in mir. Meine Muskeln immer noch am Pulsieren.

»Du bist einfach so perfekt«, flüsterte er gegen meine Haut, ehe er sich nah an mich kuschelte.

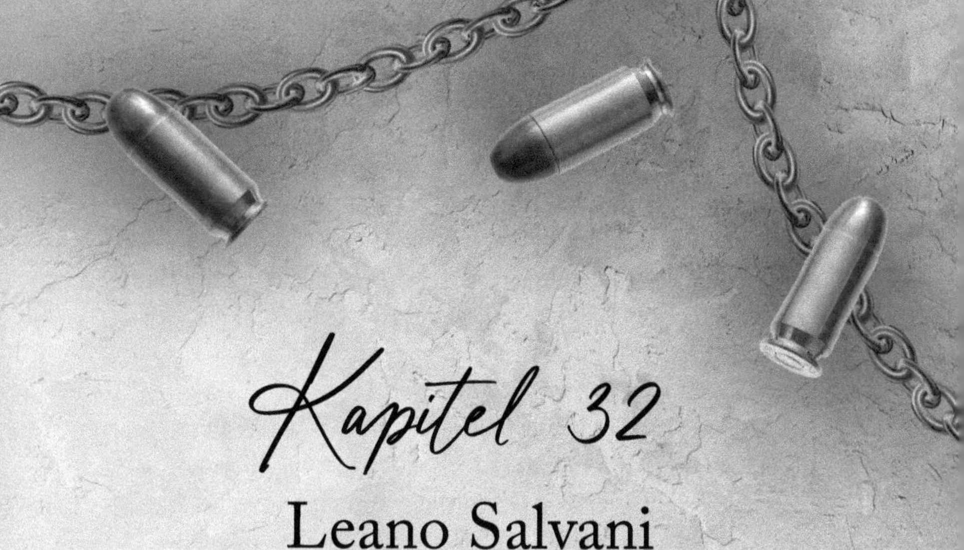

Kapitel 32

Leano Salvani

Ich erinnerte mich nicht, wann ich das letzte Mal so intensiv mit jemandem Sex gehabt hatte. Zu lange war es her, dass ich dabei echte Gefühle verspürt hatte. Die Nutten, die ich mir ab und an zu meinem Vergnügen holte, erweckten diese nicht in mir. Ich war froh, wenn ich bei ihnen überhaupt zum Orgasmus fand.

Aber Milena … Sie löste so viele Regungen in mir aus. Nicht nur mein Schwanz wurde bei ihrem Anblick hart. Nein, auch mein Herz begann ungewöhnlich schnell in ihrer Gegenwart zu schlagen. Sie wusste es nicht, aber ich hatte sie bereits lange, bevor sie Adelia kennengelernt hatte, im Auge. Damals beobachtete ich sie jeden Tag von der gegenüberliegenden Straßenseite des Kindergartens. Schon da hatte ich bemerkt, dass sie in meinem Leben eine größere Rolle spielen würde.

Ich drehte mich zur Seite und beobachtete meine kleine Blume dabei, wie sie tief und fest schlief. Ihr Kopf lag auf meinem Arm und ihr braunes langes Haar bettete sich über die Matratze. Ihre tiefen, gleichmäßigen Atemzüge kitzelten auf meiner Brust. Eng an mich gepresst lag sie neben mir.

So gern ich bei ihr geblieben wäre, konnte ich nicht. Ich musste gehen. Ein Blick auf mein Smartphone bestätigte mir, dass Emilio bereits alles in die Wege geleitet hatte und an der Haustür auf mich wartete.

Ich erhob mich, sorgte dafür, dass die Decke Milenas Körper ausreichend bedeckte, und ging zum Kleiderschrank. Ich kramte Kleidung hervor und zog sie anschließend an. Perfekt für den heutigen Anlass gekleidet trug ich einen schwarzen Hoodie und eine schwarze Stoffhose.

Mit langsamen Schritten verließ ich das Schlafzimmer. Bevor ich jedoch die Tür schloss, warf ich einen letzten Blick auf meine Blume. In der heutigen Nacht würde sich einiges für sie ändern, sie wusste es zwar noch nicht, aber ich wollte ihr einen Gefallen tun.

Es würde dauern, bis sie mir die Sache mit Serafinos Frau und Kind komplett verzeihen würde. Sie hatte ihre Gründe. Ich musste selbst lernen, mit dieser Schuld umzugehen. Ohne Emilio hätte ich dies nie geschafft. Als ich heute mit ihr darüber gesprochen hatte, war mir bewusst geworden, dass sie niemanden hatte, mit dem sie das Geschehene verarbeiten konnte. Sie hatte mich und Emilio. Aber wir würden nicht reichen. Sie kannte uns erst seit Kurzem und es würde dauern, bis sie uns vertrauen würde.

»Ich bin schon geknickt, dass ihr mich nicht dabeihaben wolltet. Aber ich freue mich, dass du immer noch einen hochbekommst.« Emilio lehnte an der Hauswand, während er an seiner Zigarette zog.

»Halts Maul«, erwiderte ich. Er und seine vorlaute Fresse. Nicht eine Sache konnte er unkommentiert lassen.

»Ihre Schreie habe ich durch das ganze Haus gehört. Musst eine super Performance hingelegt haben.«

Ich blickte ihm wütend entgegen und sah nur sein dummes Grinsen. »Konzentrier dich auf die Mission.«

»Oh, ich bin so was von bereit. Immerhin will ich jetzt auch meinen Spaß haben, nachdem du dran warst«, trällerte er, während wir zu seinem schwarzen Maserati liefen. Ausnahmsweise würde er fahren.

Wir setzten uns in das Auto und fuhren direkt los. Es war bereits 2 Uhr nachts und die Straßen Neapels waren größtenteils leer. Perfekt für unser Vorhaben. Wir fuhren durch die Innenstadt bis zu einem großen Gebäudekomplex, der von außen nicht sehr edel aussah. Nicht so billig wie die im Armutsviertel. Wahrscheinlich befanden sich darin die Wohnungen für die Mittelschicht. Einem Messer konnte man nicht ansehen, wie tief es schnitt, rief ich mir ins Gedächtnis und stieg aus dem Maserati aus. Wir waren angekommen. Vor einigen Wochen hatte ich Milena genau aus diesem Gebäude abgeholt.

Emilio folgte mir zum Eingang und während ich genüsslich eine Zigarette rauchte, machte er sich an der Tür zu schaffen. Keine fünf Sekunden brauchte er und wir waren drinnen.

»Bist du dir sicher, dass du das machen willst. Ich meine, sie ist unschuldig und-«, versuchte er mir meinen Plan auszureden.

»Wir machen alles wie besprochen. Verstanden?«

Emilio nickte mir stumm zu und befolgte meinen Befehl. Im Aufzug drückte ich den Knopf für die sechste Etage. Wir sprachen kein Wort. Hoch konzentriert auf das, was vor uns lag. Auch wenn ich fest davon ausging, dass nichts schief gehen würde, musste ich überall mit Gefahren rechnen.

Ein Bing ertönte und die Türen des Aufzuges öffneten sich. Ich lief den langen Flur entlang, um nach dem Apartment 6337 Ausschau zu halten.

Bingo. Ich stand direkt vor der Tür und wieder öffnete Emilio diese in rekordverdächtiger Zeit.

Leise betraten wir das Apartment und schalteten das Licht ein. Zu sehen war eine unaufgeräumte Wohnung. Überall lagen Klamotten auf dem Boden. Geschirr sammelte sich in der Spüle und es roch erbärmlich. Als Milena hier noch gewohnt hatte, sah es nicht so aus.

»Widerlich«, sprach Emilio meine Gedanken aus und hielt sich die Nase zu.

Ich verstand nicht, wie ein Mensch so leben konnte, aber deswegen war ich nicht hier. Ich ging in das Schlafzimmer und fand in dem Bett eine schlafende Silhouette vor. Emilio schaltete das Licht ein und ging auf sie zu. Er setzte sich auf das Bett und sah auf die Gestalt herab.

»Aufwachen, meine Schöne«, flüsterte er ihr ins Ohr und ruckartig öffnete sie ihre Augen. Verschlafen blickte sie uns entgegen. Ich beobachtete das ganze Spektakel von einem Sessel aus. Zur Sicherheit hielt ich meine Beretta auf sie gerichtet. Als ihre Augen von Emilio panisch zu mir wanderten und dann zu der Waffe, sprang sie aus dem Bett und wollte anfangen zu schreien. Doch Emilio war schneller und hielt ihr den Mund zu.

»Ganz ruhig, Kleine. Wenn du kooperierst, werden wir dir nichts tun.«

»Was wollt ihr von mir?« Ihre Stimme drang nur gedämpft unter Emilios Hand hervor. Ihre grünen Augen waren vor Panik aufgerissen. Sie blickte weiterhin mich an. Emilio hatte sich derweil direkt hinter sie platziert und hielt nach wie vor seine Hand schützend auf ihren Mund gepresst.

»Ganz einfach«, setzte ich an. »Ich will, dass du mit uns kommst, mehr nicht.«

»Nein, bitte«, flehte sie, während Tränen über ihr mittlerweile blasses Gesicht liefen.

»Ach, komm schon. So schlechte Aussichten sind es doch nicht«, versuchte Emilio sein Glück, um sie zu überzeugen. Er rieb seinen Schritt an ihrem Hintern, wodurch die Kleine jedoch nur noch panischer wurde. Die Frau strampelte und trat nach Emilio.

Ich steckte die Waffe zurück in meinen Gürtel und ging auf sie zu. Sie wehrte sich und erwischte mich mit einem Tritt am Schienbein.

»Dann eben auf die harte Tour.« Ich nickte meiner rechten Hand zu und Emilio wusste genau, was er zu tun hatte. Aus seiner Hosentasche kramte er ein Tuch und drückte es auf ihren Mund. So lange, bis ihr Körper langsam erschlaffte.

»Schlaf schön, Dornröschen«, flüsterte Emilio, bevor er sie auf seine Arme nahm und aus dem Apartment trug.

Kapitel 33

Blinzelnd öffnete ich die Augen. Ich drehte mich mit einem breiten Grinsen im Gesicht auf die linke Seite und war bereit für den Anblick von Leanos attraktiven Körper und atemberaubenden Lächeln. Aber als ich in die Richtung schaute, fand ich dort nur zerwühlte Laken. Eilig stieg ich aus dem Bett, um auf das angrenzende Badezimmer zuzulaufen. Er würde doch nicht ohne mich duschen wollen. Nicht, nachdem ich mir unfassbare Dinge mit ihm im Traum vorgestellt hatte. Ich betrat das Badezimmer, doch von Leano keine Spur. Mir wurde augenblicklich bewusst, dass er mich nur benutzt hatte. Er hatte mich gefickt und war dann verschwunden.

»Dieser Wichser«, fluchte ich. Erst verschwieg er mir das mit der Mafia, danach fickte er mich so unfassbar gut und jetzt hatte er sich einfach verpisst, als wäre ich eine Nutte.

Ich hob meine Klamotten vom Boden auf, zog sie mir in rekordverdächtiger Zeit über den Kopf und öffnete die Tür. Ich ging in die untere Etage, wo allerdings nirgendwo eine Spur von ihm oder von irgendjemandem war. Überglücklich darüber, weder Emilio noch jemand anderen anzutreffen, lief ich weiter.

Zielstrebig ging ich auf die Eingangstür zu, öffnete diese und freute mich, von niemandem aufgehalten zu werden. Endlich würde das alles hier ein Ende haben. Leano sollte sich eine andere zum Vögeln suchen. Eine, die er benutzen konnte, wie es ihm beliebte.

Es war ein angenehmer Morgen. Die Sonne strahlte in voller Pracht. Es war keine einzige Wolke am Himmel zu erkennen. Aber der eisige Wind, der ab und an meine Haare durcheinanderwirbelte, sorgte für Abkühlung.

Vorsichtig blickte ich mich um und erkannte immer noch niemanden. Obwohl Leano das Wachpersonal nach dem Angriff auf die erste Villa hatte aufstocken lassen. Weit und breit befand sich keine einzige Seele in meinem Blickfeld.

Zu meinem Glück. Das war mein Freifahrtschein. Meine Beine setzten sich in Bewegung. Mein Ziel war das große Eingangstor. Doch als ich dort einen Schatten entdeckte, versteckte ich mich hinter einem Strauch.

»Ja, Sir. Ich schaue nach, ob es ihr gut geht«, sprach der mir unbekannte Mann.

Nach wem sollte er schauen? Nach mir etwa? Oder meinte er damit Adelia?

Ich versuchte, so gut es mir möglich war, mich in dem Schatten des Strauches zu verstecken. Während der Mann, vermutlich war es ein Wachmann, weiter telefonierend auf das Haus zulief.

Das Eingangstor wäre zu riskant. Dort würden sie mich sofort entdecken und Leano informieren. Ich hatte es bereits aus dem Haus geschafft. Nun war mein Weg in die Freiheit nicht mehr weit entfernt. Ich musste an der Mauer weiter nach einer kleinen Erhöhung suchen. Vielleicht konnte ich über sie klettern.

Langsam und leise bewegte ich mich an der besagten Außenmauer des Hauses entlang. Sie war ungefähr einen halben Meter höher als ich, was bei meinen 1,70 Meter sehr hoch war. Immerhin sollte sie Feinde davon abhalten, einzudringen. Ich lief weiter, bis ich an einem Kirschbaum ankam. Er würde reichen, um über die Mauer klettern zu können.

Ich betrachtete den Baum einen Moment lang, um den besten Ast für meinen Aufstieg zu finden. Der Baum hatte einen

unfassbar breiten Umfang. Neben ihm stand eine kleine weiße
Bank. Die einzelnen Kirschblüten, die der Baum verlor, er-
frischten das Grün des Rasens mit ihren Weiß- und Rosatönen.
Mein Blick wanderte über die Farbenpracht, bis er auf einen
kleineren Baum neben dem größeren fiel. Er war etwas größer
als ich, und seine Blüten verrieten, dass auch er ein Kirschbaum
war. Wahrscheinlich war er irgendwann später neben den anderen Baum gepflanzt worden. Es wirkte wie im Paradies. Ich
trat näher an den ihn heran, als ich eine gute Stelle gefunden
hatte. Meine Hände stützten sich auf den Ast. Gerade als ich
mich hochziehen wollte, stach mir eine Schrift in die Augen.
Jemand hatte etwas in das Holz geritzt.

Nur schwerfällig konnte ich das Eingeritzte erkennen, denn es
musste schon einige Zeit dort stehen. Es war bereits neue Rinde
darüber gewachsen. Doch schlussendlich hatte ich die Buch-
staben zusammengesetzt. Allegra Salvani, wer sollte das sein?

Ich sollte mich nicht länger mit dieser Frage aufhalten, denn
immerhin war ich gerade auf der Flucht und es würde mich in
meinen neuen Leben nicht mehr interessieren.

Kaum dass ich mich an dem Ast hochziehen wollte, packten
mich zwei Hände an den Hüften und wirbelten mich herum,

bis ich mit einem Aufprall gegen die Mauer stieß. Hände legten sich an meine Kehle und drückten zu.

»O Pupetta, du willst doch nicht ohne mich gehen?«

Ich riss die Augen auf, die ich vor Angst geschlossen hatte, und erkannte Emilio mit einem Grinsen.

»Lass mich los«, erwiderte ich, verärgert darüber, dass er meinen Fluchtplan durchschaut hatte. Auf diese Erkenntnis hin zappelte ich wild, um mich aus seinem Griff zu befreien.

»Kommt gar nicht in Frage, Püppchen. Erst wirst du mir erklären, was du hier zu suchen hast.«

Ich schluckte und überlegte eine Ausrede. Sie würden mich doch für diesen Fluchtversuch nicht foltern oder gar umbringen – oder?

»Ich wollte für Adelia Blüten sammeln, da sie sich gewünscht hat, einen Strauß zu basteln. Sie erzählte mir von dem wunderschönen Kirschbaum und da Leano nicht da war, machte ich mich selbst auf die Suche«, versuchte ich meine Aktion zu erklären, in der Hoffnung, er würde meiner Lüge Glauben schenken.

Er ließ ruckartig von meinem Hals ab und ging einen Schritt beiseite. Es hatte also funktioniert. Er nahm mir meine Ausrede ab – dachte ich zumindest. Bis Emilio mich plötzlich schmerzhaft grob am Handgelenk packte und Richtung Haus zog.

Nein, nein, nein. Und damit war der Versuch, freizukommen, gescheitert. Traurigkeit breitete sich in mir aus. Was würde Leano nur davon halten?

»Das nächste Mal überlegst du dir eine bessere Ausrede. Adelia hasst Kirschbäume, denn sie denkt, Würmer verstecken sich in den Früchten. Sie geht nicht einmal in die Nähe von einem, geschweige denn möchte sie die Blüten haben. Aber ich bewundere deine Kreativität, Pupetta. Nur ob Leano genauso denkt? Er wird Freude an deiner Bestrafung finden.«

Ich starrte ihn an, während er mich weiter die Einfahrt hinaufzog. Alles, was er daraufhin erwiderte, waren ein vorfreudiges Grinsen und Zwinkern.

Als wir durch die Tür traten und ich in dem kleinen Eingangsbereich stand, ließ mich Emilio los. Ich umfasste mein Handgelenk, um die gerötete Stelle zu beruhigen.

Leano trat mit schweren Schritten die Treppe herunter und als ich ihn sah, wusste ich, er würde mein Untergang sein.

Weiterhin stand ich regungslos da. Mein Körper zitterte. Voller Angst, was er mir antun würde.

Er trat auf mich zu und suchte in meinem Gesicht nach einer Regung. Ich gab mir Mühe, ihn meine Angst nicht sehen zu lassen.

Langsam kam er auf mich zu. Emilio ließ meinen Arm los und trat hinter mich, um mich von der Tür abzuschirmen. Leano machte vor mir Halt. Ich schluckte und starrte auf seine muskulöse Brust, die in dem Hemd gut zur Geltung kam.

Dann legte er zwei seiner Finger unter mein Kinn und hob es leicht an. Mein Blick traf seinen und der Strudel seiner braunen Augen zog mich wie jedes Mal in seinen Bann. Dieser Mann war einfach unberechenbar. Einerseits war er der gefährlichste Mann dieser Stadt. Ein Mafioso, im Stande, alles und jeden zu töten. Doch da war auch diese romantische, liebevolle Seite in ihm. Die Seite, die ich vergangene Nacht hatte spüren dürfen. Die Seite, die mich aus der Villa gerettet hatte. Die mich Sein nannte … *Seine Blume.*

Ein warmes Gefühl auf meinen Lippen riss mich aus meinen Gedanken. Es waren Leanos Lippen, die auf meine trafen. Sofort zog sich alles in mir zusammen und wurde anschließend von einem Kribbeln ersetzt. Ich erwiderte den Kuss. Er war sanft, liebevoll. Genau die Art, die mich immer wieder um den Verstand brachte und mich zwang, diesem Mann alles von mir zu geben.

Er ließ von mir ab und legte seine Stirn an die meine. Beide atmeten wir hektisch. Mein Herz raste vor Anspannung.

»Warum hast du versucht zu fliehen?«

Seine Stimme war nur ein Flüstern. Nur ich konnte seine Worte hören. Sein ruhiger Ton löste in mir Schuldgefühle aus.

»Ich wollte nicht-«, versuchte ich ihm zu erklären.

Leano riss sich blitzschnell von mir los, drehte seinen Rücken zu mir und brachte Abstand zwischen uns. »Alle raus hier!«, befahl er.

Die Wachmänner, die ich vor Angst nicht wahrgenommen hatte, verließen das Haus. Nur noch Emilio, Leano und ich befanden uns hier. Mein Herzschlag beschleunigte sich bei seinem scharfen Ton. Panik überkam meine Instinkte. Ich musste hier weg … endgültig. Doch bevor ich mich abwenden konnte, stand Leano wieder vor mir.

»Lüg mich nie wieder an!« Bei seinen Worten überkam mich ein Schauer. Ich konnte mich nicht daran erinnern, dass er je so wütend gewesen war. Gerade noch so hielt ich mich auf meinen schlotternden Beinen.

»Es ist Zeit, meiner kleinen Blume ein Geschenk zu überreichen. Emilio, wenn ich bitten darf.«

Emilio trat hinter mir hervor und lief die Treppen eilig nach oben. Ich wusste nicht, was Leano meinte. Welches Geschenk?

»Ich frage dich ein letztes Mal. Warum wolltest du fliehen? Reicht dir nicht alles, was ich dir gebe? Verdammt, Milena, was willst du noch alles? Mein Geld, es gehört dir.« Er nahm einen Stapel Geldscheine aus seiner Hosentasche und warf sie in die Luft. Das Geld rieselte langsam zu Boden. Ich starrte ihn vor Erschütterung an.

»Meine Macht?« Er machte eine einnehmende Handbewegung und bot mir sein ganzes Imperium an. »Oder etwa mein Herz? Du kannst es haben. Du kannst verdammt alles haben. Doch spiel nicht mit meinen Gefühlen zu dir.« Sein Blick war voller Schmerz. Mein Herz riss bei seinem Anblick in zwei Stücke.

Bevor ich zu Leano schreiten und ihn unter Tränen in eine Umarmung ziehen konnte, polterte plötzlich etwas die Treppen herunter.

»Lass den Scheiß«, zischte Emilio unter zusammengepressten Zähnen hervor, während er eine Waffe auf eine Frau gerichtet hatte.

Die Frau war zierlich und trug nur einen dünnen Pyjama. Ihre Hände waren auf dem Rücken zusammengebunden. Ich konnte ihr Gesicht nicht erkennen, denn ein Stoffbeutel war darübergestülpt. Das Einzige, was ich wahrnahm, war ihr leises Schluchzen.

Emilio trat mit der Frau zwischen Leano und mich. »Knie dich hin, meine Schöne«, flüsterte er ihr an der Stelle, wo sich wohl ihr Ohr befand, entgegen. Sie gehorchte und Emilio streichelte voller Begeisterung über ihren Kopf.

»Was soll das?«, fragte ich. Keine Antwort. »Was habt ihr vor?« Immer noch keine Antwort.

Ich wollte auf die Frau zugehen. Sie befreien, doch Emilio fing mich ab und hielt mich in Position.

»Ganz ruhig. Hör dir an, was er zu sagen hat.« Emilio nickte in Leanos Richtung. Dieser trat einige Schritte zu der Frau vor und stellte sich direkt neben sie.

»Weißt du, Milena. Ich hatte viel Geduld mit dir, doch dass du nach so langer Zeit immer noch nicht verstehst, dass du zu mir gehörst, verletzt mich wirklich sehr.« Seine Stimme und der Ausdruck in seinen Augen waren so kalt wie der Schauer, der meinen Rücken hinablief.

»Weißt du, warum ich gegangen bin? Weil du mich wie eine billige Nutte hast liegen lassen. Du hast mich benutzt und dann bist du gegangen. Warum sollte ich so einem Mann gehören wollen?« Ich spuckte ihm die Worte entgegen. Er sollte erkennen, dass er mich ebenso verletzt hatte. Seine Psychospielchen sollte er mit jemand anderem führen.

»Weißt du, warum ICH gegangen bin?«, brüllte er und nahm gleichzeitig die Haube der Frau ab.

Mein Herz hörte auf zu schlagen. Zumindest fühlte es sich so an.

»Was zum Teufel-«, flüsterte ich, als ich erkannte, um wen es sich handelte.

Ich entriss mich Emilios Griff und eilte mit tränenden Augen auf die Frau zu. Vor ihr angekommen, nahm ich ihre Wangen in beide Hände und musterte sie besorgt.

Es war Valentina. Meine beste Freundin. Ich hatte sie seit meinem Einzug bei Leano nicht mehr sehen können.

»Ich habe sie zu uns geholt, damit du nicht mehr einsam bist. Du redest nicht viel mit mir über deine Probleme. Valentina ist dir vertrauter als ich. Sie wird von nun an hier wohnen und für dich da sein.«

Erneut überkam mich ein Feuer aus purer Wut. Nachdem ich mich davon überzeugt hatte, dass Valentina unversehrt war, stand ich auf und trat Leano direkt gegenüber.

»Und deswegen entführst du sie?«

»Entführen ist ein sehr überzogenes Wort für diese Situation. Findest du nicht?«, kam es nun von Emilio, der immer noch hinter mir stand. »Ausleihen trifft es besser.«

Ich wollte Emilio schlagen. Wollte Leano schlagen. Wollte sofort durch diese Tür heraus und verschwinden, doch ich konnte nicht. Etwas Unsichtbares hielt mich genau an Ort und Stelle.

»Milena, meinst du nicht, für ein Geschenk sollte man sich bedanken?« Leano starrte mich erwartungsvoll an. »Als Dank begleitest du mich heute Abend zu einem Geschäftsessen.«

»Vergiss es!«, erwiderte ich.

Doch Leano würde nicht mit sich diskutieren lassen. Er griff zu seinem Hosenbund, zog seine Pistole und richtete sie direkt auf Valentinas Kopf. »Entweder du kommst mit oder sie stirbt. Du hast die Wahl.«

—

Kapitel 34

Die Luft war zum Zerreißen gespannt. Ich atmete nicht mehr und hielt die Luft schmerzhaft in meiner Lunge.

»Hör auf«, flehte ich.

»Du weißt, was du zu tun hast. Sag einfach Ja und das alles endet hier und jetzt, Milena.«

Ich überlegte. Konnte ich wirklich mit ihm dort hingehen? Ein Geschäftsessen mit einem Mafioso bedeutete nie etwas Gutes. Wofür würde er mich brauchen?

»Ich hab nicht den ganzen Tag Zeit, Milena. So langsam wird die Waffe schwer.« Machte er sich etwa lustig?

Mein Kopf schien zu explodieren. Ich war mit der Situation absolut überfordert. Wusste nicht, was ich tun sollte. Doch als ich weiter darüber nachdachte, was für ein Mensch Leano eigentlich war, wurde mir eine Sache bewusst. Er würde nicht schießen. Seine Gefühle für mich waren viel zu stark. Er würde mich niemals verletzen.

»Du wirst niemals abdrücken. Du bist so besessen von mir, dass du mir niemals wehtun würdest«, erläuterte ich meine Vermutung. Ein stolzes Lächeln legte sich auf meine Lippen.

»Fordere mich nicht heraus, Milena. Du weißt genau, ich würde es tun.«

»So wie du es bei der Mutter und dem Kind getan hast?« Ich bemerkte meinen Fehler erst, als ich meine Worte ausgesprochen hatte.

Leano verzog das Gesicht. Er zeigte nur für eine Sekunde seine Gefühle, bevor er wieder eine eiskalte Miene auflegte. Sofort machte sich in mir ein schlechtes Gewissen breit.

»Leano, ich meinte-«, versuchte ich mich zu entschuldigen, doch er unterbrach mich.

»Tick, Tack! Entscheide dich, Milena.«

Mein Blick wanderte von Leano zu Emilio. Beide wirkten ernst. Schweiß lief mir die Stirn herunter. Ich musste mich entscheiden. Entweder für das Essen und für meine Freundin oder gegen beides. Ich hatte keine Wahl, weswegen ich Leanos Forderung zustimmen musste.

»Ich komme mit«, flüsterte ich und besiegelte damit meine Niederlage.

Er lächelte und nahm seine Pistole von Valentinas Kopf und steckte sie wieder in seinen Hosenbund. Ich atmete erleichtert durch, als ich sicher war, dass Valentina nichts geschehen würde.

»Wir fahren um 20 Uhr los. Bitte zieh das schwarze Kleid an, das ich vorhin in dein Zimmer gebracht habe.«

Kleid? Ich wusste nicht, wovon er sprach, doch bevor ich nachhaken konnte, wandten sich die beiden Männer von uns ab und gingen zur Haustür heraus. Zurück blieb meine zitternde Hülle. Ein Schluchzen erfüllte den Raum und mir wurde bewusst, dass sich Valentina noch viel schrecklicher fühlen musste als ich.

Mit schnellen Schritten ging ich auf sie zu. »Valentina«, hauchte ich und sah sie an. Sie brachte keinen Ton heraus, weinte nur bitterlich. Ich konnte nichts anderes tun, als für sie da zu sein. Meine Arme legten sich um ihren schlanken Körper. Eng zog ich sie an mich und versuchte, ihr ein Gefühl von Sicherheit zu geben.

Eine gefühlte Ewigkeit verging, in der nur wir beide auf dem Boden saßen. Valentina schluchzend in meinen Armen. Ich, die sie schützend hielt.

Als sich Valentina langsam beruhigt hatte, zog ich sie auf ihre immer noch schwachen Beine und führte sie in mein Zimmer. Sie nahm direkt auf dem seidenweichen Bett Platz. Wir sprachen kein Wort. Valentina schaute mich eindringlich an. Vermutlich versuchte sie, Antworten in meinem Gesicht zu finden. Doch ich konnte ihr keine geben.

Leanos plötzlicher Stimmungswechsel war selbst für mich so unverständlich gewesen. Er hatte sich nie so benommen. Noch nie hatte er sich mir gegenüber so machtdemonstrativ verhalten. Lag es an unserer gemeinsamen Nacht? Bereute er es und verhielt sich deswegen so distanziert? Bei dem Gedanken daran, er könnte es bereuen, brach mein Herz in zwei Teile. Ich ließ mich neben Valentina auf die Matratze fallen und nahm ihre Hand in meine.

»Ich habe dich vermisst, Milena«, flüsterte sie, ohne mich anzuschauen.

»Ich dich auch, Val«, antwortete ich ebenso leise.

»Weißt du eigentlich, was für Sorgen ich mir gemacht habe? Du wurdest gekündigt. Hast dich Ewigkeiten nicht mehr gemeldet. Ich stand vor deiner Zimmertür, um nach dir zuschauen, und du warst nicht anzutreffen. Dann kommen diese zwei Typen, halten mir eine Waffe an den Kopf und nehmen mich mit. Dann sehe ich dich hier und-« Mit jedem Wort wurde ihre Stimme zittriger und ihre Atmung hektischer. Sie wandte ihr Gesicht zu mir und erneut hatten sich Tränen in ihren Augen gesammelt. Auch in meinen stiegen einige auf. Ich hatte keinen Gedanken an Valentina verschwendet. Dabei hätte ich wissen sollen, dass sie sich Sorgen machen würde. Doch ich war zu sehr mit Leano beschäftigt. Mit ihm und seiner Mafia.

»Was ist eigentlich falsch mit dem? Ist das nicht Adelias Vater?«, fragte sie.

»Onkel«, erwiderte ich knapp. Bei ihrem verwirrten Gesichtsausdruck wurde mir allerdings bewusst, dass ich dies weiter ausführen musste. »Er ist der Onkel von Adelia. Adelias

Mutter, seine Schwester, liegt im Koma. Deswegen ist sie momentan bei ihm.«

Sie sah mich weiterhin misstrauisch an und schien nichts von der ganzen Sache zu verstehen.

»Und er gehört zur Mafia. Warum er dich entführt hat, kann ich dir nicht sagen.« Schuldbewusst ließ ich den Kopf sinken und sah zu Boden. Ich wusste genau, warum er dies getan hatte. Wegen mir. Ich allein war der Grund für Valentinas Leid.

Valentina lachte plötzlich. Ich hob den Kopf und schaute ihr ins Gesicht. Es war bereits rot gefärbt von ihrem Lachanfall.

»Mafia?«, prustete sie und bei ihrem Gelächter entkam mir auch ein Lachen. Sie hatte nicht unrecht. Würde man jemandem meine Geschichte erzählen, würde er bestimmt denken, es war ein Scherz. Doch es war purer Ernst.

Die Tür ging auf einmal auf und ein junges Mädchen stand im Türrahmen. Sie sah jung aus, ungefähr in meinem Alter.

»Entschuldigen Sie. Ich soll Sie auf Ihr Zimmer begleiten.« Dabei hatte sie ihren Blick auf Valentina gerichtet.

»Aber ich möchte nicht gehen«, erwiderte Valentina und blickte mich flehend an.

»Ich habe Anweisung von Signor Salvani, damit sich Signora Gianni ankleiden kann.« Sie wirkte ängstlich und von unserer Anwesenheit verunsichert. Immer wieder sah sie zwischen uns hin und her. Bei genauerem Betrachten bemerkte ich ihre zittrigen Hände, die am Saum ihrer Kleidung nestelten.

Ich nickte Valentina aufmunternd zu. »Vertrau ihr. Ich werde dafür sorgen, dass Leano nie wieder so etwas tut«, flüsterte ich. Sie sah mich an, nickte und stand anschließend auf.

Gemeinsam liefen sie die Treppen nach oben und verschwanden. Langsam lief ich zurück in mein Zimmer, wo ich mich nach dem Kleid umschaute. Es lag über dem Sessel. Ich ging darauf zu, nahm es in die Hand und begutachtete den dünnen Fetzen. Leano meinte wohl dieses Kleid. Ich zog es an und betrachtete mich anschließend in dem großen Spiegel. Das Kleid überdeckte fast nichts, zeigte einen großen Ausschnitt und reichte bis knapp unter meinen Po. Sicherlich würde man denken, ich wäre eine Nutte. Wollte Leano mich wirklich so mitnehmen?

Die Tür öffnete sich erneut, doch ich drehte mich nicht um, sondern schaute immer noch wie erstarrt in den Spiegel. Schritte näherten sich mir und ich erkannte im Spiegel Leano. Er trug einen schwarzen Anzug mit Krawatte, womit er einem Geschäftsmann ähnelte, nicht einem Mafioso.

Er trat hinter mich. Sein Blick wanderte meinen Körper entlang und blieb auf meinen Augen liegen.

»Du siehst unfassbar schön aus«, flüsterte er mir ins Ohr. »Wie eine schwarze Rose im Blutregen. Einzigartig und anmutig.«

Bei seinen Worten traf es mich wie ein Schlag. Noch nie hatte ein Mann diese Worte benutzt, um mein Aussehen zu beschreiben.

»Mach dich in Ruhe fertig. Ich warte unten auf dich«, sagte er und deutete auf mein vom Weinen angeschwollenes Gesicht. Er ging wieder zur Tür, doch bevor er mich allein ließ, wandte er sich mir nochmals zu.

»Valentina geht es gut. Ich hätte dich auch normal fragen können, doch du hättest abgelehnt. Ich brauche dich bei diesem Essen.« Mit diesen Worten verschwand er und schloss die Tür.

Hatte er recht? Hätte ich Nein gesagt?

Eilig legte ich mir ein dezentes Make-up auf und stylte meine Haare zu einer Hochsteckfrisur. Bevor ich zu Leano ging, warf ich einen letzten Blick in den Spiegel. Ich fühlte mich in meinem Aufzug nicht mehr wie ich selbst. Zuvor war ich bequeme Sachen gewohnt gewesen. In meinem Alltag hatten ein locker sitzender Pferdeschwanz, ein Hoodie und Leggings genügt. Doch dieses knappe Kleid passte nicht zu mir. Ich zog es trotzdem an, um Leano einen Gefallen zu tun. Aber wofür? Damit er meine Freundin und mich wie eine Gefangene behandelte. Die angestaute Luft entwich meiner Lunge. Schnell wandte ich mich von meinem Spiegelbild ab, um in die High Heels zu schlüpfen, die Leano ebenfalls ausgesucht hatte. Sie passten wie angegossen.

Langsam lief ich den Flur entlang und die Treppen hinunter. Am Ende dieser stand Leano und wartete geduldig auf mich. Als er mich erblickte, stockte ihm der Atem. Er lächelte vor Bewunderung. Bei ihm angekommen, standen wir uns direkt gegenüber.

»Können wir los?«, fragte ich ihn ungeduldig. Dieser Abend sollte so schnell wie möglich vergehen.

»Nur noch eine Kleinigkeit«, sagte er und zog eine kleine Schachtel aus seiner Hose. »Die ist für dich.«

Ich nahm die Schachtel entgegen und öffnete sie. Mein Atem überschlug sich, als ich auf die silberne Kette starrte. An ihr hing eine kleine Blume als Anhänger.

»Leano, sie ist wunderschön. Ich kann das nicht annehmen«, hauchte ich überwältigt. Ich schloss die Schatulle und wollte ihm diese wieder reichen. Er nahm sie an sich und öffnete sie erneut, um sie dieses Mal aus der Schatulle zu nehmen. Mein Blick fiel zögerlich auf ihn. Er ließ sich nicht aufhalten und ging um mich herum, um mir die Kette um den Hals zu legen und sie zu schließen.

Mein Herz klopfte, als sich meine Hand automatisch auf den Anhänger legte.

»Sie gehörte meiner Mutter und jetzt gebe ich sie an dich weiter. Sie gehört dir. Eine Blume, die wahrlich zu deiner Schönheit passt«, flüsterte er. Mein Herz geriet vor lauter Überraschung ins Stolpern.

»Nun komm, meine Blume. Zeigen wir der Welt deine atemberaubende Schönheit und töten jeden Mann, der es wagt, dich auch nur eine Sekunde zu lang anzustarren.« Er stellte sich neben mich und ich hakte mich bei ihm ein. Gemeinsam liefen wir zur Tür, als Emilio uns plötzlich den Weg versperrte.

»Niemals schnappst du mich«, schrie er.

Aus dem Wohnzimmer ertönte eine kindliche Stimme, die laut lachte. Adelia. Sie rannte geradewegs auf Emilio zu und schlug ihn ab, als sie ihn gefangen hatte. Theatralisch fiel Emilio auf den Boden.

»Emilio, bring sie endlich ins Bett«, befahl Leano. Doch Adelia hatte andere Pläne.

»O nein, ich will noch nicht schlafen. Können wir bitte Elsa angucken?« Sie setzte ihren bekannten Hundeblick auf und zog ihre Lippen wimmernd zurecht. »Bitte«, flehte sie langgezogen.

Ich bemerkte, wie Leano sichtlich zu kämpfen schien. Er konnte ihr niemals widersprechen.

»Na gut. Emilio, du passt auf sie auf. Du weißt, was ich mit dir mache, wenn ihr auch nur ein Haar gekrümmt wird.«

Ich musste lächeln, als Emilio aufsprang und vor Leano salutierte. Er war wirklich wie ein Kind, doch auch er würde Adelia mit seinem Leben beschützen.

Als die Sache geklärt und Adelia gemeinsam mit Emilio im Wohnzimmer verschwunden war, verließen Leano und ich das Haus.

Immer noch bei ihm eingehakt liefen wir auf seinen schwarzen Porsche zu. Gentlemanlike hielt er mir die Tür auf, damit ich darin Platz nehmen konnte. Die schwarzen Sportsitze passten sich perfekt meinem Körper an und ich versank sofort in ihnen.

Wir fuhren bereits seit einer gefühlten Ewigkeit. Leano sprach nicht ein einziges Wort mit mir. Mir schien es komisch, eine Unterhaltung zu beginnen, nachdem er mich zu dieser Veranstaltung gezwungen hatte. Ich schaute auf die leere Straße, als Leano dann doch die Stille unterbrach.

»Du hast den Baum gesehen, nicht wahr?«, fragte er und warf einen prüfenden Blick auf mich.

»Ich weiß nicht wovon-«, wollte ich ihm erklären.

»Lüg mich nicht an, Milena. Emilio hat mir erzählt, wo er dich gefunden hat. Du warst bei dem Baum. Was hat dich da hingetrieben?«

Als er den Baum erwähnte, wandte ich mich ihm zu. Er blickte weiterhin konzentriert auf die Straße. Warum schien ihm dieser Baum so wichtig zu sein? Meine Hand wanderte erneut zu der Blume an meinem Hals.

»Was ist mit dem Baum? Weshalb erwähnst du ihn so häufig?«, hakte ich nach.

»Meine Mutter hatte ihn gepflanzt, als sie mit mir schwanger war. Sie liebte Kirschen über alles in der Schwangerschaft. Sie erzählte mir, dass sie nur diese Früchte essen wollte, den ganzen Tag. Deswegen pflanzte sie ihren eigenen Baum. Sie kümmerte sich jeden Tag um den wunderschönen Strauch neben dem großen Baum. Als Kind spielte ich sehr gern darunter und später nutzte ich den wohltuenden Schatten, wenn ich Ruhe brauchte«, erzählte er mir. Bei der Erinnerung zitterte seine Stimme. Schmerz legte sich über sein Gesicht.

»Die Schrift an dem Baum. Allegra, so hieß deine Mutter?« Er nickte. »Was ist mit ihr geschehen?«

»Serafinos Vater, der ehemalige Feind meiner Familie, hatte eine Affäre mit ihr. Als mein Vater es herausfand, tobte er vor Wut. Ich wusste nichts davon. An dem Tag, als ich davon erfuhr, war sie bereits tot. Leopold, so hieß er, schlich sich unbemerkt in das Anwesen. Meine Mutter saß wie jeden Abend an dem Baum. Ich spielte einige Meter entfernt. Leopold richtete eine Waffe auf sie und stellte ihr ein Ultimatum. Entweder sie würde mit ihm kommen oder sie würde sterben. Er wollte nicht, dass sie weiter bei meinem Vater lebte. Sie entschied sich für ihr Kind, doch Leopold genügte diese Entscheidung nicht. Ich hörte einen lauten Schuss. Sofort war ich zu ihr geeilt, aber ich fand nur noch ihre leere Hülle vor. Ihre Augen geöffnet. Ein Loch in ihrem Kopf. All das Leben und die Freude waren aus ihr verschwunden. Er hatte sie erschossen, weil sein Herz nicht mit der Abweisung umgehen konnte.« Tränen liefen seine Wange herab. Er bemühte sich, mir seine Schwäche nicht zu zeigen, doch ich hatte seinen Schmerz bereits bemerkt.

»Wie alt warst du?«, flüsterte ich.

»Ich war erst sechs«, antwortete er.

Übelkeit überkam mich, bei dem Gedanken, dass er fast so alt gewesen war wie Adelia, als seine Mutter ermordet worden war.

»Du meintest, diese Kette gehörte deiner Mutter. Solltest du sie nicht besser für eine Frau aufheben, mit der du dein Leben verbringen willst? Die es wert ist?« Ich ließ den Kopf sinken und schaute auf meine Hände, die vor Nervosität zitterten.

»Ich habe lange gewartet. Eigentlich habe ich nie damit gerechnet, sie jemals weiterzugeben. Doch als ich dich das erste Mal sah, Milena, hast du mein Herz dazu gebracht, aufzuhören zu schlagen und gleichzeitig ist es der Grund, warum es überhaupt schlägt. Du bist mein Gift und meine Heilung zugleich. Worte können nicht beschreiben, was ich für dich empfinde. Diese Verbindung ist so viel mehr als das, was wir haben. Also ja, ich sollte dieser Kette einer Frau geben, die meiner würdig ist, und das habe ich getan.«

Mit aufgerissenen Augen sah ich ihn an. Seine Worte erwärmten mein Herz. Ich wollte gerade etwas erwidern, als wir vor einer großen Villa – besser gesagt einem Schloss – anhielten.

»Bitte halte dich zurück und bleib bei mir. Diese Leute können gefährlich sein.« Er sah mich eindringlich an.

Ich nickte. Leano verließ das Auto und öffnete mir im nächsten Moment die Tür, um mir aus dem Wagen zu helfen.

Unsere Hände miteinander verschränkt betraten wir das Schloss. Alles glänzte vor Gold und prächtigen Gegenständen.

»Leano«, rief eine Stimme. Eine wunderschöne blonde Frau mit schlanker Figur und in edlem rotem Kleid kam auf uns zu. Als sie uns erreichte, sprang sie Leano in die Arme. »Ich habe dich so sehr vermisst«, sprach sie.

Ich wandte mich von den beiden ab, um mir einen Champagner an der Bar zu bestellen. Dabei beobachtete ich Leano und die Blondine, die in eine Unterhaltung vertieft waren. Sie schienen sich zu kennen.

Die Blondine rückte immer näher an Leano heran, hielt sich an ihm fest und wackelte mit ihrem Dekolleté. Als der Barmann mir meinen Champagner servierte, trank ich ihn in einem Zug aus, um gleich einen Weiteren zu bestellen.

Schnell wurde mir der Zweite serviert. Gerade als ich ihn ebenso wie den Ersten trinken wollte, küsste die Blondine Leano direkt auf die Lippen. Mein Bauch zog sich krampfhaft zusammen und Wut erfüllte mich. Tränen sammelten sich in meinen Augen, woraufhin mir das Glas aus den zitternden Händen fiel. Ich wollte weg hier. So schnell wie möglich.

Ich lief irgendeinen Gang entlang und blind durch das mir fremde Haus. Verschwendete keinen Blick auf die anderen Gäste. Plötzlich prallte ich gegen etwas Hartes. Bevor ich zu Boden fallen konnte, fingen mich zwei starke Arme auf.

»Welche Schönheit haben wir denn hier?«, fragte der unbekannte Mann.

Kapitel 35

Ich blickte zu dem muskulösen Mann, der mich weiterhin fest im Griff hielt. Langsam zog er mich in den sicheren Stand. Meine Hände lagen noch immer um seine Oberarme. Als ich mir meines Fehlers bewusst wurde, räusperte ich mich und ließ von ihm ab. Ein prüfender Blick in sein Gesicht offenbarte mir seine tiefgrünen Augen. Sein kantiges Kinn wirkte extrem männlich. Sein Blick lag auf mir. Er richtete den Kragen seines Hemdes, das wohl bei meinem Rettungsversuch verrutscht war.

»Verzeihung, ich wollte nicht … Ich habe einfach nicht aufgepasst … Es tut mir unheimlich leid«, stotterte ich.

»Geht es dir gut?«, fragte der Unbekannte.

Ich nickte zögerlich. Er hob eine Hand, um eine Strähne, die sich wohl aus meiner Frisur gelöst haben musste, hinter mein Ohr zu streichen.

»Ich bin Sebastiano, freut mich, dich kennenzulernen.« Ein Lächeln umgab seine Lippen.

Gerade als ich ihm meinen Namen verraten wollte, wurde Sebastiano gegen die Wand gedrückt. Es war Leano, der seine Kehle umfasst hielt und sie zudrückte.

»Was wird das hier, du Wichser?«, knurrte er.

»Leano, lass ihn-«, setzte ich an, doch er war zu sehr auf den Mann an der Wand fixiert, der anfing zu lachen.

»Leano, mein alter Freund. Wie ich sehe, geht es dir gut.«

»Halts Maul! Du wirst nie wieder in ihre Nähe kommen oder ich jage dir höchstpersönlich eine Kugel in den Kopf.« Seine Drohung war eindeutig, doch Sebastiano schien dies nicht zu interessieren.

»Dabei ist sie so ein wunderschöner Rohdiamant. Erzähl, Leano, warum sieht die Frau, die du so sehr zu beschützen versuchst, aus, als wäre sie gerade verletzt wurden?« Seine Worte kamen nur in Fetzen aus ihm heraus. Leano drückte seine Kehle weiter zu. Er bekam kaum noch Luft. Seine Lippen hatten bereits eine blaue Färbung angenommen.

Leano schien erst jetzt zu bemerken, wie aufgelöst ich war, und lockerte den Griff. Er blickte in mein tränenüberströmtes Gesicht. Mein Make-up musste längst verschmiert sein. Er ließ von Sebastiano ab, der sich sofort mit beiden Händen an die Kehle fasste. Ich dachte, die Angelegenheit wäre geklärt, doch Leano erhob seine Faust, um ihm ins Gesicht zu schlagen.

»Rühr sie nie wieder an! Verstanden?« Dann kam er auf mich zu und zog mich mit sich. Er öffnete eine Tür und führte mich in einen grell beleuchteten Raum.

»Lass mich los«, zischte ich und entriss mich aus seinem Griff. »Erst knutschst du mit der Blondine und jetzt veranstaltest du hier so eine Szene.« Ich hatte keinerlei Verständnis für seine Art. Er hatte mich zu dieser Veranstaltung gezwungen. Zuerst erzählte er mir im Auto von seiner Mutter, nur um danach mit dieser Blondine rumzumachen. Dieser Kerl litt an Stimmungsschwankungen.

»Du sagst, ich wäre dir würdig, aber warum entführst und bedrohst du meine Freundin? Du hättest mich fragen können, ob ich dich begleite, Leano. Ich hätte nicht Nein gesagt. Du hättest nicht meine beste Freundin entführen müssen, um mich mit ihr zu erpressen.« Tränen der Wut sammelten sich in meinen Augen. Er hatte sich das Recht herausgenommen, sich über mich zu stellen und mir meine Entscheidung abzunehmen. Er ließ mir nicht die Wahl, sondern erpresste mich.

Nachdem ich mich ihm auf besondere Weise geöffnet hatte. Sah so etwa seine Liebe aus? »Und zu allem Überfluss küsst du diese Blondine.«

»Ich habe sie nicht geküsst«, erwiderte er.

Meine Wut stieg. Ich lief in dem Raum, der bis auf eine Couch und Kommode leer war, hin und her. »Ach nein? So sah es aber aus, nachdem du so angeregt mit ihr geflirtet hast.«

»Hör mir zu.« Er ging auf mich zu und umgriff mein Handgelenk. Ich war gezwungen, ihn anzusehen. Nur wenige Zentimeter trennten uns voneinander. »Das war Alicia. Sie zieht diese Show immer wieder ab. Ich habe ihr bereits erklärt, dass ich keinerlei Gefühle für sie habe. Außerdem ist sie verheiratet. Doch sie ist anscheinend nicht nur äußerlich eine Blondine, sondern auch von ihrer Intelligenz her und versteht es nicht. Ich habe sie nicht geküsst, sondern sie mich. Der Kuss dauerte nicht einmal eine Sekunde. Ich habe ihn sofort unterbrochen und dann nach dir Ausschau gehalten. Du allerdings bist in die Arme dieses Bastards gerannt.«

»Bin ich nicht! Er hat mich lediglich aufgefangen, als ich gestolpert bin. Als ich vor dir und deiner kranken Art weggelaufen bin.«

»Sag das noch mal«, befahl er und ein dämliches Grinsen legte sich auf seine Lippen.

»Du bist ein kranker Arsch, Leano«, zischte ich. »Und ich hasse es, dass ich es nicht schaffe, von dir wegzukommen.« Diesen Fakt musste ich mir traurigerweise eingestehen.

»Weil du mich liebst.« Stolz schimmerte in seinen Augen. Sein Lächeln wurde noch größer und er strahlte mich an. Ich konnte weder etwas erwidern noch seine Bemerkung leugnen. Er zwang mich, bei ihm zu bleiben, doch ich wäre auch nicht gegangen, wenn ich die Wahl gehabt hätte. Ich wäre mit ihm auf dieses Essen gegangen. Freiwillig, wenn er mich gefragt hätte.

Eilig entriss ich mich seinem Arm und ging auf die Tür zu. »Lass es uns endlich hinter uns bringen«, stieß ich unter zusammengepressten Zähnen hervor.

Er nickte und folgte mir aus dem dunklen Raum. Sebastiano war verschwunden. Leano umgriff meine Hand. Ich ließ es stillschweigend zu und gemeinsam kehrten wir in den Eingangsbereich zurück. Dort wartete auch schon ein älterer grauhaariger Mann auf uns, an dessen Seite Alicia stand und der Leano und mich begrüßte. Er musste wohl ihr Ehemann sein.

Er führte uns an den Tisch zu unseren Plätzen, um direkt gegenüber von uns Platz zunehmen. Alicia warf mir die ganze Zeit feindselige Blicke zu.

Mein Platz war an Leanos Seite. Er zog den Stuhl etwas nach hinten, damit ich mich setzen konnte, ehe er selbst Platz nahm. Eine Bedienstete schenkte uns Rotwein ein, von dem ich sofort genüsslich trank.

»Also Milena, erzählen Sie mir, wie Sie diesen jungen Mann kennengelernt haben.« Der Blick des Mannes lag neugierig auf mir.

»Natürlich. Ich lernte Leano bei der Arbeit kennen, als ich Adelia betreute. Sie mögen es nicht glauben, aber er war sofort begeistert von meinem Umgang mit ihr.« Leanos Hand streichelte sanft über meinen nackten Oberschenkel.

»Verstehe. Es ist tragisch, was mit Isalie passiert ist. Die arme Adelia leidet mit Sicherheit sehr.«

Ich wollte gerade zu einer Antwort ansetzen, als Leano in meinen Oberschenkel drückte. Ich musste meine Zähne zusammenpressen, damit mir kein Keuchen entkam.

»Adelia geht mit der Situation wie ein Kind ihres Alters um. Wir wissen beide, dass Serafino dafür leiden wird. Reden wir lieber über das Geschäftliche.«

»Immer noch so ungeduldig wie früher, Leano. Also gut. Serafinos Geschäfte laufen nicht gut. Im Gegenteil, deine scheinen zu wachsen. Meine Kunden suchen eine verlässliche Quelle. Keine, die droht, bald unterzugehen.«

Leano schien sichtlich erfreut über diese Nachricht. Ich verstand nicht ein Wort, verwirrt von den ganzen Begriffen.

Es ging wohl um Waffenlieferungen am Hafen. Die beiden schienen sich einig zu werden, denn Jerome, so hieß der ältere Mann, reichte Leano die Hand. Er schlug, ohne zu zögern ein.

Pünktlich, als uns das Essen serviert wurde, war der Deal zwischen den beiden beschlossen. Die Bediensteten stellten die Teller vor uns ab und verließen anschließend den Raum.

»Alicia, wenn ich bitten dürfte, iss doch heute bei deinen Freundinnen«, bat Jerome.

»Aber Jerome, ich-«, wollte sie ihm erwidern, doch er kam ihr zuvor.

»Kein aber, geh jetzt!« Seine Stimme ließ keinen Platz für Diskussionen.

Alicia stand gerade auf, als ich jedoch meinen Mund öffnete. »Jerome, wenn ich etwas sagen dürfte. Sie werden diese wunderschöne Frau doch nicht zwingen zu gehen. Das ist nicht die feine Art eines Gentlemans. Seine Macht gegenüber seiner Geliebten zu nutzen und ihr ihren eigenen Willen zunehmen.«

»Ich verstehe nicht ganz«, sagte er und schaute mich verwirrt an. Sein Blick wich hilfesuchend zu Leano. Dieser kniff mir warnend in den Oberschenkel, doch ich ignorierte ihn.

»Ich bin mir sicher, Alicias Liebe zu ihnen hätte gereicht, dass sie nicht widersprochen hätte. Wenn sie nett gefragt hätten, wäre sie vermutlich freiwillig gegangen. Nicht wahr, Alicia?« Sie nickte und schaute mich an. Vielleicht lag es daran, dass ich gerade einem der mächtigsten Männer des Landes widersprochen hatte oder etwa, weil ich genau ihre Gedanken geäußert habe.

»Jerome, es tut mir aufrichtig leid für die Worte meiner Begleitung«, entschuldigte sich Leano. Gleichzeitig packte er erneut meinen Oberschenkel.

Stolz machte sich in mir breit. Er hatte meine Anspielung genau verstanden. Jerome nickte Leano zu und schien die Entschuldigung anzunehmen. Im nächsten Moment machte er aber eine Handbewegung, die Alicia bedeutete, trotzdem zu gehen. Mir war bereits vorher bewusst gewesen, dass ich ihn nicht umstimmen konnte, aber die Möglichkeit, Leanos verkrampfte Körperhaltung zu sehen, war es mir wert.

»Wenn Sie mich für einen Moment entschuldigen würden.« Eilig erhob ich mich von dem Stuhl, um in Richtung der Toiletten zu gehen. Schritte folgten mir und ehe ich die Tür erreichen konnte, zogen mich zwei starke Arme in die Toilettenräume. Es war Leano, der mir gefolgt war.

»Was sollte das eben?«, fragte er voller Zorn.

»Ich wollte dir nur einen kleinen Denkzettel verpassen. Vielleicht fragst du mich ja beim nächsten Mal, anstatt über mich zu bestimmen.« Mein Blick lag auf ihm und nun war ich die mit dem Grinsen auf den Lippen.

»Ach ja, du willst unbedingt einen Denkzettel?« Er umklammerte meinen Hals und mein Rücken stieß gegen die gefliese Wand. Seine Lippen näherten sich meinen. »Sieh zu, was ich mit dir mache, wenn du dich mir widersetzt.«

Seine Hand lag immer noch um meine Kehle, während seine andere zu meinem Oberschenkel wanderte und ihn streichelte. Er schob mein Kleid nach oben und entblößte die gerade noch wenig bedeckten Stellen. Langsam glitt seine Hand immer weiter zu meiner pochenden Mitte. Erregung beherrschte mich und Nässe sammelte sich zwischen meinen Beinen. Seine Finger wanderten immer höher, bis er bei meinem Slip ankam. Dieses Machtspiel zwischen uns beiden erregte nicht nur mich. Ein prüfender Blick auf Leanos Schritt bestätigte mir, dass es in seiner Hose bereits eng wurde. Sein Zeigefinger legte sich auf meine Klitoris und er rieb leicht an ihr. Ein Stöhnen entkam mir, was allerdings von seinen Lippen erstickt wurde. Er rieb immer schneller zwischen meinen Beinen. Feuchtigkeit sammelte sich an meinem Slip. Meine Fingernägel gruben sich in die Haut an seinen Schultern.

»Leano«, stöhnte ich. Die Welle des Orgasmus raste auf mich zu und überrollte mich, aber als ich kurz davor war, hörte er auf, mich zu stimulieren, und ließ meine Kehle frei.

»Wage es nie wieder. Diese Männer sind gefährlich. Ich habe nicht vor, einen von ihnen heute Abend umzubringen, aber wenn du dich in Gefahr bringst, werde ich das wohl tun müssen.« Seine Atmung war noch immer hektisch. Die Situation erregte ihn ebenso sehr wie mich und wir beide hatten Probleme damit, unsere Leidenschaft unter Kontrolle zu halten.

»Okay«, gab ich atemlos von mir. Nicht mehr im Stande, mehr zu erwidern. Er nahm meine Hand und küsste mich ein letztes Mal. Ich erwiderte seinen Kuss.

»Nun lass uns zurückgehen.«

Wir kehrten Hand in Hand an den Tisch zurück und setzten uns wieder. Leano streichelte weiter über meinen Oberschenkel und kam dabei meiner immer noch pochenden Mitte näher. Ich war nach wie vor vollkommen im Zustand der Erregung gefangen. Er hatte mir meine Erlösung verwehrt. Mein Körper sehnte sich vor Verlangen nach seiner Nähe, seiner Berührung, seinem Schwanz. Ich wollte ihn. Gerade mehr als jemals zuvor.

Leano bemerkte mein Verhalten. Unauffällig versuchte ich, mich ihm entgegenzustrecken, doch bevor seine Finger meine pochende Stelle trafen, zog er seine Hand zurück. Ganz zu meinem Bedauern.

Diesen Abend würde ich einzig betrunken überleben. Ich nahm mein Rotweinglas und trank es direkt leer. Die Angestellten des Hauses schütteten mir sofort etwas von der dunkelroten Flüssigkeit nach. Auch dieses Glas leerte ich in einem Zug.

Der Abend verging schleichend. Leano unterhielt sich die ganze Zeit mit Jerome über irgendwelche Mafiadinge. Ich verstand davon rein gar nichts. Vielleicht lag es an dem Rotwein, von dem ich bereits eine halbe Flasche getrunken hatte. Gerade als ich einen der Bediensteten bedeuten wollte, mein Glas erneut zu füllen, hob Leano seine Hand.

»Es reicht. Bitte bringen Sie ihr ein Wasser«, forderte er und eine Frau in meinem Alter nickte ihm zu und lief los.

Ich schaute Leano mit schweren Augen an. Ein Kloß bildete sich in meiner Kehle, doch er schüttelte den Kopf.

Schmollend lehnte ich mich im Stuhl zurück. Die braunhaarige Frau, die zuvor verschwunden war, servierte mir nun ein Glas Wasser. Frustriert trank ich einen großen Schluck.

»Milena, wie gefällt Ihnen das Essen? Für eine Frau wie Sie ist es bestimmt sehr aufregend, mit den mächtigsten Männern Italiens an einem Tisch zu sitzen.« Jerome sprach mich mit hochgezogener Augenbraue und einem stolzen Grinsen an. Er fühlte sich höhergestellt als ich. Ein Geschäftsmann, der in der Gesellschaft über einer Erzieherin stand.

»Es ist ein schönes Anwesen und das Essen war vorzüglich. Ich bin froh, Leanos Begleitung sein zu dürfen«, erwiderte ich und lächelte ihm ebenso überheblich zu.

Ich atmete tief durch, als sich meine Augen am Rand zunehmend verdunkelten. Es war wohl doch zu viel von dem Wein gewesen. Das aufkommende Schwindelgefühl ignorierend nahm ich einen weiteren Schluck des Wassers, in der Hoffnung, es würde sich bessern.

»Verstehe. Das Anwesen der Salvanis war ebenso schön und prächtig wie dieses. Fast sogar um Welten besser. Nur leider ähnelt es jetzt eher einem Friedhof.«

Flashbacks aus der Nacht des Anschlags überwältigten mich. Ich hörte die Schüsse. Die Schreie der Wachmänner. Sah das ganze Blut, das den Boden benetzte. Meine Hände zitterten. Meine Atmung ging hektischer. Das Schwindelgefühl nahm zu.

»Ja, es ist wirklich … unfassbar … tragisch«, versuchte ich zu erklären, doch meine Stimme brach bei dem Versuch. Ich erhob mich und krallte mich an dem Tisch fest, als ich schwankte. »Ich werde kurz an die frische Luft gehen. Der Rotwein bekam mir wohl nicht gut.«

Leano stand ebenfalls auf, doch es war Jerome, der ihn zwang, zu bleiben. »Leano, lass uns bitte noch über die Spanier reden.«

»Das kann einen Moment warten-«, wollte er erwidern, doch Jerome blieb hartnäckig.

»Ich glaube nicht, dass das warten kann.«

Leano blickte mich entschuldigend an, doch ich winkte ab. »Ich bin gleich wieder da. Alles in Ordnung. Die frische Luft wird mir guttun«, beruhigte ich ihn und er stimmte mir zu.

Ich schob den Stuhl nach hinten und verließ den Raum, um auf die Terrasse zu treten. Dort nahm ich einige kräftige Atemzüge der frischen Abendluft. Doch der Schwindel wollte nicht vergehen. Ich schwankte die Terrasse auf und ab und wartete auf Besserung. Der Schwindel nahm mich jedoch immer mehr ein. Ich hätte nicht so viel trinken sollen.

Kurz bevor ich auf den Boden kippte, konnte ich mich am Geländer festhalten. Ich fühlte mich wie auf einem wankenden Boot. Übelkeit kroch mir die Kehle hoch. Von hinten umfassten zwei Arme meine Hüften und zogen mich an eine muskulöse Brust, gegen die ich erschöpft fiel. Im Glauben, es handelte sich um Leano, schmiegte ich mich ihm entgegen.

»Na, meine Schöne«, flüsterte die Stimme, die ich an diesem Abend schon einmal gehört hatte.

Bei der Erkenntnis, dass nicht Leano mich gerade so eng umschlungen hielt, drehte ich mich blitzschnell um. In meinem Zustand war dies allerdings nicht die klügste Entscheidung. Ich schwankte zur Seite und wäre fast zu Boden gefallen, hätte Sebastiano mich nicht aufgefangen.

»Du solltest dich ausruhen. Das war wohl etwas zu viel Alkohol für dich.« Er lächelte und gemeinsam liefen wir zurück in das Gebäude. Er führte mich eine Treppe hinauf, wobei er mich eher mit sich riss. Meine Beine hatten keine Kraft mehr und schliffen über den Boden.

Sebastiano blieb vor einer Tür stehen und öffnete diese. Mit verschwommenem Blick erkannte ich ein großes Himmelbett. Er zog mich in den Raum und ließ mich anschließend los. Meine Knie gaben nach und ich fiel zu Boden. Müdigkeit ergriff mich und ich wollte nur noch schlafen. Mein Peiniger schloss die Tür und ich vernahm das Geräusch eines umdrehenden Schlüssels im Schloss.

Schritte näherten sich mir und er hob mich auf die Arme, um mich in das Bett zu legen. »Schlaf, Milena. Morgen wirst du dich an nichts mehr erinnern.«

Die Matratze sank ein, als er mich auf dem Bett ablegte. Doch es blieb nicht dabei, denn er legte sich neben mich. Vor Erschöpfung hatten sich mittlerweile meine Augen geschlossen. Langsam fuhr er mit seinen Fingerspitzen über meinen Oberschenkel.

»Weißt du eigentlich, wie schön du bist? Zu schön für diesen Pisser Leano.«

Ich wollte schreien. Ihm widersprechen. Ihn abwehren. Doch nichts geschah. Meine Gliedmaßen fühlten sich taub an. Ich hatte kein Gefühl mehr in ihnen. Gefangen wie in einer Trance ließ ich es über mich ergehen.

Lippen senkten sich auf mein Kinn und küssten meinen Hals entlang. Er benutzte mich. Seine Finger hatten mittlerweile den Saum meines Kleides berührt und schoben es nach oben. Immer weiter wanderte er mit ihnen zu seinem Ziel. Bis er schlussendlich meinen Slip erreichte.

Tränen rannen aus meinen Augen. Ich bemerkte genau, was er tat. Doch ich konnte mich nicht wehren. Er wollte mich benutzen. Seine Lippen landeten auf meinen. Sie fühlten sich nicht weich an wie die von Leano. Sie waren rauer. Rissiger, widerlicher. Während er mich küsste, glitt er mit seiner Hand unter meinen Slip.

»Du bist so schön feucht für mich«, stöhnte er. Gleichzeitig rieb er seinen harten Schwanz an meinem Oberschenkel.

Er rieb an meiner Klitoris. Mich ergriff nicht das Gefühl von Erregung, das zuvor von Leano ausgelöst worden war. Nein, einzig das Gefühl von Scham nahm mich ein. Das klirrende Geräusch seines Gürtels ertönte in der Stille. Als Nächstes folgte das Rascheln seines Reißverschlusses.

»Das wird ein unvergessliches Erlebnis«, flüsterte er, ehe ein Knallen ihn zusammenschrecken ließ.

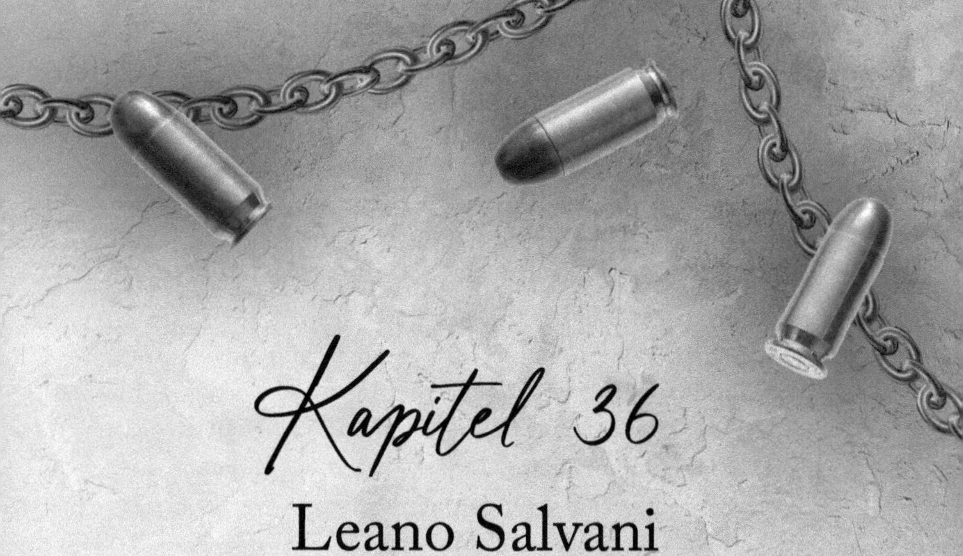

Kapitel 36
Leano Salvani

Etwas stimmte nicht. Ein ungutes Gefühl erfüllte meinen Magen und es lag nicht an dem Essen. Milena hatte eine halbe Flasche Rotwein verdrückt. Doch deswegen sollte sie nicht so betrunken sein. Sie hatte mächtige Probleme gehabt, den Weg nach draußen zu finden. Ebenso war es ihr schwergefallen, sich auf beiden Beinen zu halten.

Ich hörte Jerome nur mit einem Ohr zu. Er redete über die Waffengeschäfte mit den Spaniern. Aber die waren mir im Augenblick scheißegal. Mein Blick richtete sich auf die braunhaarige Bedienstete, die Milena auf meine Aufforderung hin das Glas Wasser gebracht hatte.

Ihre Hände zitterten. Vor Nervosität. Ihr Blick glitt sekündlich zur Tür. Sie wippte von einem Fuß auf den anderen. Ebenso ein Zeichen ihrer Nervosität. Ich nahm das Glas von Milena und roch daran. Für Unwissende schien es ein normales Glas Wasser zu sein. Doch ich nahm den leicht bitteren Geruch wahr.

Ich erhob mich vom Tisch, wodurch der Stuhl zu Boden krachte. Jerome stoppte in seiner Unterhaltung und sah mich verwirrt an. Ich ging auf die Frau zu, umfasste ihre Kehle und keilte sie zwischen Wand und mir ein.

»Was befindet sich in dem Glas?«

Ihr Blick glitt erneut panisch zur Tür, um dann wieder auf mich zu fallen. Meine Hand schloss sich fester um ihre Kehle. Sie japste nach Luft.

»Sag mir sofort, was sich in dem Glas befindet, oder ich breche dir direkt hier das Genick!«

Mein Griff lockerte sich etwas, damit sie sprechen konnte.

»Ich konnte nichts machen. Er hat mir Geld geboten. Ich sollte diese Tropfen in ihr Glas mischen. Mehr hat er nicht gesagt.« Sie hatte Probleme, ganze Sätze zu formulieren, doch ich verstand sie genau. Irgendjemand hatte sie angeheuert, um Milena K.o.-Tropfen unterzumischen.

»Wer?«, fragte ich unter zusammengepressten Zähnen.

»Ich weiß es ni-«

»Sag mir verdammt noch mal, wer es war!«, befahl ich.

Ihr Blick deutete zur Tür. Ich ließ von ihr ab, um auf diese zuzulaufen.

»Es war ein Mann. Ungefähr so alt wie sie. Er hatte schwarze kurze Haare und seine Augen. Da war dieses unheimlich einnehmende Grün zu sehen. Er hatte ein Tattoo am Hals. Ich glaube, es war ein Kreuz.« Unter einem Hustanfall beschrieb sie mir den Täter. Die Beschreibung passte nur auf einen Mann, dem ich an diesem Tag bereits schon eine verpasst hatte. Sebastiano.

»Ich will sofort, dass das Gebäude nach ihm abgesucht wird.«

Jerome nickte und befahl seinen Männern etwas, die sich direkt in Bewegung setzten.

»Leano, ich bin mir sicher, es handelt sich nur um ein Missverständnis.«

»Ich werde mich erst beruhigen, wenn ich weiß, dass es ihr gut geht. Und ich schwöre dir, Jerome. Wenn er ihr etwas angetan hat, erkläre ich ihm höchstpersönlich den Krieg. Er wird dafür leiden. Du kennst die Regeln.«

Er schluckte und ich verschwand eilig durch die Tür. Im nächsten Moment kam einer seiner Männer zu mir.

»Einige Zeugen berichten, dass Signor Fernandez gemeinsam mit einer Frau in den Ostflügel verschwunden ist.«

Ich nickte ihm dankbar zu und lief anschließend die Treppen hinauf in den besagten Abschnitt des Anwesens. Dort angekommen, öffnete ich einige Türen. Aber die Räume waren leer. Ich lief den Gang weiter entlang, als ich vor einer großen hölzernen Doppeltür ankam. Ich drückte die Klinke herunter, doch sie ließ sich nicht öffnen. Stimmen hallten aus dem Raum heraus.

»Es wird schnell gehen, meine Süße«, sagte dieser Mistkerl.

Ich wartete keine Sekunde länger und trat gegen die Tür, bis sie nachgab. Im gleichen Moment zog ich meine Waffe und richtete sie auf diesen Wichser.

Das Bild, das sich mir bat, ließ mich stocken. Milena lag bewusstlos auf dem Bett. Sebastiano hatte seine Hände an ihrem engelsgleichen Körper, rieb sich an ihr und küsste sie. Ich zielte mit der Waffe auf ihn, als Jerome in das Zimmer stürmte.

»Was wird das hier, Fernandez?«, fragte er. Er schien schockiert über diese Situation.

»Nur ein bisschen Spaß«, erwiderte der Abschaum und rückte noch immer nicht von ihr ab.

Ich ging auf das Bett zu, um ihm meine Waffe direkt an den Kopf zu halten. »Ich habe dir versprochen, wenn du noch einmal in ihre Nähe kommst, jage ich dir eine Kugel in den Kopf. Doch dieses Ende wäre zu gut für dich. Ich werde dich mitnehmen und ein kleines Spiel mit dir spielen.« Bei dem Gedanken an die grausame Folter, die ihn erwarten würde, grinste ich vorfreudig. Zwei der Männer traten ebenfalls an meine Seite und schnappten sich Sebastiano. »Bringen Sie ihn zu Emilio. Er soll, bis ich zu ihm komme, kein Auge zumachen.«

Sie nickten mir zu und führten ihn aus dem Haus. Eilig ging ich auf Milena zu und strich ihr einige verschwitzte Strähnen aus dem Gesicht, um sie dann auf meine Arme zu heben. Sie spürte sofort meine Sicherheit und schmiegte sich an mich.

»Keine Angst, du bist jetzt in Sicherheit. Dieser Wichser wird büßen und es wird mir Freude bereiten, ihn leiden zu sehen.«

Ich trug Milena auf meinen Armen nach draußen zu meinem Auto und legte ich sie auf die Rückbank. Sie war noch immer bewusstlos. So schnell, wie ich konnte, setzte ich mich hinter das Steuer und trat das Gaspedal bis zum Boden durch. Innerhalb von zwanzig Minuten kam ich an meinem Anwesen an. Ich stellte das Auto in der Einfahrt ab, stieg aus und trug Milena ins Innere. Guilio kam mir bereits entgegen. Gemeinsam liefen wir in mein Schlafzimmer und ich legte meine Blume in das Bett. Sie musste erst einmal den Rausch ausschlafen. Währenddessen würde ich mich um Sebastiano kümmern.

»Du achtest auf sie. Wenn sie aufwacht, will ich sofort informiert werden.«

Guilio nickte mir zu. Ein letzter Blick meinerseits fiel auf Milena. Dieser Bastard würde das bereuen und ich hatte bereits eine Idee, wie er leiden sollte.

Ich nahm die Treppen nach unten. Genauso wie in meinem ersten Anwesen befand sich auch hier ein Raum für meine besonderen Spielgefährten. Weiter lief ich die steinigen Treppen in den Keller herab, bis ich in dem alten Gang ankam. Ich ging den kleinen, wenig beleuchteten Flur entlang, um in die Zelle von Sebastiano zu treten. Emilio erwartete mich bereits. Ich hatte ihm vorhin am Telefon erklärt, was vorgefallen war. Ein prüfender Blick in sein Gesicht zeigte mir, wie schwer es ihm fiel, seine Emotionen unter Kontrolle zu halten. Der Wichser saß gefesselt in der Ecke. Eine Hand wurde von einer metallischen Kette umschlossen. Ich ging auf ihn zu und begab mich vor ihm in die Hocke. Sein Gesicht war geziert von Hämatomen. Blut lief aus seiner Nase. Emilio hatte ihm wohl einen Vorgeschmack gegeben.

»Lass uns ein Spiel spielen, Sebastiano. So wie es alte Freunde tun. Wenn ich gewinne, stirbst du. Gewinnst du, stirbst du ebenfalls, denn ich verliere nicht gern.« Ein Lächeln legte sich auf meine Lippen. Ich wusste, dieses Spiel würde mein neues Lieblingsspiel werden.

»Was bekomme ich, wenn ich gewinne?«, fragte Sebastiano.

»Sagte ich doch bereits, aber solltest du gewinnen, bist du frei und deine Schuld vergessen. Nur spielen wir ein Spiel, das ich aussuche. Heißt, du hast gar keine Chance, zu gewinnen.« Blut lief aus seinem Mund. Emilio hatte sich also nicht ganz zurückhalten können. Verständlicherweise.

»Welches Spiel?«, fragte er. Er dachte wohl wirklich, er hätte eine Chance gegen mich.

»Ein paar Runden Black Jack entscheiden über dein Schicksal.«

Er verzog seine Lippen zu einem Lächeln, lehnte sich an die kalte Steinmauer zurück und nickte. »Einverstanden. Wenn ich gewinne, lässt du mich frei und die Schuld ist vergessen«, stimmte er zu.

Mein Kopf drehte sich zur Seite. Emilio stand an der Wand und beobachtete unsere Konversation. Er hatte ein Bein ange-winkelt gegen die Wand gestemmt. Als ich mich zu ihm drehte und unsere Blicke aufeinandertrafen, verstand er mich genau. Er stieß sich von der Wand ab, ging auf den Wichser zu, löste seine Handschellen und zerrte ihn in den Stand. Sebastiano wimmerte vor Schmerzen. Emilio ignorierte ihn und zog ihn weiter mit sich.

Das Kellerverlies war nass und dunkel. Eine kleine Glühbir-ne beleuchtete den Raum. Ich folgte den beiden. Wir verließen den Raum, um in mein Spielzimmer zu treten. Es war der Ort, an dem ich meine dunkelsten Fantasien ausleben konnte. Nie-mand würde seine Schreie hören. Nur ich würde sie als Musik in meinen Ohren genießen. Jeden Einzelnen bis zu seinem Letzten. Mein Körper schüttete bereits Glückshormone aus. Schon allein der Gedanke machte mich unfassbar glücklich.

Im Spielzimmer angekommen, zerrte Emilio Sebastiano auf ei-nen Stuhl, in der Mitte befestigte er Drahtseile an ihm. Der Raum war genauso groß wie die Zelle nebenan. Im Zentrum standen zwei Stühle um einen Holztisch. Ich hatte bereits alles im Vorfeld vorbereiten lassen. Ich nahm gegenüber von Sebastiano Platz und Emilio legte mir ebenfalls zwei Drahtseile um die Handgelenke. Mein Gegner wurde zusätzlich mit Lederfesseln an den Stuhl gebunden, wohingegen meine Hände frei beweglich blieben. Die Stromkabel führten von uns aus zu einem Regler, der von Emilio gesteuert würde.

»Ich nehme an, du bist mit Black Jack vertraut. Doch ich erkläre dir gern meine Spiegelregeln. Gespielt werden fünf Runden. Das Ziel ist es, so nah wie möglich an die Zahl 21 heranzukommen. Die Zahlen setzen sich aus den Karten zusammen. Die erste Karte bleibt, nur du kannst sie sehen. Die anderen Karten werden aufgedeckt. Emilio verteilt die Karten und betätigt den Regler. Der Verlierer der Runde bekommt einen Stromschlag über die Kabel an unseren Gelenken. Stufe eins ist ein leichtes Kitzeln. Stufe drei Starkstrom. Für Stufe zwei habe ich mir etwas Besonderes einfallen lassen. Der Wert von 21 darf nicht überschritten werden, sonst gilt die Runde sofort als verloren. Verstanden?«

»Du kranker Sadist. Woher soll ich mir sicher sein, dass auch wirklich Strom durch deine Kabel läuft? Vielleicht bluffst du nur.«

Er sprach einen guten Punkt an, doch ich würde ehrlich spielen. Was er nicht wusste, war, dass Emilio niemals Stufe drei bei mir zulassen würde. Ich würde also nicht sterben. Er allerdings schon.

»Du wirst mir wohl in dieser Sache vertrauen müssen. Gewinne, und du siehst. ob ich fair spiele«, erwiderte ich.

»Gut, beginnen wir. Doch zu einem guten Spiel gehört ein guter Whiskey.« Er hob abwartend eine Augenbraue.

Ich nickte Emilio zu und er stand auf, um wenig später mit drei Gläsern und einer Flasche Whiskey zurückzukehren. Er schenkte in jedes Glas einen kräftigen Schluck. Das erste Glas stellte er direkt vor mir ab. Das Zweite stand neben dem Regler.

Er nahm das dritte Glas und ging auf Sebastiano zu. Als er vor ihm zum Stehen kam, zog er blitzschnell eines seiner Messer, um es ihm in den Oberschenkel zu rammen. Er schrie vor Schmerzen auf, während Emilio das Messer in seinem Fleisch drehte. Als würde er ein Stück Sahnetorte schneiden. Blut lief aus der Wunde heraus. Sebastiano schrie, sodass es bereits in meinen Ohren schmerzte. Emilio drehte das Messer ein letztes Mal und zog es anschließend aus der Wunde, um es an dem Hemd des wehrlosen Mannes abzuwischen. Danach nahm er das Glas mit dem teuren Whiskey und träufelte etwas von der goldbraunen Flüssigkeit in die Wunde. Töne des Schmerzes erfüllten den Raum und formten sich zu einer Melodie.

Ich lehnte mich entspannt zurück und schloss die Augen, um den Klang zu genießen.

»Ich hoffe, der Whiskey schmeckt dir«, hörte ich Emilios Stimme.

Als ich meine Augen wieder öffnete, rannen Tränen über Sebastianos Wangen. Ein wunderschöner Anblick. Seine Augenlider flackerten und seine Augen drehten sich langsam nach oben.

»Nicht schlafen. Wir sind doch noch gar nicht fertig mit unserem Spiel.« Meine Stimme hüpfte vor Freude. Er hatte all dies verdient. Kurz bevor er sein Bewusstsein verlieren konnte, drehte Emilio an dem Regler und weckte ihn aus seinem Sekundenschlaf.

»Ich hasse dich, Leano. Ich hätte diese Hure ficken sollen. Dann hätte es sich wenigstens gelohnt. Mein Schwanz in ihrer kleinen Pussy. Mein Sperma, das sie ausfüllt. Mein Name aus ihrem Mund-« Er wollte weitersprechen, doch Emilio betätigte erneut den Regler.

»Das Einzige, was dein Schwanz jemals wieder berühren wird, ist die Decke des Sages, in den ich dich vergraben werde.« Emilio ließ den Regler wieder los. »Dann können wir ja endlich beginnen.«

Mein treuester Mann trank einen Schluck aus seinem Whiskeyglas. Danach verteilte er jeweils eine Karte an mich und eine an mein Gegenüber. Ich schaute meine Karte an, ohne dass Sebastiano die Zahl sehen konnte. Eine Vier stand auf der Karte. Ich legte sie verdeckt vor mir auf dem Tisch ab.

»Ich nehme noch eine Karte«, sagte ich zu Emilio, der mir sofort eine Neue reichte. Diesmal befand sich eine Zehn auf dieser, was eine Zwischensumme von vierzehn ergab. Sebastiano forderte ebenfalls eine neue Karte und sah ziemlich sicher aus, dass er diese Runde gewinnen würde.

»Noch eine.« Emilio reichte mir noch eine, auf der sich eine Sechs befand. Ich legte die Karte neben die vorherige, sodass Sebastiano mein Blatt sehen konnte. Doch er wusste nicht, was sich unter der Ersten befand. Er forderte noch eine und warf danach einen Blick auf seine Karte. Ich konnte erkennen, dass zwei seiner Zahlen bereits die Summe von siebzehn ergaben. Er müsste unfassbares Glück haben, diese Runde noch für sich entscheiden zu können. Schweiß lief ihm über die Stirn.

»Keine Karte«, gab ich dieses Mal von mir.

»Keine Karte«, kam es von meinem Gegner.

Gleichzeitig drehten wir die verdeckte Karte um. Auf meiner Seite befand sich eine Vier, eine Zehn und eine Sechs, was zwanzig von einundzwanzig Punkten machte. Bei Sebastiano lagen eine Sechs, eine Neun und eine Acht, ergab dreiundzwanzig von einundzwanzig Punkten. Bingo, er war drüber. Diese Runde ging an mich. Emilio drehte den Regler auf Stufe eins, woraufhin sich mein Gegenüber wand und aus tiefstem Inneren schrie.

Wir spielten eine weitere Runde und diese entschied Sebastiano für sich. Ein Schmerz zog sich durch meine Nerven, als Emilio den Regler auf die erste Stufe stellte. Sebastiano lachte teuflisch, als er mich leiden sah. Ich biss meine Zähne zusammen und versuchte, den Schmerz wegzuatmen. Es war nicht die erste Folter, die ich erlebte.

Schon mehrere meiner Feinde hatten versucht, mich mit diesen Mitteln zu foltern. Der Schmerz würde nicht ewig anhalten. Doch Sebastianos Tod würde es.

»Runde drei«, zischte ich.

Emilio reichte uns die Karten. Ich erhielt eine Zwei. Ich machte eine Handbewegung, die Emilio bedeutete, mir noch eine zu reichen. Sebastiano forderte ebenfalls eine. Spannung baute sich in mir auf. Diese Runde würde ich gewinnen, da war ich mir sicher. Am Ende standen die Punkte achtzehn für mich und siebzehn für Sebastiano. Ich ging knapp als Gewinner hervor.

»Das wird lustig«, sprach Emilio voller Begeisterung. Er drehte den Regler auf Stufe zwei und Sebastiano durchfuhr ein Stromschlag von 240 Volt. Seine Augen verdrehten sich und seine Schreie verstummten. Bei einem Stromschlag dieser Stärke würde sein Herz aus dem Takt geraten.

»Du stirbst noch nicht, du Pisser. Der Spaß hat erst angefangen.« Emilio hatte seine Freude daran gefunden, Menschen Schmerzen zuzufügen. Doch er würde, ebenso wie ich, Sebastiano noch nicht den Tod Gewehren. Er entfernte vorher die Stromkabel von den Handgelenken meines Feindes, damit mich der Schlag nicht ebenfalls treffen würde. Eilig nahm er zwei Paddels des Defibrillators und klebte sie Sebastiano auf die nackte Brust. Die Stromschläge des medizinischen Gerätes sollten sein Herz wieder zum Schlagen bringen. Ein Ruck durchfuhr Sebastiano, doch er zeigte keine Reaktion. Ein zweiter. Er hing immer noch regungslos in dem Stuhl. Ein weiteres Mal ertönte das Geräusch und danach hörte ich die hektischen Atemzüge meines Gegenübers.

»Na, geht doch. Du stirbst erst, wenn das Spiel zu Ende ist, mein Lieber.«

Emilio befestigte alles wieder an der richtigen Stelle und wir fuhren mit Runde vier fort. Würde er jetzt verlieren, würden nicht 240 Volt seinen Körper durchfahren, sondern Starkstrom. Sein Körper würde von innen heraus verbrennen. Sein Gehirn würde mit so viel Spannung nicht zurechtkommen und schließlich wäre er tot. Ohne Chance, wieder ins Leben zurückzukehren.

»Letzte Runde«, sagte ich. Ich war mir bereits sicher, dass auch diese Runde an mich gehen würde.

»Ihr seid kranke Arschlöcher, wisst ihr das eigentlich«, spuckte er mir entgegen.

»So etwas Schönes hat noch nicht einmal meine Mutter zu mir gesagt.« Emilio hatte keine gute Beziehung zu seiner Mutter. Sie hatte ihn nie gewollt und ihn das regelmäßig spüren lassen. Er grinste Sebastiano an und verteilte die Karten an uns.

Ich warf einen schnellen Blick darauf. Sie zeigte ein Ass, was für die Punktzahl elf stand. Sebastiano schmunzelte mir sicher entgegen.

»Noch eine Karte«, gab ich von mir.

Emilio schob mir diese zu. Eine Neun. Zwanzig Punkte für mich. Sebastiano zog noch zwei weitere Male eine Karte. Vor ihm befanden sich eine Vier und eine Sechs. Er wirkte siegessicher.

»Umdrehen, wenn ich bitten darf«, forderte Emilio.

Ich war schneller als der Grünäugige und drehte mein Ass um. Seine Augen weiteten sich, als er meine Punktzahl erkannte und sich seinem Schicksal bewusst geworden war. Er rüttelte voller Panik am Stuhl.

»Wir spielen fair. Es gab eine Abmachung«, erinnerte ich ihn.

Er ließ sich nicht abbringen und rüttelte weiter, in der Hoffnung, sich zu befreien. Emilio ging auf ihn zu und drehte seine Karte um. Es befand sich eine Sieben darauf. Siebzehn Punkte für Sebastiano. Zwanzig für mich. Ich hatte offiziell gewonnen.

»Strafe muss sein. Hättest du auf mich gehört und Milena nicht angerührt, würdest du jetzt deinen Spaß mit einigen Nutten haben, aber du musstest dich ja bedienen und hast mit deinem notgeilen Schwanz gedacht. Schmor in der Hölle, du Wichser.« Das waren meine letzten Worte an ihn.

Ich entfernte die Drahtseile von meinem Körper. Emilio betätigte den Regler und drehte ihn auf Stufe drei. Starkstrom floss durch Sebastianos Adern. Er schrie aus tiefster Seele. Es roch nach verbranntem Fleisch und seine Haare brannten. Er zappelte ungefähr drei Minuten wie ein geangelter Fisch an der Luft umher. Als Stille einkehrte, war ich mir sicher, dass er tot war.

Ich erhob mich von dem Stuhl. Emilio blickte mich ebenso erfüllt an wie ich ihn. Wir hatten lange nicht mehr solch einen Spaß zusammen gehabt.

»Mach hier sauber«, befahl ich einem meiner Lakaien, der gerade in den Raum getreten war. Ich würde jetzt hoch zu meiner Blume gehen und mich um ihre verwelkten Blätter kümmern. Sie würde wieder in neuem Glanz erblühen. Dafür würde ich sorgen.

Kapitel 37

Schwer öffneten sich meine Augenlider. Ein Pochen bereitete mir Kopfschmerzen. Meine Gedanken kreisten um Sebastiano. Ich erinnerte mich nur lückenhaft an die Ereignisse. Die Tür öffnete sich und Leano trat hindurch. Sein sorgenvoller Blick lag auf mir. Eilig kam er auf mich zu, um mein Gesicht in seine Hände zu nehmen.

»Wie geht es dir?«, fragte er mich.

Ohne ihm etwas zu erwidern, erhob ich mich von dem Bett. Er folgte mir und wir standen uns direkt gegenüber. Ich zögerte nicht und stellte mich auf die Zehenspitzen, um meine Lippen auf seine zu senken.

»Milena, ich glaube nicht, dass wir das tun sollten.«

Seine Sorge war unbegründet. Ich wollte genau das. Brauchte genau das, um heilen zu können.

»Ich will nicht mehr die Hände von Sebastiano auf mir spüren. Nicht mehr an die Erinnerungen von Domicio denken müssen. Deine Hände will ich spüren. Deine Küsse sollen meinen Körper bedecken. Bitte, Leano, lass mich vergessen.« Meine Augen lagen auf seinen. Er atmete schwer, hatte sichtlich Probleme sich unter Kontrolle zu halten. Seine Hände lagen nach wie vor auf meinen Hüften. Er zögerte einen Augenblick, doch dann spiegelte sich Lust in seinem Blick wider.

»Wenn es das ist, was du–«, begann er.

»Ich will«, bestätigte ich. »Lass mich dich spüren, Leano«, hauchte ich an seine Lippen.

Seine Zweifel verschwanden und er zog mich an meinen Hüften eng an sich. Seine Lippen trafen auf meine und er küsste mich voller Leidenschaft.

Seine Zunge eroberte meinen Mund und traf auf die meine. Währenddessen wanderte seine Hand weiter herab und landete auf meinem Hinterteil, in das er fest kniff. Ein Stöhnen entkam mir, doch es verstummte sofort, indem er mich küsste. Meine Hände, die bis eben auf seiner Brust gelegen hatten, knöpften sein Hemd auf und spürten die warme Haut darunter.

Leano gab meinen Mund frei und biss sanft in meine Unterlippe, ehe er sich meinem Hals widmete. Er hob mich hoch und trug mich auf seinen Hüften in das angrenzende Badezimmer. Er stellte mich auf den Fliesen ab und sah mir eindringlich in meine Augen. Seine Hände glitten über meine Brüste. Wanderten zum Saum meines Kleides und zogen es mir aus. Einzig mein Slip bedeckte meinen intimen Bereich. Seine Lippen landeten auf meiner Brust. Er zog einen meiner Nippel in seinen Mund, saugte daran und umrundete ihn mit seiner Zunge.

Erneut stöhnte ich voller Verlangen auf. Leano zog sich zurück, um sich zu entkleiden. Er stand nun nackt vor mir. Mein hungriger Blick glitt über seinen attraktiven Körper.

»Zieh deinen Slip aus.« Ich kam seiner Aufforderung sofort nach. Ein Grinsen legte sich auf meine Lippen. Ganz langsam glitt ich mit den Händen über meinen Körper. Ich wollte ihn reizen. Seine Geduld auf die Probe stellen. Sein Blick verdunkelte sich. Er nahm seinen Schwanz in die Hand und bewegte seine Hand an ihm auf und ab. Er stellte mich ebenso auf die Probe. Wer würde von uns beiden wohl als Erstes nachgeben?

Ich hielt bei meinen Brüsten inne, drückte sie und streichelte währenddessen einen meiner Nippel. Meine Atmung ging hektischer, als ich ihn dabei beobachtete, wie er seinen steifen

Schwanz weiterhin stimulierte. Nässe sammelte sich in meiner Mitte und benetzte den Stofffetzen zwischen meinen Beinen. Ich hielt das nicht mehr aus. Zu sehr erregte mich sein Anblick. Meine Finger bahnten sich den Weg zu meiner pochenden Mitte. Sofort fühlte ich die warme Nässe, die meine Finger umgab. Ohne Zögern drang ich mit zwei Fingern in mich ein. Mein Blick lag weiterhin auf Leano, dessen Mund leicht geöffnet war. Stimulierend rieb ich meine Klitoris. Die Welle baute sich bereits in mir auf.

»Fuck, Milena. Mein Schwanz hält das nicht mehr aus.« Er kam auf mich zu, wie eine Schlange auf Beutesuche. Seine Hände fuhren durch meine Haare, als er mich leidenschaftlich küsste. Ein Ruck durchfuhr meinen Unterleib, als er meine Unterwäsche wie einfaches Papier zerriss. Er trieb mich nach hinten, weiter in die bodenebene Dusche. Mein Rücken stieß an die Fliesenwand.

Leano stellte sich seitlich neben mich. Seine Finger glitten in mich. »Du bist so wunderschön, wenn du für mich kommst.«

Meine Muskeln zogen sich zusammen. Er drang mit zwei seiner Finger immer wieder in mich ein und stimulierte gleichzeitig meine Perle. Ich krallte mich an seinen Schultern fest. Meine Beine zitterten bereits vor Anspannung.

»Leano«, stöhnte ich, als ich meine Erlösung fand. Erschöpft ließ ich meinen Kopf an seine Schulter fallen. Seine Hand hob er zur Duschbrause. Er stellte das Wasser an und duschte mich ab. Ich blickte zu ihm auf. Seine kastanienbraunen Augen zogen mich in den Bann. Meine Hände umfassten seine Härte zögerlich und glitten an ihr auf und ab.

»Bitte, nimm mich«, hauchte ich gegen seine Lippen.

»Milena, wenn ich dich jetzt ficke, werde ich nie wieder damit aufhören können«, erwiderte Leano, während er meinen Körper shampoonierte und meine Berührungen genoss.

Ich lächelte ihn wissend an, als ich die folgenden Worte aussprach, »Dann tu es.«

Er hielt sich nicht zurück, umfasste meine Hüften und drehte mich herum. Mein Hintern rieb an seiner Härte. Drängend schob ich mich ihm entgegen. Er drückte mich fester gegen die Wand. Meine Brüste pressten sich an die nassen Fliesen.

Leano schob seine Hand zwischen meine Beine und rieb seinen steifen Penis meine Spalte entlang. Ich spürte seine Eichel an meiner Öffnung. Sanft biss er in meine Schulter, als er mit einem Stoß in mich eindrang. Ein Lustschrei entkam meiner Kehle. Meine Hände suchten Halt an seinem Oberkörper, während ich mich an seine Größe gewöhnte.

»Du bist so eng und feucht für mich«, flüsterte er mir in mein Ohr. Er zog sich zurück, nur um im nächsten Moment wieder tief in mich zu dringen. Seine Berührungen reizten mich enorm und trieben mich an den Rand der Klippe. Unser Stöhnen erfüllte den Raum. Leanos hektischer Atem streifte meinen Nacken.

»Leano, ich komme«, stöhnte ich, als mich die Wucht des Orgasmus zu überrollen schien.

»Komm für mich, meine Blume«, stöhnte auch Leano.

Die Welle eroberte mich. Ich schrie seinen Namen. Der zweite Orgasmus nahm mich ein. Ohne Pause stieß er weiter animalisch in mich und reizte mich noch mehr. Als mein Höhepunkt abebbte, legte Leano seinen Kopf in den Nacken, um sich stöhnend in mir zu ergießen. Sein Sperma füllte mich aus. Mein Kopf fiel gegen die kühle Wand.

Er zog sich aus mir zurück. Seine Flüssigkeit lief an meinen Schenkeln herab. Erneut nahm er die Duschbrause, um mich zu säubern. Ich ließ ihn stillschweigend gewähren, noch immer erschöpft von seiner Beanspruchung.

»Meine wunderschöne Blume«, schwärmte er.

Anschließend griff er nach einem Handtuch, um es mir um den Körper zu wickeln. Er tat es gleich und wickelte sich ebenfalls ein Handtuch um seine Hüften.

Seine Arme umarmten meinen Körper und hoben mich hoch. Ich schmiegte mich an ihn. Gemeinsam gingen wir auf das große

Bett zu, in dem ich vorhin noch geschlafen hatte. Mein Körper senkte sich auf die weiche Matratze, als er mich darauf ablegte. Er ließ sich direkt neben mir nieder. Ich suchte seine Nähe, als er mich besitzergreifend an sich zog. Sanft küsste er meinen Haaransatz entlang. Vor Erschöpfung fielen mir nach nur kurzer Zeit die Augen zu. Vergessen war Sebastiano. Leano hatte mich gerettet und ihn vermutlich getötet. Er würde mir nichts mehr antun können. Mit dieser Erleichterung konnte ich friedlich einschlafen.

»Ich liebe dich, Milena.« Seine Stimme glich einem Flüstern. Er dachte wohl, ich hätte ihn nicht gehört, doch ich sog seine Worte voller Leidenschaft auf. Behutsam streichelte er meinen Arm entlang, bis ich schlussendlich in den Schlaf fand.

Langsam öffneten sich meine Augen. Die Sonne strahlte in mein Gesicht und erhellte den Raum. Ich drehte mich um und erwartete ein leeres Bett. Vollkommen überrascht blickte ich in das Gesicht von Leano. Ich hatte gehofft, er würde am Morgen noch neben mir liegen. Doch zu groß war die Angst, dass er wie beim letzten Mal einfach verschwinden würde. Allerdings war er geblieben. Sein Kopf war auf seine Hand gestützt und sein Blick lag auf mir, beobachtete mich. Verliebt lächelte er mich an.

»An diesen Anblick könnte ich mich gewöhnen«, flüsterte er, während seine Finger Kreise auf meinem Bauch zeichneten.

Ich blickte ihn glücklich an. Meine Finger legten sich auf seine Lippe und streichelten sanft darüber. Er beugte sich über mich. Unsere Lippen prallten aufeinander. Ein Kuss voller Leidenschaft entstand.

»Ich schulde dir noch etwas wegen Valentina«, hauchte er gegen meine Lippen.

»Du schuldet mir dafür einiges.« Seine Küsse bahnten sich weiter den Weg nach unten. Zuerst liebkoste er meinen Hals. Küsste mich weiter bis hin zu meinen Brüsten. Dort nahm er einen meiner Nippel in den Mund und spielte mit seiner Zunge daran. Meine Hände krallten sich in seine Haare. Ein Stöhnen entwich meinen Lippen. Leano ließ meinen Nippel frei und verteilte Küsse über meinen Bauch. Leckte sanft über meine weiche Haut. Er veränderte seine Position, sodass sein Gesicht genau zwischen meinen Schenkeln lag. Fest umgriff er diese und zog mich zu sich. Ich spürte seinen Atem auf meiner Pussy. Ein Kribbeln erfüllte meinen Unterleib, vorfreudig zog er sich zusammen. Er streichelte meinen Oberschenkel. Mein Blick lag erwartend auf ihm. Hektisch bewegte sich mein Brustkorb auf und ab. Leanos Augen glitzerten und visierten mich hungrig.

Sein Kopf senkte sich, er küsste meine Mitte und trieb einen Finger in mich. Ein Keuchen entkam mir, als er gleichzeitig zu seinem Finger seine Zunge über meine Perle schnellen ließ. Mein Griff in seinem Haaren verfestigte sich, die andere krallte sich in das seidene Bettlaken.

»Fuck, Leano«, schrie ich. Das perfekte Zusammenspiel seiner Finger und seiner Zunge brachte mich um den Verstand.

»Genau, fiore. Stöhn meinen Namen, wenn du kommst.«

Sein Kopf senkte sich erneut zwischen meine Beine. Mein Körper zitterte und ich stand am Rande der Klippe. Die Klippe meiner Erlösung. Leano trieb weiterhin seine Finger in mich. Gleichzeitig leckte seine Zunge über meine empfindliche Stelle.

»Leano, ich komme-«, stöhnte ich.

Er saugte fester an meiner Klitoris. Alles in mir zog sich zusammen. Mein Unterleib explodierte. Ich fand meinen Höhepunkt. Überwältigt drückte ich meine Oberschenkel zusammen und wand mich. Doch er hielt mich an Ort und Stelle fest, wodurch er meinen Orgasmus verlängerte.

Sein Kopf hob sich. Er sah mich zufrieden an, als die Wellen meines Höhepunkts abklangen. »Weißt du eigentlich, wie umwerfend schön du aussiehst, wenn du kommst?« Seine Lippen verzogen sich zu einem Grinsen.

Kein Wort entkam meinem Mund. Ich konnte nichts erwidern, so überwältig war ich von meiner Erlösung. Leano richtete sich auf, rutschte hoch zu mir und küsste mich. Seine Zunge rang mit meiner. Unsere Geschmäcker vermischten sich. Wie sehr mich dieser Mann einnahm. Den Kuss genießend, schmiegte ich mich kurz an ihn, ehe ich von seinen Lippen abließ.

»Ich werde duschen«, flüsterte ich ihm zu. Meine Hände suchten die dünne Decke, um sie mir um den Körper zu binden. Auf dem Weg in das Badezimmer warf ich ihm über die Schulter einen neugierigen Blick zu. Leano lehnte am Kopfteil und begutachtete mich gierig.

»Brauchst du vielleicht Hilfe?« Seine Stimme war erfüllt von Erregung. Ein Blick auf seine Größe bestätigte mir meine Vermutung. Er war erneut hart.

»Besser nicht, sonst verlassen wir das Zimmer heute gar nicht mehr.« Ich kicherte, als ich die Worte aussprach.

»Wo ist das Problem?«

»Um Adelia muss sich gekümmert werden.« Vor dem Spiegel blieb ich stehen und strich über meine Haare. Man sagte, Haare würden Erinnerungen halten. Nur hingen an diesen so viele schlechte, aber auch gute. Doch ich wollte mit Leano einen Neuanfang wagen. Gemeinsam mit ihm und einer neuen Frisur. »Außerdem habe ich Lust auf eine neue Frisur«, berichtete ich ihm von meinem Plan.

»Deine Haare sind wunderschön.« Leano stand vom Bett auf und zog sich eine Boxershorts über. Mein Blick blieb an meinem Spiegelbild hängen. Leano stellte sich hinter mich und blickte mir im Spiegel entgegen. »Du bist wunderschön«, ergänzte er.

»Eine kleine Veränderung wird daran nichts ändern«, erwiderte ich lächelnd.

»Wenn es das ist, was du möchtest, fahren wir sofort in die Stadt. Du sollst alles bekommen, was du dir wünschst. Alles für meine umwerfende Blume.« Er küsste meine Wange, ehe er den Raum wieder verließ. »Ich werde kurz mit Emilio reden. Er muss die Stellung hier halten, während wir weg sind.« Ich hörte die Türen des riesigen Kleiderschranks auf und zu gehen. Er hatte sich etwas übergezogen. Dann verließ er das Zimmer.

Ich stieg in die Dusche und stellte das Wasser an. Das wohlig warme Wasser umgab meinen Körper. Schmetterlinge tanzten in meinem Bauch. Dieser Mann brachte mich um den Verstand. Meine Hände fuhren über meinen Körper, verteilten das Duschgel auf ihm. Ich erinnerte mich an vergangene Nacht. An seine Berührungen. An seine Beanspruchung. Alles daran war perfekt gewesen. ER war perfekt für mich.

Ich beendete die Dusche und wickelte mir jeweils eines der Handtücher um Körper und Haare. Meine Beine trugen mich zum Kleiderschrank, ich öffnete ihn und sah unendlich viele Kleider, Hosen und Shirts. Wann hatte er die für mich besorgen lassen?

Sofort viel mein Blick auf ein schwarzes Kleid mit blauen Blumen. Ich liebte die Farben und den Schnitt. Das Kleid fiel an meinem Körper herab, als ich mich erneut in dem Spiegel betrachtete. Es hatte kurze Ärmel und ging mir bis zu der Mitte meiner Oberschenkel. Bevor ich hinunter zu Leano ging, zog ich mir noch Schuhe an, die er ebenfalls gemeinsam mit den anderen Kleidungsstücken besorgt haben musste.

Ich lief die Treppe hinunter und setzte mich an den bereits gedeckten Esstisch. Die Haushälterin, Kara, kam mit einer Kanne Kaffee auf mich zu und füllte mir etwas von der schwarzen Flüssigkeit in meine Tasse.

»Guten Morgen, Kara. Ich kann das auch allein«, versicherte ich ihr freundlich. Es war für mich noch immer ungewöhnlich, dass sich Personal um Essen und Haushalt kümmerte.

Kara war eine liebevolle Person. Ich liebte es, lange Gespräche mit ihr zu führen, während Adelia im Garten umher spielte. Das kleine Mädchen liebte sie. Oft passte Kara auf sie auf, wenn ich gerade andere Dinge zu tun hatte.

»Ich weiß, aber ich tue das gern.« Sie lächelte mir entgegen, ehe sie zurück in die Küche lief.

Ich nahm einen Schluck von meinem Kaffee, als ich Schritte vernahm. Emilio betrat das Esszimmer und schaute mich an.

»Na, eine tolle Nacht gehabt?«, fragte er und zwinkerte mir zu.

Sofort schoss Röte in meine Wangen. Er hatte uns doch nicht etwa gehört?

»Kauf die Ohrschützer, wenn es dich nervt«, erwiderte Leano genervt, als er ebenfalls zu uns getreten war.

»Wer sagt, dass es mich stört?« Emilio nahm die Tasse aus meiner Hand, um einem Schluck daraus zu trinken. Die Blicke von Leano und mir ignorierte er.

»Kara, würdest du mit Adelia ein paar Kekse backen? Milena und ich fahren in die Stadt. Ich möchte ihre Sicherheit nicht gefährden.«

Die braunhaarige Frau nickte. Ich hatte gar nicht gemerkt, wie sie zurück in den Raum gekommen war. Zu sehr war ich mit Emilio beschäftigt, der noch immer meinen Kaffee trank.

»Können wir?«, fragte mich Leano und hielt mir einladend seine Hand entgegen. Ich nickte ihm zu, ergriff seine Hand und stand auf.

»Viel Spaß, euch Turteltäubchen«, rief Emilio uns hinterher, bevor die Tür hinter uns ins Schloss fiel und die Geräusche aus dem Inneren verstummten.

Kapitel 38

Die Friseurin setzte die Schere an. Ich hatte keine Probleme, mich von meinen Haaren zu verabschieden. Zu viele schlechte Erinnerungen hingen daran.

Meine Kündigung … Domicio … Der Angriff auf der Party … Der Angriff auf die Villa … Sebastiano …

Ich wollte einen Neuanfang starten. Ein neues Leben. Eine neue Milena. Die Friseurin schnitt die ersten Haare ab. Leano saß auf einem Sessel und hatte seinen Blick auf mich gerichtet. Über den Spiegel beobachtete er mich die ganze Zeit über.

Meine braunen Haare waren lang und reichten mir fast bis zu meinem Hintern. Ich hatte der Friseurin ein Foto einer Frau gezeigt, deren Haare ihr bis etwas über die Schultern reichten. Genau das, was ich wollte. Die Friseurin hatte zugestimmt und damit begonnen, meine Haare abzuschneiden. Es hörte sich vielleicht komisch an, doch mit jeder Strähne, die von meinem Kopf fiel, fühlte ich mich befreiter. Leichter.

Während die Friseurin weiter ihre Arbeit betrieb, starrte ich Leano im Spiegel an. Er hatte mittlerweile sein Handy in der Hand und tippte etwas auf den Bildschirm. Die Friseurin fing immer wieder Small Talk an, um die Stille zu durchbrechen, und ich antwortete ihr. Nach einer Stunde war ich bereit und sie zeigte mir das Ergebnis. Sofort verliebte ich mich in meinen neuen Schnitt. Die Haare fielen mir in leichten Wellen über die Schultern und waren viel kürzer als zuvor. Ich stand auf und stellte mich vor Leano.

Seine Augen wanderten auf und ab und ich wartete auf irgendeine Reaktion von ihm. Er beugte seinen Kopf und küsste meine Wange, bis er zu meinem Ohr wich. »So wunderschön«, hauchte er.

Sofort sammelte sich Wärme zwischen meinen Beinen. Er hatte genau die Stelle mit seinem heißen Atem getroffen, die mich immer erregte. Eilig zog er sich zurück.

Nachdem er die Frau bezahlt hatte, nahm er meine Hand und zog mich hinaus auf die Straße. Wir liefen durch einige Einkaufsstraßen in Neapel. Leano scannte dabei immer unsere Umgebung. Serafino war nach wie vor eine große Gefahr. Er könnte überall auftauchen. Selbst in einer Fußgängerzone würde er keinen Halt machen, um seine Rache zu verüben.

Ruckartig blieb ich vor dem Schaufenster einer Boutique stehen. Ein rotes Kleid im Schaufenster zog meine gesamte Aufmerksamkeit auf sich.

»Gehört zu einer neuen Frisur nicht auch ein neuer Look?«, fragte ich Leano.

Er erwiderte mir ein Lächeln, danach schob er mich in das Geschäft. Die Glocke an der Tür klingelte, als wir das Geschäft betraten, und kündigte uns an.

Eine junge Blondine stand an der Kasse und blickte uns freundlich entgegen. »Guten Tag. Wie kann ich Ihnen helfen?«

Meine Stimme blieb still. Ich wusste nicht, was ich erwidern sollte. Normalerweise besuchte ich solche Geschäfte nicht, sie lagen eindeutig außerhalb meines Budgets.

»Bitte suchen Sie einige Kleidungsstücke für meine Frau aus«, antwortete er.

Frau? Er nannte mich seine Frau. Schmetterlinge tanzten in meinem Bauch, als mir seine Worte bewusst wurden. Ein verliebtes Lächeln umgab meine Lippen.

Ich sah mich in der Boutique um. Die Angestellte ging zu Leano, aber ich war zu weit entfernt, um zu hören, was sie sprachen. Er nickte und kam anschließend auf mich zu. »Geh in die Kabine und probier einige Sachen an.«

Mein Atem geriet ins Stocken, als ich eines der Preisschilder nahm. 545 € für einen Rock. Meine Augen weiteten sich.

»Leano, das ist zu teuer-«, setzte ich an.

»Mach dir um das Geld keine Sorgen.« Eine Hand legte sich auf meinen Rücken und schob mich fordernd Richtung der Umkleiden. Leano nahm auf einer schwarzen Bank Platz und bedeutete mir, hineinzugehen.

Ich zog den Vorhang zu und probierte ein Kleid an. Nachdem ich mich ausgiebig im Spiegel betrachtet hatte, zog ich es wieder aus und wandte mich den anderen Kleidungsstücken zu. Mein Blick wanderte über die vielen Sachen, die mir die Angestellte gebracht hatte, als mir eine rote Bluse mit tiefem Ausschnitt in die Augen stach. Darunter hing ein knapper Rock. Ich zog mir die Kleidung an und öffnete den Vorhang. »Was sagst du?«

Leano hob den Kopf und seine Augen wurden größer. Er stand auf und trieb mich zurück in die Umkleide. Verwirrt sah ich ihn an.

»Niemand wird dich in diesem Aufzug sehen. Niemals.«

Ein Grinsen legte sich auf mein Gesicht, als ich verstand, warum er so reagierte. Es machte ihn eifersüchtig, dass mich andere so sehen könnten. »Also ich finde es perfekt«, provozierte ich ihn.

Sein Blick verdunkelte sich und er schaute mich wütend an. Seine Hand legte sich um meine Kehle, als er mich zu sich zog. »Niemand wird dich so sehen«, knurrte er.

Ich verdrehte die Augen. »Dieser Anblick ist also nur für dich bestimmt? Gibt es dann auch exklusive Kleidungsstücke für mich?« Meine Hand wanderte herab zu der Beule in seiner Hose. Ich stöhnte, als ich bemerkte, wie hart er allein durch meinen Anblick geworden war.

Er ließ meine Kehle frei, griff stattdessen in meine Haare und küsste mich leidenschaftlich. Er umfasste eine meiner Brüste und knetete sie.

Ein Stöhnen entkam meinem Mund. Ich stieß mich von ihm ab, woraufhin er mich verwirrt anblickte. Ich hatte andere Pläne. Ich wollte ihn. Mein Körper sank auf den Boden und er funkelte mich mit leuchtenden Augen an. Ein Lächeln legte sich auf meine Lippen. Meine Hände legten sich um den Gürtel seiner Hose und wollten ihn öffnen, aber Leano legte seine Hände darauf. Anstatt mir dabei zu helfen, zwang er mich zum Innehalten.

»Du musst nicht-«

»Ich will«, versicherte ich ihm.

Eine seiner Hände wanderte zu meiner Wange und legte sich darauf. Sanft streichelte er sie. Seine Hose war prall durch seine Härte.

»Fuck, Milena, du bist so verdorben«, meinte er mit einem Grinsen. »Und jetzt blas ihn, als würde dein Leben davon abhängen«, setzte er nach.

Seine Worte erregten mich. Hitze sammelte sich zwischen meinen Beinen und benetzte meinen Slip. Meine Finger zitterten, als ich damit fortfuhr, seinen Schwanz zu entblößen. Ich hatte noch nie einem Mann einen geblasen. Bisher hatte ich mich damit nicht wohl gefühlt, doch bei Leano wollte ich es.

Seine Hose öffnete sich, als ich den Reißverschluss der Stoffhose herunterzog. Durch den fehlenden Halt des Gürtels fiel sie ohne Probleme zu Boden. Seine Boxershorts folgte, als ich sie langsam nach unten zog.

»Milena«, knurrte Leano. »Wenn du dich nicht bald beeilst, werde ich sofort auf deinem wunderschönen Gesicht kommen. Dein Anblick ist einfach göttlich.«

Stolz erfüllte mich. Ich war froh, diese Auswirkung auf ihn zu haben. Ich nahm seinen harten Penis in die Hand und rieb zögerlich auf und ab. Er biss sich auf die Lippe, um sein Stöhnen zu verstummen. Wir befanden uns immer noch in der Umkleide eines Geschäfts.

Nervös rutsche ich mit den Knien auf dem Boden umher. Wie genau mochte er es? Ich wollte mir Mühe geben, damit er es in vollen Zügen genießen konnte.

Ich rutschte näher, öffnete meinen Mund und ließ meine Zunge über seine Eichel fahren. Sofort breitete sich ein salziger Geschmack auf meiner Zunge aus. Leano entkam ein Keuchen, als ich neben den Handbewegungen auch meinen Mund dazu nahm.

»Milena, Fuck«, stöhnte er und fasste in mein Haar.

Sein Blick lag weiterhin auf mir, als ich meine Augen auf ihn richtete. Sanft dirigierte er meinen Kopf vor seine Härte und bedeutete mir mit Blicken, ihn in den Mund zu nehmen. Ich tat, was er verlangte, öffnete meinen Mund weiter und fuhr seine Länge entlang. Als er mir mit seinem Schwanz in den Rachen stieß, hatte ich Probleme, Luft zu bekommen. Ein Würgereflex machte sich bemerkbar, doch ich ignorierte ihn. Mein Kopf fuhr zurück bis zu seiner Eichel, nur um ihn wieder in mir aufzunehmen.

»Deine süßen Lippen sind so gut.« Seine Worte trieben mich nur noch mehr an und ich erhöhte mein Tempo. Gleichzeitig verstärkte sich der Druck meiner Hand um seinen Penis. Tränen schossen mir ins Gesicht, ausgelöst durch den Würgereflex. Mir gefiel alles hieran. Der Griff in meinen Haaren verstärkte sich ebenfalls. Er hielt meinen Kopf in Position und stieß immer wieder mit seinem Schwanz in meinen Mund. Er fickte ihn.

»Ich liebe den Anblick deiner Tränen auf deinem Gesicht, während mein Schwanz deinen Mund fickt.«

Plötzlich durchdrang ein Klingeln die Stille. Es musste sein Handy sein. Ich wollte mich gerade zurückziehen, damit er rangehen konnte, doch er hielt mich weiterhin in Position und stieß in mich.

»Nichts ist wichtiger als das, was wir gerade tun«, mahnte er mich. Er hielt kurz inne, damit ich Luft holen konnte.

Das Klingeln verstummte und er sah mich eindringlich an. Ich nickte ihm zu. Ohne zu zögern, trieb er seinen Schwanz wieder zwischen meine Lippen und bewegte seine Hüften nach vorn und hinten. Seine andere Hand legte sich an meine Wange und fing eine Träne auf, um sie auf seinem Daumen zu seinem Mund zu führen. Er probierte sie und saugte an dem Daumen. »So süß«, sinnierte er. Ein Stöhnen drang aus meiner Kehle, das von seinem Schwanz verstummt wurde.

»Milena, ich kann nicht mehr lange-«, begann er. Er war kurz davor, zu kommen, und warnte mich vor, falls ich seinen Samen nicht Schlucken wollen würde. Doch ich wollte es. Ich wollte jeden Tropfen nur für mich haben. Er stieß weiter in mich.

Erneut klingelte das Telefon. Wir ignorierten es beide, getrieben von unserer Lust. Seine Stöße beschleunigten sich. Er stöhnte ein lautes »Fuck«, als seine Härte sich pulsierend in meinem Mund ergoss. Sein salziger, warmer Geschmack legte sich über meine Zunge. Gierig schluckte ich alles, was er mir gab. Meine Knie schmerzten bereits. Er stieß ein letztes Mal zu, ehe er sich aus mir zurückzog.

»Du bist so perfekt«, flüsterte er, als er seine Hose wieder hochzog.

Ich fuhr mir über den Mund, um meinen Speichel und die Reste seines Spermas wegzuwischen. Eine Hand hielt er mir einladend entgegen, ich nahm sie dankbar an. Er zog mich auf die Beine, seine Hände fanden Halt auf meinen Hüften, um mich zu sich zu ziehen. Seine Lippen legten sich auf meine. Unsere Zungen rangen miteinander, als er mich küsste.

»Ich liebe dich«, wisperte er gegen meine Lippen.

Bei seinen Worten überschlug sich mein Herz. Wärme breitete sich in meinem ganzen Körper aus.

»Ich liebe dich, Leano«, erwiderte ich atemlos.

Erneut klingelte das Telefon. Leano griff wütend in seine Tasche und zog es hervor. »Wer zur Hölle-«, knirschte er. Doch als er den Anrufer erkannte, verstummte er. Er sah mich an und ich konnte die Angst in seinen Augen erkennen. »Hallo«, sprach er in sein Handy.

Er redete einige Sätze in den Hörer. Gespannt wartete ich darauf, um wen es sich handelte. Mein Herz schlug mir bis zur Kehle vor Aufregung. Ich war mir unsicher, wie ich mich fühlen sollte.

Leano legte auf, schwieg, steckte sein Handy weg und sah mich an. Seine Augen wurden gläsern. Ich rechnete mit dem Schlimmsten.

»Wer war dran?« Ich wollte die Antwort gar nicht wissen. Hatte Angst davor, was er mir gleich offenbaren würde.

»Das Krankenhaus«, antwortete er. Seine Stimme brach.

Ich konnte nichts erwidern. Es ging um seine Schwester und so, wie er aussah, waren es keine guten Nachrichten. Eine Träne floss über sein Gesicht. Ich wollte auf ihn zugehen, ihm beistehen, doch ich war wie erstarrt. Plötzlich änderte sich alles und Leano lächelte.

»Sie ist aufgewacht, Milena«, offenbarte er mir die glücklichen Nachrichten.

Sofort schmiss ich mich in seine Arme. Freudentränen liefen mir über das Gesicht. »Sie ist endlich aufgewacht«, flüsterte er in meine Haare. Seine Stimme klang freudig, verschwunden war die Angst.

Isalie. Seine Schwester war endlich aus dem Koma erwacht. Auf diesen Moment hatte er Ewigkeiten gewartet. Und nun war er gekommen.

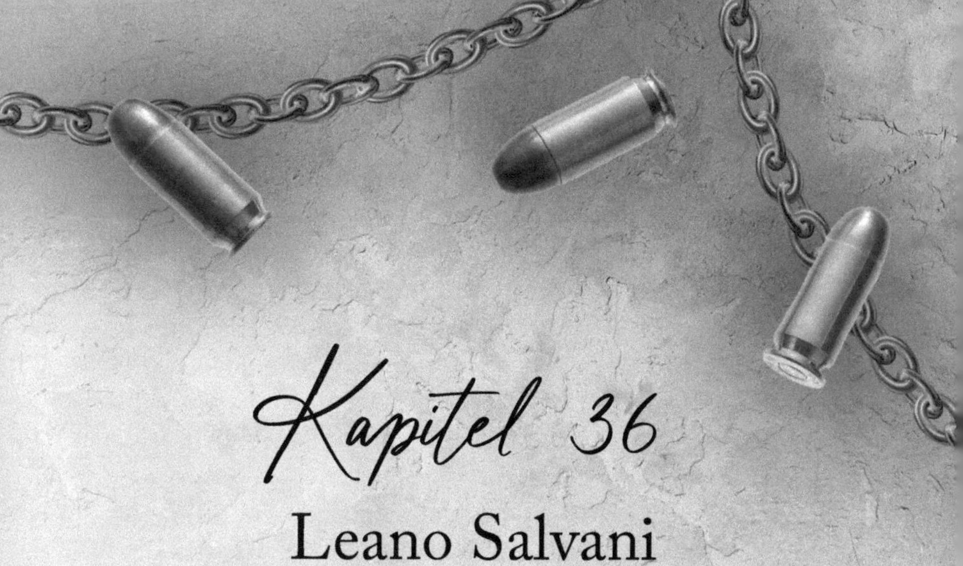

Kapitel 36
Leano Salvani

Ich konnte es immer noch nicht fassen. Meine geliebte Schwester war endlich erwacht. Milena umarmte mich und ich hörte ihre Schluchzer. Freudentränen rannen ihr über das Gesicht. Sanft schob ich sie etwas von mir, um sie anzublicken.

»Wir müssen-«, begann sie zu sprechen und ich nickte ihr zu. Eilig verließen wir die Umkleidekabine. Ihre Hand lag in meiner und ich zog sie hinter mir her. Sie trug noch immer diesen Rock und die Bluse, die nicht viel der Fantasie übrig ließen. Ich würde jeden Kerl töten müssen, der sie anstarrte.

Wir erreichten die Ladentür. Mein Griff lag bereits auf der Türklinke, als sich die Blondine räusperte. »Sie müssen noch zahlen.«

Milena erstarrte, als ihr bewusst wurde, dass sie noch immer die Kleidung der Boutique trug. Meine Füße trugen mich mit schweren Schritten zur Kasse. Ich kramte ein paar fünfhundert Euroscheine hervor und drückte sie der Angestellten in die Hand. Neben ihr lagen ein Block Papier und ein Kugelschreiber. Ich nahm beides an mich, um ihr schnell meine Adresse zu notieren. »Liefern sie das an diese Adresse. Den Rest können Sie behalten.«

Ohne sie eines weiteren Blickes zu würdigen, verließen Milena und ich das Geschäft. Während wir zum Auto liefen, zückte ich mein Handy und versuchte Emilio zu erreichen. Es klingelte einige Male, bis er schließlich abnahm.

»Komm zum Krankenhaus. Sofort!«, befahl ich.

Die wunderschöne Frau an meiner Seite hatte Mühe, mit meinem schnellen Schritt mitzuhalten. Ich hörte bereits ihre hektischen Atemzüge. An meinem Audi angekommen, zog ich die Beifahrertür auf, damit sie sich setzen konnte. Ich nahm ebenfalls in dem Auto Platz und atmete kurz durch. Mein Bauch kribbelte vor Aufregung. Während Isalie im Koma gelegen hatte, gab es so viel, was ich ihr erzählen wollte. Was ich ihr sagen musste. Doch gerade war mein Kopf wie leergefegt. Ich wollte sie nur in meine Arme schließen und nie wieder loslassen. Ihren Duft einatmen, ihr Herz spüren. Den reinen Klang ihrer Stimme hören.

Milena sagte kein Wort auf dem Weg zum Krankenhaus. Zu sehr waren wir beide in unsere Gedanken vertieft.

»Emilio kann dich nach Hause fahren, ich habe ihn zum Krankenhaus gebeten«, erklärte ich ihr.

Sie nickte nur. »Ich bleibe. Ich kann draußen warten, aber ich werde nicht gehen. Ich möchte für dich da sein.« Sie hob eine Hand und streichelte über meinen Arm. Ein Lächeln zierte ihre Lippen.

Diese Frau würde mein Untergang sein. Noch nie hatte jemand, außer Emilio, sich so um mich gekümmert. Die meisten Frauen waren immer nur auf mein Geld und meinen Schwanz aus gewesen. Nachdem sie ein schönes Abenteuer gehabt hatten, waren sie verschwunden. Milena war die einzige Frau, zu der ich mich jemals so verbunden gefühlt hatte. Es war richtig gewesen, mich für sie zu entscheiden. Das hatte ich bereits damals gewusst. Für sie würde ich die ganze Welt niederbrennen.

Ich parkte den Audi und stieg aus, Milenas Hand wieder fest in meiner. Wir stiegen gemeinsam in den Aufzug und fuhren in die Etage, in der sich die Intensivstation befand. Emilio kam mir entgegen, als sich die Aufzugtüren öffneten.

»Du wirst auf sie aufpassen. Wehe ihr passiert etwas!«, drohte ich ihm.

Er wusste genau, was passieren würde, wenn ihr etwas zustoßen würde. Doch ich war mir sicher, er würde sie mit seinem Leben beschützen. Für Emilio war Milena ebenfalls keine Fremde mehr. Er mochte sie und deswegen würde er auf sie achten.

Milena drückte meine Hand, als sie auf die Sitzbänke zeigte. »Ich werde hier auf dich warten.«

Ich küsste sie ein letztes Mal auf die Stirn, ehe ich den Gang entlang zu Isalies Tür ging und davor kurz innehielt. Meine Atmung beruhigte sich. Ein Zittern legte sich auf meine Hand, die die Türklinke umschloss. Ich gab mir einen Ruck und öffnete die Tür. Entgegen kam mir der Geruch von Desinfektionsmittel und die hellen Sonnenstrahlen, die durch das Panoramafenster in den Raum drangen.

Meine Schritte trugen mich weiter in den Raum. Zum Vorschein kam ihr Bett mit dem Nachttisch und da lag sie. Isalies blonde Haare fielen ihr in leichten Wellen über die Schultern. Ihre zimtbraunen Augen starrten mich an. Als sich unsere Blicke trafen, wurden sie gläsern. Eine Träne rann ihr über das Gesicht, als sie ungläubig eine Hand auf ihren Mund legte.

»Leano«, presste sie hervor.

»Ich bin da, Isalie. Ich werde dich nie wieder verlassen. Das verspreche ich.« Vor dem Bett angekommen, schloss ich sie in die Arme, während sie an meiner Schulter vor Freude schluchzte.

Mit sanften, kreisenden Bewegungen fuhr meine Hand über ihren Rücken. Ihre Haut war eingefallen und blass. Sie war schon immer sehr schlank gewesen, doch nun traten ihre Knochen hervor. Sie wirkte in meinen Armen so schwach, das Koma musste ihren Körper extrem viel Kraft gekostet haben.

Wir unterhielten uns gefühlt eine Ewigkeit. Ich erzählte ihr von Adelia und von Emilio. Was passiert war. Sogar von Milena erzählte ich ihr. Sie freute sich so sehr für mich. Als ich von Milena schwärmte, schaute sie mich stolz an. Ein Lächeln legte sich auf ihre Lippen und ein Glanz umgab ihre Augen. Ich hatte auf ihrem Bett Platz genommen und hielt sie fest in meinen Armen. Als ich tiefe Atemzüge von ihr vernahm, blickte ich auf sie. Ihre Augen waren verschlossen. Sie schlief.

Eine Pflegerin betrat das Zimmer, um ihre Werte zu kontrollieren. »Es sieht im Moment alles hervorragend aus«, teilte sie mir die Ergebnisse ihrer Untersuchung mit.

Als ich mir sicher war, dass Isalie tief und fest schlief, stand ich auf. Einen kurzen Kuss auf ihre Stirn hauchend, wandte ich mich ab und ging in den Flur hinaus, wo bereits Milena und Emilio warteten. Sie waren wirklich geblieben. Die ganzen Stunden über hatten sie auf mich gewartet. Als Milena mich erblickte, sprang sie auf und lief auf mich zu. Ihre Arme legten sich um meinen Körper. Ich zog sie fest an mich, atmete ihren betörenden Duft nach Flieder ein und inhalierte ihn. Sie hatte von Anfang an eine unsagbare Wirkung auf mich gehabt.

Milena nahm Abstand zu mir, um mich neugierig anzublicken. »Wie geht es ihr?«

Bei ihren Worten sah nun auch Emilio auf. Er hatte schon immer eine besondere Verbindung zu Isalie. Die beiden waren wie Geschwister. Die Schwester, die Emilio nie gehabt hatte. Sie liebten sich auf eine besondere Weise und konnten nicht ohneeinander.

»Die Ärzte sagen, es sieht alles gut aus. Sie muss noch einige Tage für Tests und Untersuchungen bleiben, aber es dauert nicht mehr lange, bis sie wieder nach Hause darf.«

Milena atmete erleichtert durch. Auch Emilio, dessen Muskeln sich entspannten, beruhigte sich. Ebenfalls legte sich ein Lächeln auf seine Lippen.

»Sie möchte morgen Adelia sehen«, ergänzte ich und sah zu Milena. »Es wäre schön, wenn du auch dabei wärst. Ich habe ihr schon von dir erzählt. Sie möchte dich kennenlernen.«

Milena sah mich mit großen Augen an. Sie glitt mit den Händen durch ihre Haare. Das tat sie immer, wenn sie nervös war. Ich nahm ihre Hände in meine und drückte sie sanft. Ihre Körperspannung lockerte sich etwas. Sie hatte keinen Grund, nervös zu sein. Isalie war bereits begeistert von ihr, als ich erzählt hatte, wie liebevoll sie sich um Adelia kümmerte.

»Lasst uns nach Hause fahren«, flüsterte ich in die Stille des Ganges. Es war bereits dunkel. Die Besuchszeit hatte vor einigen Stunden geendet. Für mich galten andere Regelungen und keiner vom Personal hatte den Mut, sich mir zu widersetzen.

Milenas Hand noch immer fest umklammert, verließen wir das Krankenhaus. Emilio nickte mir zum Abschied zu, ehe er zu seinem schwarzen Mercedes lief. Meine Augen waren bereits schwer von den ganzen Ereignissen des Tages. Ein prüfender Blick auf Milena bestätigte mir, dass es ihr ebenfalls so ging. Kaum saßen wir im Auto, fuhr ich los. Es dauerte nicht lange, bis ich tiefe Atemzüge neben mir vernahm. Sie war eingeschlafen.

An der Villa angekommen, hob ich sie auf meine Arme und trug sie in unser Schlafzimmer. Nachdem ich sie im Bett abgelegt hatte, entkleidete ich mich und ließ mich ebenfalls neben ihr nieder. Sie schlief noch immer tief und fest. Ihr Anblick trieb mir Hitze in den Bauch und ließ meinen Schwanz pulsieren. Sie war so unfassbar schön. Meine Hand streichelte über ihre warme Wange, ehe ich mich an sie schmiegte und wir gemeinsam einschliefen.

Kapitel 40

Der Krankenhausflur war in kaltes, steriles Licht getaucht und jeder Schritt hallte wider. Meine Hand lag fest in der von Leano, der neben mir ging. Ich konnte seine Anspannung spüren und mein Herz schlug schneller. Wir waren auf dem Weg, seine Schwester Isalie zu besuchen. Sie war vor Kurzem aus einem monatelangen Koma erwacht und heute würde ich sie zum ersten Mal treffen. Ich war aufgeregt und hatte die Nacht über kaum ein Auge zubekommen. Was, wenn sie mich nicht mochte?

Wir blieben vor ihrer Tür stehen und Leano hielt inne. Er war bereits mit Adelia an diesem Tag hier gewesen. Isalie hatte unbedingt ihre Tochter wiedersehen wollen. Adelia war freudestrahlend zurück nach Hause gekommen.

Leano atmete einmal tief durch und ich bemerkte das Zittern seiner Hand. Er war nervös.

»Alles wird gut«, flüsterte ich, mehr zu mir selbst als zu ihm. Ich wusste, wie sehr Leano seine Schwester liebte. Die Geschichten, die er über sie erzählte, zeichneten das Bild einer lebhaften, starken jungen Frau, die trotz ihrer Herausforderungen immer für andere da war. Es war schwer vorstellbar, wie es für sie sein musste, aus einem so langen Schlaf aufzuwachen und die Welt um sich herum neu zu entdecken.

Er drückte meine Hand, die noch immer in seiner lag, und sah mich an. »Danke, dass du heute mitgekommen bist.«

Ich lächelte ihn an, versuchte, ihm Mut zu geben. »Ich freue mich darauf, sie kennenzulernen, Leano.«

Er nickte und öffnete die Tür. Das Zimmer war hell erleuchtet, Sonnenstrahlen fielen durch die großen Fenster und tauchten alles in ein warmes, goldenes Licht. Isalie lag im Bett, umgeben von Blumen und Karten, die Freunde und Familie geschickt hatten. Sie wirkte zerbrechlich, doch ihre Augen strahlten, als sie Leano sah.

»Leano!« Ihre Stimme war schwach, aber voller Freude.

Leano ging zu ihr, beugte sich über das Bett und umarmte sie vorsichtig. »Ich habe dich vermisst, Isa«, sagte er.

Die beiden hatten sich zwar vor wenigen Stunden gesehen, aber ich war mir sicher, nachdem sie im Koma gelegen hatte, wollte er nicht mehr ohne sie sein. Keine einzige Sekunde.

»Ich habe dich auch vermisst«, antwortete sie leise und sah dann zu mir hinüber. »Und das muss Milena sein.«

Ich trat näher, meine Nervosität verschwand bei ihrem warmen Lächeln. »Hallo, Isalie. Es ist schön, dich endlich kennenzulernen. Leano hat mir so viel von dir erzählt.«

Isalie streckte mir die Hand entgegen und ich nahm sie in meine. Ihre Haut fühlte sich weich und zerbrechlich an, aber ihr Griff war überraschend fest. »Es ist schön, dich zu treffen, Milena. Ich habe mich darauf gefreut, seitdem Leano so von dir geschwärmt hat.«

Ich setzte mich auf den Stuhl neben ihrem Bett und hielt ihre Hand. »Wie fühlst du dich heute?«

»Besser«, antwortete Isalie. »Jeden Tag ein bisschen stärker. Es ist ein langer Weg, aber ich komme voran.«

Ich nickte und lächelte. »Du bist unglaublich stark. Es muss schwer sein, aber du machst das großartig.«

Isalie lachte leise. »Ich glaube, ich hatte einfach Glück. Danke. Es ist schön, dich hier zu haben.« Sie machte eine kurze Pause und ihr Blick senkte sich, ehe sie fortfuhr. »Und danke, dass du für Adelia da warst. Ich kann dir dafür nicht genug danken. Du warst ihr Licht in der Dunkelheit.« Sie hob ihren Blick und sah mich mit einem Lächeln an, während sie meine Hand drückte.

Leano setzte sich auf den Rand des Bettes und beobachtete uns. »Sie ist unfassbar liebevoll im Umgang mit Kindern, als wären sie ihre eigenen.«

»Das glaube ich gern«, antwortete Isalie. »Erzähl mir etwas über dich, Milena. Wie habt ihr euch kennengelernt? Leano hat mir zwar ein paar Details erzählt, aber ich möchte es von dir hören.«

Ich erzählte die Geschichte, wie Leano und ich uns zum ersten Mal getroffen hatten. Als ich Adelia kennenlernte, er mir den Kaffee bezahlte und mich anschließend auf ein Date einlud. Meine Kündigung ließ ich in meiner Erzählung aus. Ebenfalls die zahlreichen Begegnungen im Club mit ihm. Es schmerzte immer noch, meine Traumstelle verloren zu haben, auch wenn ich jetzt etwas Besseres gefunden hatte. Leano und ich hatten sofort eine Verbindung zueinander gehabt und seitdem waren wir unzertrennlich. Während ich sprach, hörte Isalie aufmerksam zu, ihre Augen glänzten vor Interesse und Freude.

»Das ist so schön«, sagte Isalie, als ich fertig war. »Ich freue mich sehr für euch beide. Ihr passt perfekt zusammen.«

»Danke, Isalie«, sagte ich, gerührt von ihrer Herzlichkeit. »Es bedeutet mir viel, dass du das sagst.«

Die Stunden vergingen schnell, während wir uns weiter unterhielten. Isalie erzählte Geschichten aus ihrer Kindheit, und ich folgte ihren Worten, lachte an den richtigen Stellen und teilte meine eigenen Erlebnisse. Es war, als ob wir uns schon ewig kennen würden, eine Harmonie, die sich wie ein warmes Band um uns alle legte.

»Weißt du«, sagte Isalie plötzlich, »ich habe oft geträumt, während ich im Koma lag. Ich kann mich an die meisten Träume nicht erinnern, aber einer ist mir besonders im Gedächtnis geblieben. Es war ein wunderschöner Ort, voller Licht und

Wärme. Und da war jemand bei mir, jemand, der mir gesagt hat, dass alles gut wird. Dass ich kämpfen soll, um zurückzukommen. Ich glaube, das warst du, Leano.«

Leanos Augen füllten sich mit Tränen. Ich drückte seine Hand sanft. Er wirkte wie ausgewechselt, seitdem seine Schwester erwacht war. Er war nicht mehr der kühle Anführer, sondern zeigte öfter seine liebevolle Seite.

Leano nickte. »Wir sind hier für dich, Isa. Immer.«

Ich fühlte mich angenommen und geliebt, nicht nur von Leano, sondern auch von seiner Schwester. Vergessen war die Nervosität, die mich eingenommen hatte.

»Milena«, sagte Isalie nach einer Weile, »du bist genau die Person, die ich mir für meinen Bruder gewünscht habe. Du strahlst so viel Liebe und Kraft aus. Ich kann sehen, wie glücklich du ihn machst.«

Ich errötete. »Danke, Isalie. Das bedeutet mir viel. Leano ist ein wunderbarer Mensch und ich bin so glücklich, ihn an meiner Seite zu haben.«

Leano konnte seine Tränen nicht mehr zurückhalten, auch wenn er es mit voller Kraft versuchte. »Danke, Isa. Deine Worte bedeuten mir alles.«

Isalies Augen strahlten vor Freude. »Wir sind eine Familie, Leano. Und jetzt gehört Milena auch dazu.«

Die Sonne ging unter und warf lange Schatten in das Zimmer. Leano und ich bereiteten uns darauf vor, zu gehen, aber Isalie hielt meine Hand noch einen Moment. »Versprich mir, dass du weiterhin auf Adelia achten wirst. Solange, wie sie mich hier einsperren.«

»Das verspreche ich«, sagte ich. »Ich werde für Adelia sorgen, solange du dich erholst.«

Als Leano und ich das Krankenhaus verließen, fühlte ich mich erleichtert. Die Nervosität, die ich anfangs gespürt hatte, war verschwunden. Ich hatte einen besonderen Moment mit Isalie geteilt, und das war unbezahlbar.

»Sie ist eine liebevolle Person«, sagte ich zu Leano. »Deine Schwester ist wundervoll.«

»Das ist sie«, stimmte er mir zu. »Und du bist auch wundervoll, Milena. Danke, dass du an meiner Seite stehst.«

Ich lächelte und nahm seine Hand. »Es ist mir eine Ehre, die Freundin eines unfassbar gut aussehenden Mannes zu sein.«

Er küsste mich leidenschaftlich auf den Mund. In diesem Moment wusste ich, dass wir zusammen alles bewältigen konnten. Mit Liebe, Hoffnung und gegenseitiger Unterstützung würden wir die Herausforderungen des Lebens meistern. Und ich würde weiterhin an der Seite dieser wundervollen Familie sein, bereit, jeden Schritt mit ihnen zu gehen. Serafino würde bald keine Bedrohung mehr sein und gemeinsam würden wir gegen ihn ankämpfen.

Kapitel 41

Leano Salvani

Eine Woche war vergangen, seit Isalie aus dem Koma erwacht war. Langsam öffneten sich meine Augen, als die ersten Sonnenstrahlen meine Nase kitzelten. Milena war bereits wach und blickte mich an.

»Beobachtest du mich etwa beim Schlafen?«, fragte ich sie mit verschlafener Stimme.

»Wie könnte ich nicht. Du bist einfach so süß, wenn du schläfst. Wie ein Kind - so friedlich.« Sie grinste, ehe sie sich auf ihre Arme stützte und sich über mich beugte. Rittlings nahm sie auf meinen Hüften Platz und beugte sich herunter, um mich zu küssen. Hitze sammelte sich in meinem Becken und mein Schwanz pochte.

Milena übernahm die Führung und ihre Zunge tanzte mit meiner. Meine Hand wanderte in ihr Haar, um sie näher an mich zu ziehen. Der Duft von Flieder umgab sie und benebelte meine Sinne voller Lust. Meine Küsse bahnten sich ihren Weg über ihren Hals nach unten. Ein Stöhnen entwich ihr, als es an der Tür lautstark klopfte.

»Für Morgensex ist keine Zeit«, trällerte Emilio.

»Verpiss dich«, erwiderte ich genervt.

»Kommt jetzt endlich. Ich hab Hunger und Kara hat ihre leckeren Pancakes gemacht.«

Mit einem Augenverdrehen hob ich Milena von mir runter und zog mir meine Kleidung an. Nachdem sie mir dies gleichgetan hatte, gingen wir die Treppen nach unten in das Esszimmer. Kara hatte bereits alles vorbereitet und serviert. Emilio, Valentina und Adelia saßen am Tisch und warteten geduldig.

Milena und ich nahmen ebenfalls Platz. Jeder lud sich etwas vom Essen auf seinen Teller. Es herrschte Stille, bis Milena diese unterbrach.

»Isalie wird übermorgen entlassen, oder?«

Ich nickte auf ihre Frage hin. Adelia rutschte aufgeregt auf ihrem Sitz hin und her.

»Emilio und ich würden gern ein bisschen dekorieren. Immerhin war sie lange weg und sie soll sich wohlfühlen, wenn sie zurückkommt. Nichts Großes. Nur ein bisschen an den Wänden«, fuhr sie fort.

»Tobt euch ruhig aus«, gab ich ihnen meine Zustimmung. »Ich werde gleich ins Krankenhaus fahren und alles für die Entlassung in die Wege leiten.«

Nachdem wir fertig waren, verteilten sich alle im Haus. Adelia räumte ihr Zimmer auf und bastelte kleine Geschenke für ihre Mutter. Emilio und Milena kramten in den alten Kisten nach etwas Dekoration. Valentina war wie gewohnt zurück auf ihr Zimmer gegangen. Zuvor hatte ich ihren einladenden Blick gegenüber Emilio bemerkt. Irgendetwas lief zwischen den beiden, doch dies interessierte mich im Augenblick nicht, sollten sie ruhig rumficken.

Ich regelte noch einige Geschäfte mit Emilio, um die er sich kümmern musste, während ich abwesend war. Nachdem das geklärt war, gab ich Milena zum Abschied einen sanften Kuss und verließ das Haus.

Die Straßen waren an diesem Tag wenig befahren, weswegen ich nach zwanzig Minuten bereits am Krankenhaus ankam. Ich betrat Isalies Zimmer und sah sie am Tisch sitzen. Sie strahlte mich an. Übermorgen war es so weit. Der Arzt hatte mir gerade versichert, dass sie entlassen würde. Ihr Körper hatte sich vollständig von dem Gift erholt. Er brauchte zwar noch etwas Zeit, um wieder zu Kräften zukommen, aber sie würde es schaffen.

Isalie sah mich an und kleine Grübchen kamen bei ihrem Lachen zum Vorschein. Zu schön war der Klang ihrer Stimme. Ich reichte ihr eine Waffel mit Sahne und Erdbeeren - ihr Lieblingsdessert. Ich hatte sie auf dem Weg hierher schnell besorgt.

»Wie geht es dir?«, fragte ich, wie ich es jedes Mal tat, wenn ich hier war.

»Leano, hör auf, ständig zu fragen. Mir geht es wunderbar.« Spielerisch boxte sie mich in den Arm. Wir neckten uns schon immer. Früh hatten wir unsere Mutter verloren und mussten allein zurechtkommen. Unser Vater war mit den Geschäften beschäftigt gewesen und hatte sich nicht für uns interessiert. Nach dem Verrat unserer Mutter hatte er Schwierigkeiten gehabt, uns überhaupt anzusehen.

Ergeben hob ich meine Arme und grinste. Isalie starrte an mir vorbei aus dem Fenster. »Lass uns ein wenig spazieren gehen. Heute ist das Wetter so schön angenehm.«

»Isalie, ich glaube nicht, dass du schon so etwas tun solltest«, erwiderte ich.

»Ich lag die letzten Monate hier gefangen wie ein Vogel im Käfig. Mir geht es gut«, versicherte sie mir. Sie schaute mich an, wie es Adelia immer tat. Ein Hund, der nach einem Leckerli bettelte. Ich konnte ihr keinen Wunsch abschlagen. Augenverdrehend gab ich nach. Sie stand auf und zog sich ihre Schuhe an.

Wir liefen eine halbe Stunde im Krankenhausgarten umher. Er war wunderschön mit vielen verschiedenen Blumen geschmückt. Nach unserem kleinen Spaziergang kehrten wir wieder auf ihr Krankenzimmer zurück.

»Mir ist leicht schwindelig«, hauchte Isalie.

Es musste wohl an der Wärme liegen. Ich hätte ihr noch nicht so viel zumuten sollen. Sie legte sich auf das Krankenbett, während ich den Arzt rief, der sie untersuchen sollte. Gemeinsam mit einer Pflegerin betrat er das Zimmer.

Nach einem kurzen Blick auf meine Schwester stellte er fest, dass sie an einem Flüssigkeitsmangel litt. Zur Beobachtung schloss er sie wieder an die Geräte an und gab ihr zusätzlich etwas über den Tropf. Ich nahm auf dem Stuhl neben ihrem Bett Platz und beobachtete mit wachsamen Augen ihren Zustand.

»Beruhige dich. Es geht gleich wieder«, sagte Isalie.

Sie hatte schon immer alles heruntergespielt. Doch in Zukunft würde ich darauf bestehen, dass sie das nicht mehr tat. Zu knapp war sie der Klippe zum Tod entkommen. Ich wollte nicht einmal daran denken, wie viel Angst ich damals gehabt hatte. Mein Herz war mit jedem Tag, in dem sie im Koma gelegen hatte, mehr zerrissen. Ihr Anblick war schmerzhaft gewesen und das alles war nur meine Schuld.

Die Krankenschwester betrat erneut den Raum und spritzte Isalie etwas in den Zugang. »Nur etwas, um den Kreislauf anzukurbeln«, versicherte sie mir auf meinen fragenden Blick. Nachdem ich nichts mehr erwiderte, verließ sie den Raum.

»Leano, ich muss dir etwas sagen.«

»Diesen Satz hört man nicht gern, das letzte Mal, als du das sagtest, warst du mit Adelia schwanger«, zog ich sie auf.

Sie richtete sich auf. Ein Husten durchfuhr ihren Körper. Mit ihrer Hand klopfte sie auf das Bett und bedeutete mir, darauf Platz zu nehmen. Ich folgte ihrer Bitte.

»Ich danke dir für alles, was du für Adelia getan hast«, flüsterte sie mir zu. Das Husten durchfuhr sie immer häufiger.

»Das ist jetzt aber kein Abschied, oder?« Mit hochgezogenen Brauen starrte ich sie an.

Sie schüttelte grinsend den Kopf. »Nein. Ich dachte nur, es wäre besser mit Adelia … Ich meine, ich liebe dich und das Haus, aber ich möchte mein eigenes Leben führen. Mit Adelia an die Küste ziehen. Wir würden in der Stadt bleiben, aber eben in unserem eigenen Haus.« Unsicher sah sie mich an.

Ich wusste nicht, was ich darauf erwidern sollte. Einen Moment blieb ich still, bis sie fortfuhr.

»Bitte, versteh das nicht falsch.« Erneut hustete sie. »Bitte sei nicht sauer …«

»Isalie, wieso sollte ich sauer sein? Ich freue mich für euch. Natürlich mag ich deine Anwesenheit, aber jetzt mit Milena …« Als ich ihren Namen erwähnte, bemerkte ich das Kribbeln in meinem Bauch, ich hatte mich in sie verliebt. Auch Isalie bemerkte dies und schien überglücklich darüber, dass ich mein Glück gefunden hatte.

»Natürlich könnt ihr in euer eigenes Haus ziehen.« Ihre Arme legten sich um meinen Hals, als sie mich voller Begeisterung umarmte. Erneut durchfuhr sie ein Hustanfall, diesmal stärker.

Meine Hand rieb sanft über ihren Rücken, doch das Husten hörte nicht auf. Mit jedem Atemzug schien es sich zu verstärken. Isalie röchelte nur noch. Der Arm, der mich eben noch umarmt hatte, fiel kraftlos auf das Bett. Die Geräte gaben bedrohliche Geräusche von sich.

Panisch schob ich sie ein Stück von mir. Ihre Augen waren geschlossen, ihre Lippen blau. Die Tür öffnete sich und eine Schar von Ärzten und Pflegern rannte in das Zimmer. Sie schubsten mich vom Bett und drückten hektisch auf Isalie herum. Ein Blick auf den Bildschirm zeigte mir, dass sie keinen Herzschlag hatte.

Chaos herrschte in dem Zimmer. Die Menschen riefen sich unverständliche Dinge zu, während ich auf den blassen Körper meiner Schwester starrte. Sie wirkte wie eine leblose Hülle. Nichts erinnerte mehr an ihre freudestrahlende Art.

Meine Sicht verschwamm, als sich Tränen bildeten. Gedämpft vernahm ich die Geräusche. Noch immer hatte sie keinen Herzschlag. Die Ärzte drückten weiter auf ihr herum.

Meine Hand glitt durch meine Haare. Ich war so verzweifelt. Ihr sollte es besser gehen und nun kämpfte sie erneut um ihr Leben.

Die Ärzte nahmen Abstand von ihr. Keiner drückte mehr auf ihr herum. Wie durch Watte vernahm ich die Stimme des Arztes, der die folgenden Worte aussprach: »Todeszeitpunkt: 14:45 Uhr.«

Eine Schwester stellte das piepende Geräusch ab. Eine andere nahm ein Laken und legte es über Isalie. Ich blieb wie angewurzelt stehen und konnte es nicht fassen. Sie war tot. Isalie war tot.

Ich hatte mich nicht von ihr verabschieden können. Ihr sagen können, wie sehr ich sie liebte. Ich wollte ihr noch so vieles erzählen, doch konnte ich es jetzt nicht mehr.

Lodernde Wut packte mich, als ich gegen einen Schrank schlug. Ein Schmerz durchfuhr meine Faust. Serafino, dieser Bastard. Mit Sicherheit war er daran schuld. Ich ging in dem Zimmer auf und ab, bis es mir wie Schuppen von den Augen fiel.

Die Krankenschwester … Sie hatte Isalie etwas gespritzt. Kurz darauf hatte ihr Husten begonnen. Voller Wut verließ ich das Zimmer und suchte jeden Raum nach der Frau ab. Sie war mit Sicherheit verschwunden. Ich nahm den Fahrstuhl in das Erdgeschoss. Wenn sie fliehen würde, musste sie hier entlang.

Bingo! Ich sah ihre schwarzen Haare und folgte ihr leise nach draußen. Sie sah sich immer wieder ängstlich um. Ich fühlte mich wie ein Löwe, der seine Beute verfolgte. Wir bogen um eine Ecke, bis ich sie an ihrem Kittel zu fassen bekam. Meine Hand legte sich um ihre Kehle und drückte sie gegen die Fassade.

»Was hast du ihr angetan?«, knurrte ich.

Sie bekam kaum Luft. Hektische Atemzüge kamen über ihre Lippen. »Das war seine Rache. Serafino rächt sich immer«, wisperte sie.

Ich hatte es gewusst. Er war dafür verantwortlich gewesen. Meine Hand legte sich fester um ihre Kehle und schnürte ihr die Luft ab. Ihre Lippen färbten sich blau, so wie bei Isalie. Sie zappelte und versuchte, sich zu wehren.

Einige Minuten vergingen, bis sie schlapp in meinem Arm lag. Ihre Augen gläsern. Keinerlei Leben mehr in ihr. Ich überprüfte ihren Puls an der Halsschlagader, als ich von ihr abließ. Mit Freude stellte ich fest, dass sie tot war.

Ich ließ sie fallen wie einen Sack. Mehr war sie nicht wert. Sollte ihre Leiche hier vor sich hin schmoren.

Mit schnellen Schritten lief ich wieder in das Gebäude. Ich betrat Isalies Zimmer und wollte mich von ihr verabschieden, als ich mit Erschrecken feststellte, dass ihr Zimmer leer war. Sie hatten sie bereits weggebracht.

Kraftlos ließ ich mich auf den Stuhl sacken. Tränen rannen mir unentwegt über das Gesicht. Ein unfassbarer Schmerz strahlte von meiner Brust aus, als mich die Erkenntnis packte.

Sie war tot. Meine geliebte Schwester war für immer fort. Ich würde sie nie wieder sehen.

Kapitel 42

Adelia, Valentina und ich liefen den Stadtpark entlang. Nachdem Adelia ihre Mutter gesehen hatte, hüpfte sie mit ihrem Eis durch die Gegend, so ausgelassen, dass ich für einen Moment alles andere um mich herum vergaß. Mein Handy vibrierte, und ein schneller Blick darauf zeigte mir eine Nachricht von Leano.

> Ich bin bei Isalie im Krankenhaus. Habt einen schönen Tag.

Es war unser Alltag geworden, dass Leano Adelia jeden Morgen ins Krankenhaus brachte, um Zeit mit ihrer Mutter zu verbringen. Die Nachmittage verbrachte sie bei mir, und heute war sie mir direkt in die Arme gesprungen, kaum dass sie zurück waren. Mit leuchtenden Augen hatte sie mich angebettelt, mit ihr in den Park zu gehen. Ein einziger Blick zu Leano hatte gereicht, um sein stilles Einverständnis zu bekommen.

Dank einer längeren Diskussion vor einigen Tagen hatten wir erreicht, dass Adelia und ich kleine Ausflüge in die Stadt machen durften. Allerdings nur unter strenger Bewachung. Zwei Bodyguards, groß wie Türsteher, folgten uns im Abstand von ein paar Metern. Ihre Präsenz war unmöglich zu übersehen, und die Blicke der Passanten, die uns musterten, machten es nicht gerade besser. Ich ignorierte sie, wie ich es inzwischen gewohnt war, und genoss die Wärme der Sonnenstrahlen auf meiner Haut.

Wir ließen uns auf einer Wiese nieder, auf der ich eine Picknickdecke ausbreitete, während Adelia auf den angrenzenden Spielplatz lief. Sie rief immer wieder meinen Namen, um mir ihre Spielkameraden zu zeigen oder stolz ihre neuesten Kunststücke vorzuführen. Es war wunderschön, sie so lebendig und unbeschwert zu sehen. Das kleine, scheue Mädchen, das ich einst kennengelernt hatte, war verschwunden.

Valentina hatte sich neben mir auf die Decke gesetzt, doch sie sagte kaum ein Wort. Ihr sonst so fröhliches Wesen war von einer bedrückenden Stille ersetzt worden. Ich beobachtete sie aus den Augenwinkeln, unsicher, ob ich sie ansprechen sollte.

»Val?«, fragte ich schließlich. »Was ist los?«

Sie atmete tief durch, als hätte sie auf diese Frage gewartet. »Ich weiß nicht, ob ich mit all dem klarkomme«, begann sie und hielt dabei ihren Blick auf Adelia gerichtet. »Die Entführung … Dass ich jetzt ein Teil von dieser Welt bin …«

Ich schluckte. »Ein Teil der Mafia?«, hakte ich nach, obwohl ich die Antwort bereits ahnte.

Valentina nickte und schien mit den Tränen zu kämpfen. »Es war keine Entscheidung, Milena. Ich hatte keine Wahl. Ich bin da reingeraten und jetzt gibt es keinen Weg zurück.« Sie zögerte und sah mich dann an. »Und du … du bist einfach abgetaucht. Du hast dich nicht gemeldet, das hat verdammt wehgetan.«

Schuldgefühle stiegen in mir auf. »Val, ich wollte dich nicht ignorieren. Ich wusste einfach nicht, was ich sagen sollte.«

»Genau das ist das Problem«, unterbrach sie mich. »Du bist selbst ein Teil dieser Welt. Du bist mit Leano zusammen. Du müsstest doch verstehen, wie ich mich fühle. Aber stattdessen hast du mich allein gelassen.«

Ihre Worte trafen mich wie ein Schlag. Sie hatte recht. Ich hätte für sie da sein müssen. »Es tut mir so leid, Val«, flüsterte ich.

»Ich weiß«, sagte sie leise und wandte ihren Blick wieder ab. »Aber ich brauche Zeit, Milena. Ich muss das alles erst verarbeiten. Und ich muss mir klarwerden, ob unsere Freundschaft diese Welt überleben kann.«

Bevor ich etwas sagen konnte, rannte Adelia lachend auf mich zu und umarmte mich stürmisch. Ihre braunen Augen funkelten wie die eines kleinen Teddybären und für einen Moment lenkte sie uns beide von unserem Gespräch ab. Doch Valentinas Worte hafteten in meinem Kopf und ließen mich nicht mehr los. Kurzerhand schnappte ich mir Adelias Hand, die sie mir bereits intuitiv entgegengehalten hatte. »Was hältst du von einem kleinen Ausflug?«, fragte ich und ihre Augen strahlten. Ihr Jubeln war Zustimmung genug.

Ein Lächeln huschte über mein Gesicht, als ich mich Valentina zuwandte. »Und du? Kommst du mit uns?«

Valentina sah auf, ihre Miene nachdenklich. »Ich … ich glaube nicht, dass ich heute in der Stimmung bin«, sagte sie zögerlich und strich sich eine Strähne aus dem Gesicht. »Aber einer der Bodyguards kann mich zurück zur Villa bringen. Du und Adelia könnt ruhig ins Krankenhaus fahren. Ich bleibe lieber in der Villa und versuche, meine Gedanken zu sortieren.«

Ich nickte, obwohl ich mir wünschte, dass sie dabei wäre. Doch ich verstand, dass sie ihre eigenen Kämpfe kämpfte. »Okay, wenn du sicher bist.«

»Ja«, antwortete sie mit einem kurzen Lächeln, das nicht viel Wärme ausstrahlte. »Viel Spaß euch.«

Adelia sprang auf und zog mich mit sich, als wir den Weg zum Krankenhaus antraten, während einer der Bodyguards Valentina zurück zur Villa begleitete.

Wir packten die Picknickdecke ein und gingen anschließend auf den weißen Audi zu, den mir Leano vor ein paar Tagen geschenkt hatte.

Ich hatte ihn nicht annehmen wollen, doch Leano hatte darauf bestanden. Nach einigen Diskussionen mit ihm hatte ich eingelenkt und die Schlüssel des Autos angenommen. Die meiste Zeit würde er sowieso in der Garage stehen und ungenutzt bleiben. Ich fuhr nicht gern selbst. Meinen Führerschein hatte ich zwar damals mit Bravour gemeistert, aber Autofahren war die Hölle für mich. Immer wieder bekam ich währenddessen Panikattacken. Vielleicht lag es an dem Unfall, den ich mit zwölf Jahren erlebt hatte. Damals hatte ein anderer Fahrer meiner Stiefmutter die Vorfahrt genommen. Ich erinnerte mich nur schemenhaft daran. Doch da waren dieser Mann und eine Waffe. Er hatte ihr irgendetwas zugeflüstert, dass ich nicht verstand. Meine Stiefmutter redete nie über den Vorfall und tat ihn als Kleinigkeit ab. So etwas passiert eben, meinte sie.

Allein Adelia zuliebe fuhr ich mit dem Auto. Die Kleine war mir bereits so sehr ans Herz gewachsen, dass ich alles für sie tun würde. So auch kleine Strecken mit dem Auto. Selten machten wir Ausflüge. Leano erlaubte uns diese aufgrund der drohenden Gefahr nicht oft.

Der Motor startete, als ich den entsprechenden Knopf gedrückt hatte. Ein Blick in den Rückspiegel versicherte mir, dass sich die Sicherheitskräfte direkt neben mir befanden. Ich war nicht glücklich darüber, auf Schritt und Tritt verfolgt zu werden, doch es war besser so. Serafino war immer noch eine ernstzunehmende Gefahr und ich war zu seinem Ziel geworden. Auch wenn es mir nicht gefiel, sorgten die Männer dafür, dass ich mich sicherer fühlte. Sie würden das Schlimmste vermeiden.

Noch immer trieben mich einige Erinnerungen schweißgebadet aus dem Schlaf hoch. Doch es war Leano, der mich sanft küsste und beruhigte, bis ich wieder in den Schlaf fand.

Wir fuhren die Straßen Neapels entlang und ich merkte, dass Adelia zunehmend nervöser wurde. Sie wackelte mit ihren Beinen hin und her. Meine Hand legte sich auf ihr Bein und streichelte sanft darüber.

»Du brauchst dir keine Sorgen zu machen. Morgen kommt deine Mamma nach Hause. Versprochen.«

Ihre Augen wurden noch größer und sie hörte auf zu wackeln. Einige Minuten später kamen wir an dem Krankenhaus an und ich parkte das Auto.

Wir fuhren mit dem Fahrstuhl in die zweite Etage. Mittlerweile war Isalie von der Intensivstation auf eine normale Station verlegt worden. Die Fahrstuhltüren öffneten sich, als wir ankamen.

Es sollte für Isalie und Leano eine Überraschung sein. Beide hatten keine Ahnung, dass wir sie besuchen würden. Ich ging voller Vorfreude auf das Zimmer zu. Bevor ich die Klinke allerdings herunterdrückte, überkam mich ein mulmiges Gefühl. Hoffentlich überforderte ich sie nicht. Ich schob meine Gedanken beiseite. Es gab nichts, was sie sich mehr wünschte, als ihre Tochter wieder zusehen, oder? Zumindest würde ich das wollen, nachdem ich aus einem monatelangen Koma erwacht wäre und meine Tochter eine Ewigkeit nicht gesehen hätte.

Ich rückte alle Zweifel in den Hintergrund und öffnete die Tür. Ein strahlendes Lächeln legte sich meine Lippen und auch Adelia konnte es kaum noch aushalten. Sie sah ihre Mutter zwar häufig, aber sie freute sich jedes Mal wie ein Kind am Weihnachtsmorgen, wenn es die Geschenke sah.

Gemeinsam gingen wir durch die Tür, die ich hinter mir wieder schloss. Die Kleine riss sich von meiner Hand los und rannte in den Raum hinein. Ich tat es ihr daraufhin gleich.

Doch ich sah keine freudestrahlende Isalie, die wach und überglücklich in ihrem Bett lag. Der Raum war leer. Isalie war nicht hier. Ich ging davon aus, dass sie noch untersucht wurde, und suchte den Raum nach Leano ab.

Auf einem Stuhl kauerte Leano. Sein Gesicht gesenkt. Er wirkte ... traurig. Doch weswegen? Sollte er sich nicht freuen, seine Schwester wieder zu haben?

Adelia ging auf ihn zu, er hob sein Gesicht und sah mir in die Augen. Er war blass, hatte geschwollene Tränendrüsen und eingefallene Haut. Hatte er etwa geweint?

»Was macht sie hier?«, fuhr er mich an und stand ruckartig von dem Stuhl auf, sodass er mit einem lauten Knallen zu Boden fiel. Er kam auf mich zu und blieb vor mir stehen. Aufgrund seiner Größe musste ich den Kopf in den Nacken legen, um ihn ansehen zu können. Sein Blick lag starr auf mir. Er ignorierte Adelia, die vor ihm noch immer herumtanzte.

Die Tür öffnete sich und ich hoffte, Isalie würde durch diese hindurchkommen. Damit sie mir sagen konnte, dass es ein schlechter Scherz sei und sie uns nur etwas hatten vorspielen wollen. Doch als ich mich umdrehte, war es nicht Isalie, sondern Emilio, der in den Raum getreten war.

Er schaute zwischen Leano und mir hin und her. Auch er wirkte traurig. Was war nur geschehen?

»Adelia, komm, wir holen uns einen Kakao. Milena und Leano wollen etwas Zeit zu zweit«, sagte er und ergriff ihre Hand.

»Kakao?«, fragte sie und ihre Freude schien gleich um ein Fünffaches zu steigen. Sie hopste auf Emilio zu und gemeinsam verließen sie den Raum.

»Was ist passiert? Ich dachte, ihr geht es gut?« Meine Stimme glich einem Hauchen. Angst breitete sich in jeder Zelle meines Körpers aus. Angst vor seiner Antwort.

»So war es auch, bis sie in meinen Armen zusammengebrochen ist und ihr Herz aufhörte zu schlagen.« Leano bemühte sich, die Tränen zu unterdrücken und die Kontrolle zu behalten. Doch das brauchte er nicht. Er musste nicht mir gegenüber stark sein. Er durfte sich verletzlich zeigen. Ich war nicht einer seiner Geschäftspartner.

Noch bevor er die Worte aussprach, hatte ich auf einmal ein ungutes Gefühl. Anhand der Reaktionen der beiden Männer konnte ich mir bereits denken, was geschehen war. Doch mein Gehirn wollte es nicht realisieren. Erst als Leano die folgenden

Worte aussprach und seine Tränen nicht mehr zurückhalten konnte, wusste ich, es war die falsche Entscheidung gewesen, hierherzufahren. Adelia und ich hätten nie hierherkommen dürfen.

»Sie ist tot, Milena. Sie ist in meinen Armen gestorben.«

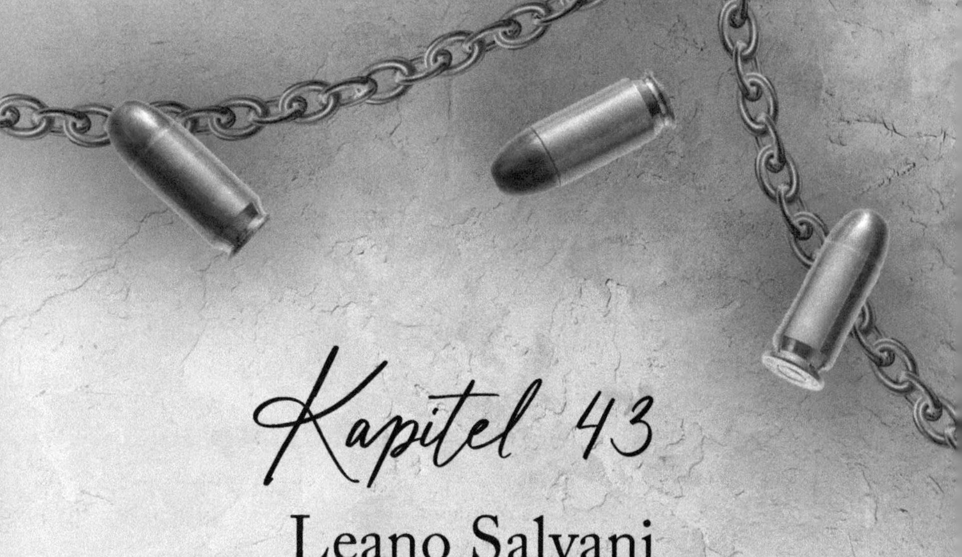

Kapitel 43
Leano Salvani

Ich stand am Rande der Trauergemeinde. Mein Blick war starr auf den Sarg gerichtet, der mit weißen Lilien geschmückt war. Isalies Lieblingsblumen. Der Himmel über dem Friedhof war wolkenverhangen und ein kalter Wind strich durch die Bäume. Es würde nicht lange dauern, bis sich ein Unwetter ausbreiten würde.

Neben mir stand Adelia. Sie hatte Tränen in den Augen und weinte bitterlich. Ihre Hand umklammerte meine, als könnte ich ebenfalls jeden Moment von ihr gehen. Ich streichelte mit meinem Daumen über ihre zarte Haut. Ich wünschte, ich könnte ihr diesen Schmerz nehmen und Isalie zurückholen.

Mein Blick schweifte über die vielen Menschen, auf der Suche nach Milena. Sie stand etwas abseits, ihre Augen verborgen hinter einer Sonnenbrille. Dennoch spürte ich ihren Blick auf mir, voller Mitgefühl und Sehnsucht.

Die Trauerzeremonie begann und ein Kloß bildete sich in meinem Hals. Noch immer konnte ich es nicht fassen, dass Isalie tot war. Für immer und ewig fort. Ich würde nie wieder ihr Lächeln sehen. Nie wieder ihre Stimme hören oder nie wieder ihre Umarmung spüren. Ein Gefühl von Leere und Verzweiflung nahm mich ein. Ich zwang mich, die Tränen zurückzuhalten. Zu viel hatte ich die letzten Tage hinter verschlossener Tür geweint. Man durfte mich nicht schwach sehen. Schwäche würde meinen Feinden bedeuten, sie hätten gewonnen. Doch das hatten sie nicht.

Adelia drückte meine Hand fester, als ob sie meine Verzweiflung spüren würde. Sie war noch so jung, aber in diesem Moment wirkte sie so stark und gefasst, als ob sie bereits die Last der Welt auf ihren Schultern trug. Ich bewunderte ihre Stärke und wusste, dass ich für Adelia stark bleiben musste. Sie würde eines Tages dieses Imperium erben und ich sorgte dafür, dass ihr alles gehören würde.

Die Worte des Pfarrers drangen nur gedämpft zu mir durch, während ich immer wieder in Erinnerungen an Isalie versank. Ich erinnerte mich an unsere Kindheit. Nach dem Tod unserer Mutter waren wir unzertrennlich gewesen, sehr zum Leid meines Vaters. Er hatte immer gewollt, dass Isalie irgendwann mit mir gemeinsam die Mafia anführen würde. Ihr Interesse dafür war allerdings ausgeblieben. Sie liebte die Welt der Bücher und fand sich in ihnen wieder. Anstatt sich mit Waffen zu beschäftigen, backte sie lieber Torten. Die Liebe, die sie hinterlassen hatte, war undurchdringlich.

Es war unfair, dass das Leben uns so früh getrennt hatte. Dass ich sie nicht hatte beschützen können.

Als die Zeremonie zu Ende war und die Trauergemeinde sich langsam auflöste, blieb ich noch einen Moment an ihrem Grab stehen. Die Stille des Friedhofs umgab mich. Adelia und Milena traten neben mich.

»Wir sollten gehen«, sagte Milena leise. »Es wird bald dunkel.«

Ich nickte stumm und legte eine weiße Lilie auf das Grab. »Ich werde immer bei dir sein, Isalie«, flüsterte ich mit brüchiger Stimme.

Gemeinsam verließen wir den Friedhof, unsere Schritte waren gedämpft durch das nasse Gras. Der Regen hatte aufgehört, aber die Wolken hingen noch schwer über der Stadt. Eine

Leere machte sich in mir breit. Erschöpft, als ob ein Teil von mir mit Isalie begraben worden wäre.

Als wir zu Hause ankamen, herrschte bedrückende Stille. Adelia ging in ihr Kinderzimmer. Milena und ich blieben im Wohnzimmer zurück. Wir ließen uns auf der Couch nieder und saßen uns schweigend gegenüber. Beide waren wir in unseren Gedanken versunken.

Schließlich brach ich das Schweigen. »Danke, dass du hier bist«, flüsterte ich. »Es bedeutet mir viel.«

Sie lächelte mich traurig an. »Ich werde immer für dich da sein, Leano. Du bist nicht allein.«

Eine Wärme breitete sich von meinem Herzen in jede Zelle meines Körpers aus. Trotz allem Schmerz und Verlust gab es immer noch Hoffnung - Hoffnung auf ein neues Leben, auf neue Möglichkeiten und auf die Liebe, die uns beide verband.

In diesem Moment wurde mir bewusst, dass ich mich nicht von meiner Trauer überwältigen lassen durfte. Ich musste stark sein - für Adelia, für Milena, für mich selbst. Isalie würde immer einen Platz in meinem Herzen haben, aber wir mussten weitermachen, für diejenigen, die noch da waren.

Die Dunkelheit tauchte die Welt in tiefstes Schwarz, als die Nacht über uns hereinbrach. Doch in dieser Dunkelheit keimte ein Funken - der Beginn einer gefährlichen Suche nach Gerechtigkeit. Die Jagd hatte begonnen.

Epilog

Liebe Isalie,

die Welt um mich herum fühlt sich leer und dunkel an, seit du fort bist. Dein plötzlicher Tod hat einen tiefen Riss in meinem Herz hinterlassen, der schmerzt und nicht heilen will. Es gibt keine Worte, um diesen und meine Trauer zu beschreiben, aber ich muss sie dennoch mit dir teilen. Du warst nicht nur meine Schwester, sondern auch meine Freundin, meine Verbündete und mein Licht in dunklen Zeiten.
Es tut mir leid, dass ich nicht da war, um dich zu beschützen, dass ich nicht die Möglichkeit hatte, dir zu sagen, wie sehr ich dich liebe und wie wichtig du für mich warst. Ich werde für immer die Erinnerungen an unsere gemeinsamen Abenteuer bewahren, an die Momente des Lachens und der Freude, die wir geteilt haben. Du warst eine Quelle der Inspiration für mich, eine Stimme der Vernunft und ein Anker in stürmischen Zeiten.
Ich kann nicht akzeptieren, dass du fort bist, dass ich nie wieder deine Stimme hören oder deine

Umarmung spüren werde. Es ist, als ob ein Teil von mir mit dir gegangen ist, ein Teil, der nie wieder zurückkehren wird. Doch ich weiß, dass du in meinem Herzen weiterleben wirst, dass deine Liebe und deine Erinnerung mich weiterhin begleiten werden, egal, wohin das Leben mich führt.

Ich verspreche dir, Isalie, dass ich deine Suche nach Gerechtigkeit fortsetzen werde, dass ich nicht ruhen werde, bis ich die Wahrheit über deinen Tod herausgefunden habe. Ich werde dich rächen und diejenigen zur Rechenschaft ziehen, die für dein Leiden verantwortlich sind. Dein Tod wird nicht umsonst gewesen sein – er wird eine Flamme der Entschlossenheit in mir entfachen, die niemals erlöschen wird.

Ich vermisse dich mehr, als Worte ausdrücken können, und ich wünschte, ich hätte dir noch einmal sagen können, wie viel du mir bedeutest. Aber ich hoffe, dass du dort, wo du jetzt bist, meine Liebe spüren und in Frieden ruhen kannst, wissend, dass du für immer geliebt und unvergessen sein wirst.

In ewiger Liebe

Leano

ENDE BAND 1

Danksagung

Dass dieses Buch überhaupt entstehen konnte, habe ich so vielen Menschen zu verdanken – doch vor allem einer Person.

Marita, du bist der Grund, warum ich überhaupt damit begonnen habe. Du hast mich so oft ermutigt, es zu versuchen, und mir stets den Rücken gestärkt. Gemeinsam haben wir Charaktere entwickelt, Ideen gesponnen und Plots aufgebaut. Du hast nicht nur meine Geschichte geliebt, sondern sie auch voller Begeisterung anderen empfohlen und dafür Werbung gemacht. Dafür danke ich dir von Herzen. Danke für dein offenes Ohr, deine ehrlichen Worte und die Freundschaft, die du mir jeden Tag aufs Neue schenkst. Du bedeutest mir mehr, als Worte ausdrücken können.

Ein großes Dankeschön auch an **Michelle**. Du warst immer da, um mir zuzuhören – selbst, wenn ich über Leano geflucht habe. Deine Unterstützung hat mir so oft geholfen, durchzuhalten. Du hast mir bei so vielen Dingen unter die Arme gegriffen, und deine Einfälle beim Testlesen waren unbezahlbar. Besonders in den Zeiten, in denen ich in meiner größten Schreibflaute feststeckte, hast du mich mit deinen aufmunternden Worten wieder aufgebaut. Deine Freundschaft bedeutet mir unglaublich viel.

Ein herzliches Dankeschön geht an **meine Eltern**, die mich in jedem Lebensbereich unterstützen und auch dieses Projekt maßgeblich vorangetrieben haben. Ihr seid immer für mich da, und ohne euch wäre dieses Buch niemals entstanden. Danke für alles, was ihr für mich tut.

Larissa, meine wundervolle Lektorin, auch dir möchte ich von Herzen danken. Ich bin so froh, dass sich unsere Wege gekreuzt haben. Gemeinsam mit dir habe ich diese Geschichte zu dem gemacht, was sie heute ist. Deine Kommentare waren nicht nur unglaublich hilfreich, sondern haben mir auch immer wieder neue Motivation geschenkt. Du leistest wirklich wunderbare Arbeit, und ich bin dir unendlich dankbar dafür.

Ein riesiges Dankeschön geht auch an meine **Social-Media-Community**. Danke für jede Nachricht, die ihr mir geschickt habt, für jeden Beitrag, jedes Bild, jeden Kommentar und jedes Like. Ihr könnt euch nicht vorstellen, wie viel mir der Austausch mit euch bedeutet. Ihr seid einfach großartig!

Und zu guter Letzt möchte ich **dir** danken – ja, genau dir, die oder der du dieses Buch gelesen hast. Danke, dass du meiner Geschichte eine Chance gegeben und sie bis zum Ende begleitet hast. Das ist für mich keine Selbstverständlichkeit, und ich bin dir unendlich dankbar dafür.

Von ganzem Herzen: Danke!

Triggerwarnung

Es können Szenen vorkommen, die …

- Gewalt
- Missbrauch
- Substanzmissbrauch
- Sexszenen
- Mord
- Nötigung
- explizite Aussprache
- Tod
- Krankenhaus/Koma
- Folter
- Waffen
- Verletzungen
- Beleidigungen
- Vergewaltigungen
- Toxische Beziehungen

… beinhalten.

Ich empfehle die Geschichte ab 16 Jahren.